À tous ceux qui luttent, solitaires,
Quel que soit votre combat, vous n'êtes pas seuls.
Ne lâchez rien.

PROLOGUE
Six mois plus tôt

Nicola

– Vis ta vie sans rien regretter.

– Qu'est-ce que tu dis, Beauté ?

Lentement, j'ai levé les yeux de la tache de lumière que je fixais dans l'herbe depuis cinq bonnes minutes pour les poser sur la haute silhouette masculine qui s'avançait vers moi devant les projecteurs. J'ai cligné des yeux à plusieurs reprises avant de baisser à nouveau le regard. Son visage était dans l'ombre, mais je savais qui c'était. Son accent écossais m'avait renseignée. Après m'être éclairci la voix, j'ai terminé mon verre de vin. Les bruits lointains du mariage commençaient à s'estomper, j'étais surprise de voir que Bram McGregor était encore là. Lui était le garçon d'honneur, moi la demoiselle d'honneur, mais je n'aurais pas cru qu'il était du genre à s'incruster bien longtemps, même pour le mariage de son frère. Pendant toute la soirée, il avait dévisagé chaque fille qui était passée dans son champ de vision, moi y compris. Il avait eu l'air de tellement s'ennuyer pendant toute la cérémonie qu'on aurait cru qu'il se retenait de bâiller en permanence.

– Désolée, ai-je dit, je parlais toute seule.

– J'ai vu ça, a-t-il fait en s'asseyant à côté de moi sur le banc en pierre.

Il dégageait un parfum de cigare et de santal.

Nous étions assis au bord de la pelouse du club nautique Tiburon, où avait lieu le mariage. Je m'étais arrêtée par hasard sur ce banc, dans ce jardin. Au loin brillaient les lumières de la ville, de l'autre côté de la baie de San Francisco. J'avais eu envie de jouir de la nuit et d'être seule un moment avant de rentrer chez moi libérer ma baby-sitter. Ma meilleure amie, Stéphanie, se mariait avec un type formidable, Linden, le frère de Bram, ce qui bien sûr me rendait folle de joie, mais c'était quand même un mariage. Et moi, j'y étais seule, et ça me pesait un peu plus à chaque seconde.

– Alors comme ça, vis ta vie sans rien regretter, a-t-il répété en se penchant en avant sur ses genoux, les mains croisées.

Si j'avais été sobre, peut-être que ça m'aurait un peu embarrassée qu'il m'ait surprise en train de penser à haute voix, mais là, ça m'était complètement égal. Ce que Bram pouvait bien en penser était le dernier de mes soucis.

– C'est ma devise, ai-je expliqué en haussant les épaules.

Il s'est mis à renifler, du coup je l'ai regardé bien en face.

– Quoi ? ai-je ajouté en rougissant, la plupart des gens ont une devise.

Il a esquissé un petit sourire. Il était bel homme, je dois l'avouer. Mais depuis que mon ex m'avait laissée tomber comme une vieille chaussette alors que j'étais enceinte et que je m'étais retrouvée seule à élever notre fille, j'avais une dent contre les play-boys. Or, Bram en était un, sans aucun doute possible. Ce qui signifiait que pour moi, c'était l'ennemi public numéro un et un paquet d'emmerdes à lui tout seul.

Je m'étais fixé comme nouveau but dans la vie de fuir les problèmes. Je n'allais pas commencer maintenant, juste à cause de son accent écossais, ses yeux gris, son sourire à fossettes et son corps d'athlète. Et à cause de certains autres attributs impressionnants, vous voyez de quoi je parle ?

– Pas moi, m'a-t-il informée en glissant son regard sur moi avec un sourire. Mais est-ce que ça compte, si d'autres gens ont des devises vous concernant ?

Je n'avais pas l'intention de lui demander ce qu'il entendait par là, pourtant ma bouche s'est ouverte toute seule et j'ai mordu à l'hameçon.

– Les gens ont des devises qui te concernent ? ai-je demandé.

Son petit sourire satisfait s'est élargi.

– Oui, les femmes.

– Je vois, ai-je répondu tout en me creusant la tête pour trouver une répartie qui lui clouerait le bec.

– Quand c'est fini, Bram...

– ... n'en a plus rien à foutre, a-t-il terminé.

Il a levé les yeux vers le ciel sombre et penché la tête, l'air songeur.

– J'ai aussi entendu : « Une nuit dans mon lit, cuisses ouvertes pour la vie. »

Ma bouche s'est tordue de dégoût.

– Mais c'est épouvantable.

Il a haussé les épaules.

– Ne prends pas l'air dégoûté avant de l'avoir essayé, ma belle.

Il a marqué une pause.

– Je suppose que c'est aussi une devise qui te correspond bien, elle aussi.

Il a fixé mon verre vide, puis moi, et il a pris un air étonné, comme s'il me voyait pour la première fois de la soirée. L'espace d'un instant, j'ai été ravie que Stéphanie m'ait choisi la plus belle robe de demoiselle d'honneur chez Anthropologie[1].

Jusqu'à ce que je me rappelle que je me fichais pas mal de ce qu'il pouvait penser de moi.

– Quoi ? ai-je demandé, en frissonnant légèrement sous l'insistance de son regard.

– Pourquoi tu traînes dehors, toute seule et sobre ?

J'ai fait tourner le pied de mon verre entre mes doigts.

– Je ne suis pas sobre.

– Je suppose que tu n'es pas seule non plus. Puis-je aller te chercher un autre verre ?

– C'est toi qui régales ?

Je ne savais pas pourquoi, mais ça m'avait surpris.

Il m'a regardée fixement un moment, ses sourcils bruns froncés. Puis il s'est détendu, il s'est mis à sourire avec désinvolture. Il m'a fait penser à un chat qui s'étire après un bon somme.

– Je ne laisse jamais une jolie femme payer un verre.

Bien qu'une part de moi (une petite part) fût ravie qu'il m'ait traitée de jolie femme, particulièrement quand ma vie sentimentale battait de l'aile et que la seule personne qui m'ait dit que j'étais jolie ces derniers temps, c'était Ava, (ok, Steph aussi, juste avant la cérémonie, après que j'avais été métamorphosée comme par magie grâce au coiffeur et au maquilleur), je n'allais sûrement pas me laisser séduire par son baratin.

Je lui ai lancé un regard :

---

1. Célèbre magasin de prêt à porter aux États-Unis. (NdT, ainsi que pour toutes les notes suivantes)

–Tu crois vraiment que tu vas m'emballer avec ce genre de pick-up line[2] ?

–Pick-up line? Un type ne peut pas offrir à boire à une fille ? Tu sais, on m'a dit que tu n'étais pas marrante. Je ne voulais pas y croire, pas avec ce corps.

J'étais sciée. En rougissant, j'ai fini par réussir à trouver mes mots.

–Qui t'a dit que je n'étais pas marrante ?

Son sourire s'est adouci, pourtant j'avais toujours l'impression qu'il prenait son pied à jouer au chat et à la souris avec moi.

–Ça n'a pas d'importance. Je t'avais laissé le bénéfice du doute, mais finalement, ils devaient avoir raison.

–Est-ce que c'est Linden ? j'ai demandé.

J'étais dégoûtée. J'aimais beaucoup Linden, et même si son opinion à mon propos n'avait pas vraiment d'importance, je n'aimais pas qu'on puisse penser un truc négatif de moi, surtout un truc que je craignais moi-même. J'étais même assez marrante avant, je vous jure, mais quand la vie devient trop dure, on oublie de l'être, tout comme les manucures, les aventures d'un soir et les dîners dans les bons restaurants.

Bram n'a rien répondu, du coup j'ai compris que c'était bien son frère.

–J'ai du mal à me rendre compte, tu ne serais pas en train de rougir ? a-t-il demandé en m'observant de plus près.

Son parfum lourd de cigare s'est à nouveau répandu autour de moi.

–Je suis marrante, ai-je affirmé en reculant légèrement.

Même si ça ne servait à rien, il fallait bien que je me défende.

–Et c'est pour ça que tu es assise dehors, toute seule, avec un verre vide à la main ?

---

2. Phrase d'accroche qu'on lance pour briser la glace, pour draguer quelqu'un.

– Le fait que je ne sois pas complètement défoncée et que je ne me jette pas comme une folle à ton cou ne fait pas de moi une ringarde.

Oh mon Dieu, une ringarde ? Voilà que je me mettais à parler comme dans les années cinquante.

– Non, a-t-il dit lentement en se penchant plus encore vers moi. Mais ça pourrait quand même être sympa, non ?

Je sentais son souffle chaud contre ma joue, j'ai résisté à l'envie de tourner la tête pour le regarder. Il y avait quelque chose dans son regard qui ressemblait vaguement à des rayons X, comme s'il pouvait lire à l'intérieur de moi. Je savais déjà qu'il était probablement en train d'imaginer de quoi j'avais l'air à poil, sous cette robe. Je n'avais aucune envie qu'il aille y voir de plus près et qu'il s'aperçoive quelle rabat-joie totalement larguée j'étais vraiment.

– J'aime bien quand tu as l'air gênée, a-t-il dit d'une voix plus basse, avec son accent qui faisait rouler chaque syllabe. Je parie que tu as la même tête juste avant de jouir. Offerte et sans défense.

Une fois encore, je suis restée sans voix. J'ai ouvert de grands yeux, j'ai failli le gifler et je me suis reculée parce que c'est ce que j'ai appris à faire avec les hommes dans son genre. S'écarter d'eux. Leur faire comprendre qu'ils n'obtiendront jamais ce qu'ils ne méritent pas.

Pourtant, ce n'est pas ce que j'ai fait. Parce que contrairement à toute logique, ses mots se sont insinués dans mon esprit, se sont glissés lentement jusque dans mon cœur et entre mes jambes. J'ai été obligée de serrer les fesses pour que cette chaleur qui montait en moi ne se propage pas plus loin. Ça a remis en marche un fonctionnement que je tente désespérément d'oublier. Je me suis contentée de déglutir et de fixer obstinément les arbustes devant moi. Les bruits en provenance du mariage se sont faits plus lointains, comme s'il disparaissait pour nous laisser seuls.

Bram a délicatement posé deux doigts sous mon menton pour me faire tourner la tête, je n'avais plus d'autre choix que de le regarder.

– Si je te répète que tu es très belle, a-t-il murmuré, est-ce que tu vas rougir ? Ou bien est-ce que tu vas me croire ?

Merde, merde, merde. Il faudrait être dingue pour se laisser prendre à ce petit jeu, mais comme j'avais envie d'y croire !

Au moins, je n'ai pas rougi. Je n'en ai pas eu le temps. Avant que je puisse comprendre ce qui m'arrivait, Bram se penchait vers moi et m'embrassait. Ses lèvres étaient douces et humides, elles avaient le goût du tabac et de la menthe. J'ai repris ma respiration, j'étais figée sur place, sans défense, exactement ce qu'il voulait. J'ai pensé très fort « le garçon d'honneur et la demoiselle d'honneur qui flirtent ensemble, quel cliché ! » et « c'est un joueur, et il joue avec toi » pendant que mes lèvres, stimulées par l'alcool et quelque chose d'indicible, répondaient à son baiser.

Tout s'est déroulé comme au ralenti. Mes voix intérieures se sont tues pour laisser place à un brouillard silencieux et à cet incendie qu'il allumait en moi. Ses mains ont glissé le long de mon visage, il m'a retenue entre ses doigts forts et tièdes pendant que sa langue glissait contre la mienne, que toutes les deux se mettaient à danser ensemble, parfaitement en rythme. Si j'avais pu former la moindre pensée, je me serais dit qu'embrasser Bram McGregor ne ressemblait pas du tout à ce que j'imaginais. C'était doux, sensuel et, j'ose le dire, plein de sens.

À l'instant même où je me suis mise à me détendre à l'intérieur, où j'ai eu envie que ses mains s'aventurent plus loin tout en ayant une envie dingue de glisser les miennes sous son smoking pour sentir sa poitrine, il s'est reculé, les yeux clos et le souffle court.

– Tu es très belle, a-t-il dit en s'éclaircissant la voix.

Il a ouvert les yeux et entre ses longs cils noirs à vous damner, a plongé son regard dans le mien.

– Tu rougis encore, pourtant. En fait, tu sembles bien avoir dépassé le stade du simple fard. (Il a haussé un sourcil, à quelques centimètres de mon visage.) Est-ce que je te fais autant d'effet que ça ?

Mon Dieu, ce type était un sacré dragueur. Je sais que Linden a toujours été assez explicite, limite obscène avec Steph, mais chez Bram, c'était encore à un autre niveau. J'ai entrouvert la bouche en cherchant les mots adéquats. Il a passé son pouce sur ma lèvre inférieure.

– Quelle bouche merveilleuse ! Qu'est-ce que tu sais faire d'autre avec ?

En clignant des yeux, j'ai pensé que, décidément, il était assez grossier. Puis j'ai sursauté en reculant la tête.

– Hé, ne te mets pas dans tous tes états, a-t-il dit en faisant glisser sa main le long de mon bras. Je t'ai observée toute la soirée, tu sais.

– Eh bien, ça n'a pas dû être très difficile puisque nous faisions tous les deux partie du mariage, ai-je répondu d'une voix sèche, comme si ce baiser m'avait beaucoup coûté.

En tout cas, il m'avait ôté le reste de ma santé mentale.

– Tu as du mal à accepter les compliments, a-t-il commenté.

Ça, c'était vrai, je le savais. Je ne suis pas moche ni même quelconque, mais la maternité – et le fait d'avoir été larguée par mon ex – m'ont privée de toute confiance en moi. Avant, j'avais l'habitude d'arriver quelque part en terrain conquis, où du moins d'être sûre de moi. Je n'avais plus ressenti ce sentiment de confiance depuis bien longtemps.

Même l'intérêt que me portait Bram, cet Écossais riche et libre, n'y faisait rien. Sans doute parce que je connaissais sa réputation de tombeur, et que, bien qu'il n'ait pas été en train de boire, j'avais reconnu le goût du whisky sur ses lèvres.

Oh, ses lèvres étaient tellement craquantes ! J'ai vite détourné le regard, en tentant d'oublier leur texture, leur goût sucré si envoûtant.

– Est-ce que tu as pris pour argent comptant ce que t'a raconté cette espèce de surfeur ?

Cette espèce de surfeur ? J'ai mis un instant avant de réaliser de quoi il parlait.

– Aaron ? ai-je demandé. C'est l'ancien petit ami de Stéphanie.

Il a vaguement haussé les épaules.

– C'est une femme mariée, à présent. Je suis sûr qu'il est à nouveau en chasse. Il n'a pas arrêté de te draguer de toute la soirée.

Je le savais bien, mais Aaron s'y prenait d'une façon si nulle, si insipide, que ça m'était complètement égal.

– Tu m'as vraiment observée.

Il a souri doucement.

– C'était toi la plus belle fille de ce mariage.

Puis, après une pause, il a repris :

– À part la mariée, bien sûr, mais ça, je suis obligé de le dire.

Il a glissé sa main derrière ma tête et j'ai essayé de ne pas tressaillir en pensant qu'il allait me décoiffer.

– Que dirais-tu que nous quittions les lieux, toi et moi ? Je crois que Linden et Stéphanie sont déjà partis depuis un bon moment.

Tout ça allait bien trop vite. Ses paroles semblaient dénouer des liens à l'intérieur de moi, ceux qui me permettaient de rester raisonnable et d'agir comme quelqu'un de responsable. Le son de sa voix si sexy me donnait la chair de poule, mais je savais que j'avais des responsabilités et que je ne pouvais pas me permettre d'avoir une aventure d'une nuit avec Bram McGregor. Même si cette petite voix intérieure, celle qui aimait « faire la fête » et que j'enfouissais si souvent, me titillait en me suppliant de me laisser un peu aller, je ne le pouvais pas. Et puis de toute façon, ça ne déboucherait jamais sur quelque chose de plus sérieux, pas avec quelqu'un comme lui.

Il s'est à nouveau penché sur moi. Ses lèvres ont caressé très doucement les miennes, ce qui m'a immédiatement fait bouillir à l'intérieur.

– Allez, a-t-il murmuré. Je sais que quelque part en toi se cache une lionne. Je le vois. Laisse-la s'exprimer. Laisse-moi t'aider.

Oh Seigneur, si seulement je pouvais !

– Je ne peux pas, je dois rentrer chez moi.

Il s'est mis à sourire contre mes lèvres. C'était merveilleux.

– Emmène-moi chez toi. Je te promets que je me tiendrai bien.

Il m'a embrassée doucement, longtemps, avec insistance, avant de se retirer lentement, douloureusement.

– En vérité, je te promets de mal me conduire, a-t-il chuchoté d'une voix enrouée, mais je te jure que tu vas aimer ça.

J'ai attendu d'avoir reculé de quelques centimètres pour lui répondre :

– Tu ne comprends pas. Je dois aller payer la baby-sitter. Elle va bientôt vouloir rentrer chez elle.

Je ne m'attendais pas à le voir se figer ainsi. Je pensais qu'il savait que j'avais un enfant. Mais devant son air sidéré, j'ai compris qu'il n'était pas au courant.

– Une baby-sitter ? Tu as un enfant ?

J'ai hoché la tête en sentant mes défenses reprendre de la vigueur.

– Ava. Elle a cinq ans.

– Je ne savais pas, a-t-il dit en clignant des yeux.

Pourquoi est-ce que les hommes flippent chaque fois qu'ils découvrent que je suis mère célibataire ? On pourrait croire qu'en ces temps soi-disant plus progressistes, les hommes seraient un peu plus ouverts d'esprit, maintenant qu'ils sont plus souvent confrontés à ce genre de situation. Et puis j'ai trente et un ans, je ne suis plus une môme.

Je n'ai pas pu m'empêcher de lui balancer un sourire sarcastique.

– Il y a beaucoup de choses que tu ignores de moi.

En y repensant, je ne l'avais rencontré qu'une ou deux fois auparavant, et dans des occasions où nous nous étions à peine salués ou serré la main. Je ne crois pas que je lui avais jamais parlé en tête à tête avant ce soir.

Il a jeté un coup d'œil à sa montre que je venais juste de remarquer. Elle brillait dans l'obscurité.

– Eh bien, je crois qu'il va falloir songer à te mettre en route, Cendrillon.

– Il est déjà minuit? ai-je demandé en me sentant soudain très maladroite.

Je me suis levée lentement, mes pieds hurlaient de douleur dans les sandales Ross Atwood que Stéphanie m'avait offertes pour le mariage. Elles étaient vraiment sexy, mais pas confortables du tout. Il s'est levé à son tour, et même en comptant mes talons qui rajoutaient bien dix centimètres à mon mètre soixante-dix, il était encore bien plus grand que moi. J'ai tenté d'oublier qu'il était beau comme un dieu dans son smoking, à cette distance infime qui séparait mon corps de son corps tellement musclé. Tous ses détails physiques que j'avais essayé de gommer s'étalaient devant moi au grand jour, comme si un néon clignotait : « Super bon coup ».

– Ouaye, a-t-il répondu avec son accent. Je peux t'appeler un taxi ?

J'ai secoué la tête.

– Non, je vais prendre un Uber.

Il m'a regardée fixement un moment comme s'il réfléchissait, avant d'incliner la tête.

– Dommage que je ne puisse te convaincre de détacher tes cheveux, juste pour une nuit.

Je lui ai lancé un regard en serrant mon verre vide.

– Détacher ses cheveux n'est pas toujours évident pour une mère célibataire.

– Tu as raison. Laisse-moi au moins te raccompagner à la fête.

Il m'a offert son bras. Après une seconde d'hésitation, je l'ai saisi. Je dois reconnaître que c'était bien agréable de me laisser guider par lui, comme si je donnais le bras à mon amoureux d'un soir.

Mais dès que nous sommes arrivés devant des invités, il a m'a lâchée et avec un sourire rapide m'a lancé :

– Rentre bien, Beauté.

Et voilà, ce fut tout.

Je l'ai observé qui se glissait dans la foule, en direction du bar. La fête battait son plein, mais en effet, Stéphanie et Linden avaient dû s'éclipser, je ne les voyais nulle part. J'ai aperçu les parents des mariés et Aaron, Kayla, Penny, James et plusieurs autres de nos amis. La plupart étaient en train de danser et de s'amuser, tous bien faits, pendant qu'à l'arrière-plan les bateaux se balançaient doucement dans la marina.

Parfois, c'est vrai, c'est dur d'être Cendrillon.

En soupirant, j'ai allumé mon téléphone et j'ai commandé une voiture Uber. Nous étions un samedi soir, du coup le chauffeur n'arriverait pas avant un quart d'heure. Je me suis avancée jusqu'aux portes de yacht-club et je me suis assise sur un banc en acier à côté d'une ancre de marbre, pour soulager mes pieds endoloris. Je scrutais la chaussée pour voir si mon Uber arrivait quand j'ai entendu un éclat de rire qui m'a fait tourner la tête vers la réception. Bram avait passé son bras autour d'une nana blonde que j'avais repérée plus tôt. Une des cousines lointaines de Steph, je crois. Elle avait l'air bien jeune, bien bourrée et bien accro à Bram.

Et malheureusement, il avait l'air d'être dans les mêmes dispositions qu'elle. Quand elle s'est pris le pied dans l'herbe et qu'elle a trébuché, il l'a rattrapée et l'a serrée dans ses bras. Elle s'est remise à rire et l'a embrassé. Il l'a embrassée passionnément en retour, en serrant son corps souple dans sa robe moulante contre lui. Elle a glissé sa main sur son pubis, comme pour mieux apprécier son érection.

Il lui a souri, de ce sourire stupide et carnassier, et l'a emmenée vers le jardin, là où nous étions un peu plus tôt. Ils ont disparu derrière les rosiers. Son rire planait encore dans l'air et je n'ai pas pu m'empêcher de l'imaginer en train de la déshabiller, de l'allonger sur le banc et d'ouvrir sa braguette. J'ai observé les buissons pendant un moment, je les voyais bruire, ça me rendait malade et ça m'excitait en même temps.

C'aurait pu être moi.

Mais ça ne l'était pas. Et quand j'ai commencé à entendre des gémissements sourds, j'ai essayé de ne plus y penser. Jésus, il était passé à autre chose bien rapidement quand il avait compris qu'il n'avait aucune chance avec moi.

Quand la voiture est arrivée à ma hauteur, j'étais envahie par un sentiment de honte et de colère. Quel beau salaud ! J'avais eu bien de la chance de ne pas avoir craqué, de ne pas avoir jeté ma culotte à tous les vents pour pouvoir baiser avec cet enfoiré d'Écossais. J'avais eu bien raison. Il était synonyme de problèmes, de danger. Il fallait que je me tienne éloignée de ce genre de type. Je m'en voulais de lui avoir rendu son baiser, sans parler des paroles que nous avions échangées.

Bien calée à l'arrière de la voiture, alors que nous traversions le Golden Gate, j'ai repensé à ma devise. Vivre sans regrets ? Je regrettais vraiment de lui avoir laissé croire un moment qu'il allait faire l'amour avec moi cette nuit.

J'avais aussi une autre devise : « Trompe-moi une fois, honte sur moi. Tu ne me tromperas pas deux fois. »

Je n'abandonnerais plus jamais ma fierté, pour qui que ce soit. Si jusqu'à présent Bram n'était pas sur ma liste noire, maintenant, il en faisait partie, en bonne place.

Chapitre 1

Nicola

– Nicola Price, vous êtes virée, m'annonce mon patron en singeant le ton de Donald Trump.

Sauf qu'il ne plaisante pas et que sa moumoute toute gluante de gel ferait honte à Trump lui-même.

En fait, je pense qu'il m'a dit : « Nicola, nous sommes vraiment désolés, mais nous sommes obligés de nous passer de vos services. » Mais quelle différence est-ce que ça fait puisque ça veut dire exactement la même chose ? En une seconde, j'ai perdu mon boulot, mes revenus, ma stabilité, mon avenir.

Bizarrement, je ne pique pas ma crise comme le fait Ava quand elle ne trouve plus Snuffy, sa peluche préférée. Je ne verse pas la moindre larme. Au lieu de ça, je reste là assise, bouche bée comme une idiote, sans réaction, une pauvre chose, pendant que Ross mon boss (mon ex-boss, maintenant) me baratine en m'expliquant combien il est désolé, qu'il aurait bien aimé pouvoir me garder mais que la société réduit ses effectifs et ferme un des magasins, et patati, et patata.

Mais rien de tout ça n'a la moindre importance, parce que j'ai travaillé trois mois, moins une semaine. Et qu'une semaine plus tard, j'aurais terminé ma période d'essai et obtenu une assurance maladie. Et une augmentation. Et que j'aurais surtout obtenu une tranquillité d'esprit et un poste dans le domaine qui m'intéressait.

Et maintenant je suis en colère, parce que je réalise que ces salauds n'ont jamais pensé à m'offrir un poste permanent, ils voulaient simplement m'exploiter pour pas cher. C'était leur plan depuis le début, de m'appâter sous de faux prétextes, puis de me jeter avant que ça devienne sérieux.

Ça ressemble tellement à ma vie amoureuse, quand j'y pense.

– Est-ce que je peux faire quelque chose pour vous ? me demande-t-il d'un air compatissant, en guettant sur mon visage les premiers signes d'une explosion imminente.

Ava, j'en reviens toujours à ma fille. Sans elle, j'aurais probablement accepté mon renvoi sans broncher. J'aurais pris la chose avec philosophie, comme j'essaie de le faire avec tout ce que la vie m'apporte, comme on me l'a appris dès mon plus jeune âge. Ne leur montre jamais que tu pleures. Ne leur montre jamais que tu n'es pas la personne idéale, celle qui est parfaitement appropriée. Relève la tête et continue, comme quelqu'un d'hyper-cool.

Mais ma vie actuelle est tout sauf cool. Le loyer de mon appart minable vient d'augmenter. Ma voiture a besoin d'une révision que je ne peux pas m'offrir, du coup elle reste garée, à rouiller dans l'éternelle brume de San Francisco, et Ava est de plus en plus souvent malade. Rien de grave disent les docteurs, elle est juste léthargique pendant quelques jours, mais je me fais un mouron pas possible pour elle et je n'ai pas toujours de quoi régler la visite du médecin. Sans compter qu'un médecin n'est pas forcément utile dans ce cas. Je comptais vraiment sur cette assurance médicale pour elle, pas pour moi.

Alors, comme Bruce Banner lorsqu'il se transforme en Hulk, mais sans déchirer ma chemise pour autant, je balance tout à mon ex-patron, qui ne s'y attendait pas.

Pendant trois mois, je suis venue travailler, toujours tirée à quatre épingles, et oui monsieur, et non monsieur, j'ai assuré comme une véritable esclave, dans tous les magasins, et en gardant toujours le sourire. Ne leur montre jamais que tu en chies. Aie toujours l'air cool.

Et merde.

Je ne sais même pas exactement quoi dire. C'est comme si j'étais plongée dans une fosse profonde, remplie d'un obscur ressentiment refoulé. Je pense même que j'ai perdu les pédales un moment. Tout ce que je sais, c'est que quand je réalise ce que je suis en train de faire, je suis debout, le doigt pointé vers mon ex-patron, et je déverse sur lui un tombereau d'injures.

–Vous savez, si c'était juste moi que vous aviez entubée, ça m'irait. Mais là, il s'agit de ma fille. Comment osez-vous me virer juste une semaine avant que j'obtienne une assurance maladie! je hurle. Vous n'avez donc aucun cœur?

Vu la façon très calme dont Ross décroche son téléphone et demande à son assistante, Meredith, de venir pour me raccompagner vers la sortie, c'est clair, il n'a pas de cœur.

Meredith ne m'a jamais appréciée, et la dernière chose dont j'aie besoin, c'est de la voir jubiler, donc je file avant qu'elle n'arrive pour se complaire de mon visage tuméfié et désemparé. Je ramasse rapidement mon sac dans mon cagibi situé dans le bureau du personnel, en remerciant le Ciel, pour une fois, de ne pas avoir eu de bureau personnel pendant les trois mois que j'ai passés ici comme styliste. Quelle horreur ça aurait été d'avoir à le vider ! Je ne dis même pas au revoir à Priscilla, l'acheteuse dont je suis devenue assez proche, ni à Tabby, la responsable régionale du merchandising, dont j'avais espéré obtenir le poste un jour. J'ai trop la honte pour leur raconter ce qui vient de se passer, et je me sens encore plus mal quand je me dis qu'elles étaient peut-être au courant depuis le début. Quand j'ai décroché ce job chez Rusk, la célèbre marque de vêtements de yoga, j'ai cru que j'avais enfin réussi. J'avais passé trop de temps sans progresser. Ça n'est pas toujours facile dans cette ville, quelle que soit la branche dans laquelle vous êtes. Et la mode est bien entendu l'une des plus compétitives.

J'ai été en fac avec Stéphanie, à l'Art Institute de San Francisco, nous nous y sommes retrouvées après des années de séparation. J'avais grandi à ses côtés à Petaluma, une ville plus au nord. Je l'ai connue à l'école primaire. Et puis mes parents ont divorcé et j'ai déménagé avec ma mère à Pacific Heights, dans San Francisco, avec son nouveau mari très riche. Pour la faire courte, après avoir été au lycée avec des mômes de riches – et en en étant une moi-même –, je me suis inscrite en fac pour suivre un cursus qui corresponde à ma passion pour la mode. Car ce n'était pas les vêtements que je dessinais pendant mon temps libre, avec leurs imprimés graphiques et leurs phrases décalées, qui allaient me faire vivre ou me lancer dans la carrière. Ils étaient chouettes mais n'avaient rien d'extraordinaire (comme me l'avait dit mon ex-beau-père). Alors, je me suis dit qu'une carrière dans le merchandising de mode était une bonne idée.

Et ça l'était. Enfin, je veux dire que l'école était géniale. Je me sentais enfin dans mon élément, entourée de gens qui partageaient ma passion, qui croyaient en moi. Mais trouver du boulot à la sortie de l'école ne fut pas si facile. Et même après avoir dégotté quelques stages dans des boîtes reconnues (dont Banana Republic), j'ai eu un mal de chien à trouver un poste qui me corresponde et paye assez pour me permettre d'offrir le nécessaire à Ava.

C'est toujours là que j'en reviens, à ma fille. Son arrivée a bouleversé ma vie si bien organisée, mais je l'ai acceptée sans broncher, bien décidée à l'aimer. Et c'est ce que j'ai fait, de tout mon cœur. Je n'ai jamais regretté de l'avoir gardée. Mais c'est le départ de Phil, le père de mon enfant, qui m'a vraiment démolie. Et après ça, tout est parti en lambeaux. Ava et moi, nous étions seules face au reste du monde.

Une fois pourtant, alors que j'étais encore avec Phil, j'ai cru que mes prières étaient exaucées. J'ai trouvé un boulot de rédactrice publicitaire et acheteuse pour un site en ligne de bijouterie. C'était vraiment génial. Le salaire était bon, et tout me portait à croire que s'ouvrait devant moi une longue carrière très prometteuse. Mais le commerce en ligne est très pointu et très risqué. Au bout de deux ou trois ans, le site a fait faillite. Je me suis retrouvée au chômage. Puis mon amoureux est parti. Ensuite, ma mère a trompé son mari, et à cause de la clause d'indemnité de leur contrat de mariage, du jour au lendemain je n'ai plus pu compter sur aucun revenu complémentaire, et j'ai dû quitter mon appartement agréable pour un studio quelconque, puis pour un autre assez miteux dans le quartier pourri de Tenderloin, tout en essayant de retrouver du travail.

Finalement, après un congé maternité d'un an passé à faire la vendeuse au rayon chaussures de Nordstrom (ce qui n'était pas du tout ce que je voulais faire, mais qui me permettait de payer mes factures), je suis entrée chez Rusk. Je pensais avoir trouvé quelque chose qui correspondait à ce que j'aimais, tout en me permettant d'élever correctement Ava. Non qu'elle demande quoi que ce soit, mais je tenais à pouvoir lui offrir ce dont elle avait envie. J'aurais fait n'importe quoi pour elle, y compris bosser comme une dingue pour qu'elle puisse bénéficier de toutes les opportunités qu'offre la vie.

Rusk m'avait fait miroiter une belle carrière dans le merchandising et un gros chèque en fin de mois, plus plein d'autres avantages. Bien que mon salaire à l'essai ait été à peine supérieur au salaire minimum, je me suis bercée de ces belles promesses. J'ai vraiment pensé que tout allait changer.

Ce fut le cas. En pire. Et maintenant je me dépêche, je double les gens dans Sutter Street, je suis au bord de la crise de panique. Les visages que je croise sont des taches blanches. De temps en temps, ma vision se brouille de larmes chaudes. Elles ne coulent pas pourtant. Ça doit vouloir dire quelque chose. Que je suis une combattante. Que je vais dépasser ça.

Je trouverai un autre boulot. J'aurai une autre chance.

Parfois, j'ai l'impression que la vie n'est qu'une suite d'épisodes pendant lesquels on tente de trouver une autre voie. Je me demande ce que l'on ressent quand on s'aperçoit que cette fois-ci, il n'y a pas d'autre voie possible.

Plus j'avance en direction de Leavenworth, plus les rues deviennent sales et les gens moins amicaux. Ou alors trop amicaux, ça dépend de quel point de vue on se place. Le type habituel au sourire édenté fait la manche devant le magasin de spiritueux, mais aujourd'hui je ne lui donne rien. Je passe tête baissée et je continue mon chemin à travers ce quartier à qui j'en ai voulu d'être ma seule option possible depuis que cette ville est devenue hors de prix. J'ouvre la porte d'entrée de mon immeuble. Je m'arrête pour la regarder avant de la refermer derrière moi. C'est une porte en verre avec des barreaux verticaux, un signe distinctif du quartier. Je me souviens que quand Phil est parti et que j'ai perdu mon boulot au magasin on line, je n'ai plus pu me permettre d'habiter à Noe Valley, cette banlieue géniale à côté de Castro. J'adorais mon appartement, mais c'était devenu impossible d'y rester tout en élevant Ava. Toutes les deux, nous sommes passées d'appartement en appartement, aux standards de plus en plus bas, jusqu'à ce que je me surprenne à examiner la façade pourrie de cet immeuble en espérant pouvoir y dénicher un appartement, tout en me promettant de le quitter dès que je le pourrais. Visiblement, je n'en aurai pas l'occasion avant un bon moment.

Je soupire. Le cœur lourd, je monte au deuxième étage. Généralement, ma mère garde Ava le jeudi et le vendredi et je paie Lisa pour la garder le reste du temps. J'ai essayé de trouver une garderie abordable, mais c'est quasi impossible dans cette ville. Les listes d'attente sont monstrueuses, et il faut vraiment faire attention à l'endroit où vous laissez votre enfant. Avant d'avoir Ava, je n'avais pas idée de la difficulté que représentait la sécurité d'un enfant. Je pensais qu'il serait facile de lui trouver une crèche, une baby-sitter, ainsi qu'une bonne éducation et des soins de santé, peut-être parce que pour moi ça avait été facile (ou peut-être qu'enfant, on ne fait pas attention à ce genre de choses). Mais maintenant je sais.

Personne ne s'occupe de vous ni de votre enfant, à part vous.

Je glisse ma clé dans la porte et je l'ouvre tout doucement, si jamais Ava fait la sieste. L'appartement possède une chambre mais il ne fait que cinquante et un mètres carrés. J'ai essayé de l'embellir le plus possible, et à mon avis, il est aussi bien aménagé que mon appartement bien plus chic de Noe Valley. Franchement, on dirait un magasin d'exposition d'Anthropologie. Comme je ne peux plus me permettre de faire mes courses là-bas, je me suis accrochée à mes affaires comme si elles valaient de l'or, recollant les anses de mes tasses à café quand elles cassaient où reprisant mes anciens rideaux quand Ava avait tiré trop fort dessus (ce qui est arrivé plus d'une fois).

Ava et Lisa jouent à la poupée sur le tapis à poils longs, et dès que j'entre, le sourire d'Ava s'élargit. Elle m'offre cet immense sourire, si éclatant, si merveilleux, et se lève d'un bond pour courir vers moi. Elle entoure mes jambes de ses bras. Avant d'avoir pu fermer la porte, je m'accroupis et je la serre fort dans mes bras. La simple présence de ma fille me remonte le moral. Elle rend les choses difficiles et faciles à la fois, un truc que j'ai du mal à comprendre. Parfois, je me dis que quand vous aimez trop fort, vous êtes beaucoup plus conscient de tout ce que vous pourriez perdre. Serrer ma petite fille dans mes bras m'apaise et me fait prendre conscience que je vais devoir faire tout ce que je peux pour qu'elle soit heureuse. Je me recule. Ava me dévisage avec curiosité.

– Maman, pourquoi tu pleures ?

Je ne m'en étais même pas rendu compte. J'essuie vite mes larmes et je lui fais un petit sourire.

– Je vais bien, mon ange.

Lisa se lève en passant ses mains sur son jean. Je fais pareil, je referme la porte derrière moi et je pose la main sur la chevelure blond cendré d'Ava.

Habituellement mes cheveux sont longs et bruns foncés, bien plus foncés que ceux d'Ava, mais Steph me les a coupés récemment et elle m'a fait des mèches. Je lui ai dit que quand elle en aurait marre de diriger sa boîte, elle pourrait toujours devenir coiffeuse.

–Tout va bien ? me demande Lisa en m'observant à travers ses lunettes.

Grande, fine comme un roseau, avec son éternelle queue de cheval de sportive, Lisa est une étudiante super-brillante, qui a l'air plus sérieuse qu'on ne l'est habituellement à son âge, parfois même plus mature que moi. Ça fait deux ans qu'elle s'occupe d'Ava quand elle peut s'arranger avec son emploi du temps. Je ne veux pas la perdre et je n'ai aucune idée de la façon dont je dois aborder le sujet, mais je ne vois vraiment pas comment je vais pouvoir la payer si je suis au chômage. Merde, si j'avais un peu mieux fait les choses, j'aurais sans doute pu travailler encore une semaine et ainsi gagner un peu plus d'argent. Mais vu la façon dont j'ai hurlé sur Ross, j'ai même des doutes sur l'intérêt de mentionner Rusk sur mon CV. Personne ne veut embaucher une dingue.

Je fais un signe de tête à Lisa et je dis à Ava d'aller dans notre chambre mettre sa poupée au lit. Elle part en courant et je me jette dans le canapé avec un grand soupir.

–Qu'est-ce qu'il y a ? demande Lisa en s'asseyant sur l'accoudoir.

Je me mordille les lèvres un moment, en évitant son regard.

–J'ai été virée.

Elle sursaute.

–Quoi, tu es sérieuse ? Pourquoi ?

Je hausse les épaules.

–Ils m'ont raconté un tas de conneries, à propos de la fermeture de certains magasins, mais de toute façon, ce n'était pas ceux pour lesquels je travaillais. Je crois qu'ils voulaient juste que je bosse pour pas un rond.

– Putain, ça craint. Qu'est-ce que tu vas faire ?

Je la regarde comme si je m'excusais.

– Je vais chercher un autre job. Mais en attendant, j'ai peur de ne pas pouvoir te garder. Je vais avoir vraiment du mal pendant un moment.

Son visage se crispe un instant, mais reprend vite son expression de sympathie. J'avais oublié qu'elle comptait sur moi autant que je comptais sur elle.

– Je comprends. Et je suis sûre que tu vas trouver quelque chose très vite.

– J'espère, dis-je. Il le faut.

Elle me serre légèrement l'épaule.

– Bon, il faut que j'y aille. Je suppose que tu ne veux pas que je vienne demain soir ?

Je lui lance un regard ironique et soudain, je me souviens.

– Merde ! je m'écrie, en espérant qu'Ava ne m'entende pas.

Demain soir, c'est l'anniversaire de Linden et il le fête un mardi au lieu d'un week-end, comme le ferait n'importe qui d'autre. Je regarde Lisa.

– Non, je ne crois pas. Mieux vaut que je reste à la maison.

Elle acquiesce et ramasse son sac sur le comptoir. J'ai l'impression qu'elle va se mettre à pleurer.

– Je t'enverrai un texto dès que quelque chose se présente, lui dis-je.

Elle me fait un petit sourire avant de sortir et de refermer la porte derrière elle.

L'appartement est soudain silencieux, je n'entends même pas Ava jouer dans la chambre. Puis une petite voix s'élève :

– Maman ?

Je me lève. Je me sens très vieille subitement. Je me traîne jusqu'à la porte de notre chambre et je m'adosse au chambranle. Ava couche sa poupée.

–Tu vois, je prends soin d'elle, comme toi tu prends soin de moi.

J'ai un mal de chien à ne pas m'écrouler devant elle.

* * *

J'ai passé la soirée d'hier dans un état d'hébétude, au fond de mon canapé, à regarder les programmes préférés d'Ava en la serrant dans mes bras, tout en essayant de ne penser à rien d'autre qu'à la monstrueuse coupe de cheveux de Dora l'Exploratrice. Après avoir couché Ava, j'ai bu une demi-bouteille de vin, j'ai feuilleté *Vogue* et *Harper's Bazaar* en ignorant les textos de Steph et Kayla, sans répondre à un appel de ma mère. Mon père, avant que ma mère le quitte et qu'il s'envole pour l'Inde faire de l'humanitaire (j'aurais aimé pouvoir faire la même chose quand Phil m'a larguée) avait pour coutume de me taquiner à propos de ma fierté. Maman et moi nous en souffrons, nous ne reconnaissons jamais nos faiblesses, nous ne demandons jamais d'aide. Mais maintenant, dans la froide lumière grise de cette fin de journée, il faut que je dorme un peu et que j'explique à Ava que sa mère va rester un certain temps à la maison avec elle. Je sais que je dois faire face à tout ça. Je sais que je dois remettre ma vie sur des rails, du mieux que je peux. Si j'y parviens sans demander l'aide de quiconque et sans que quelqu'un se sente désolé pour moi, tant mieux.

Je passe la matinée à éplucher Craiglist ainsi que d'autres sites de petites annonces avant que l'angoisse devienne trop forte. Alors, j'emmène Ava au square de Little Saigon. Après, on s'offre une soupe phô et je vérifie mon portable en espérant déjà avoir des retours. Ça me rend dingue de chercher du travail. Chaque fois que je tombe sur une description de poste qui me plaît, ça devient une obsession. Je reporte dessus tous mes espoirs, comme si ce poste allait transformer miraculeusement ma vie, comme si j'avais la moindre chance. Ne pas pouvoir parler de Rusk dans mon CV, ce n'est franchement pas idéal.

Après que j'ai ignoré ses cinq SMS, Steph finit par m'appeler. Je viens de mettre Ava au lit pour la sieste. Je ferme la porte de la chambre, je prends une profonde inspiration et je réponds.

– Salut. C'est rare que tu appelles.

– C'est parce que d'habitude, tu réponds à mes textos, dit-elle rapidement. Où étais-tu passée ?

– Ici.

– Comme en Californie par exemple, où ailleurs de plus précis ?

– Juste... ici.

– Tu vas bien ?

Voilà pourquoi je ne voulais pas répondre à Steph. Elle possède un sixième sens pour ce genre de choses.

– Mmmm.

Une réponse vague, c'est mieux.

– Tu viens toujours ce soir, n'est-ce pas ?

– Eh bien...

– Nicola ! Je ne t'ai pas vue depuis des semaines !

C'est la vérité, bien que ça soit surtout de sa faute. Elle a été super-occupée avec sa nouvelle boutique en ligne. Elle avait déjà un magasin en ville, Fog and Cloth, mais elle a décidé d'en ouvrir un autre en ligne. Mais tout comme pour la boîte pour laquelle je travaillais avant, ça n'a pas été simple. C'est très accaparant, et elle ne délègue pas beaucoup. Elle n'a qu'une employée dans son entrepôt. Je la vois donc rarement, surtout quand arrive la saison d'été.

– Écoute, je lui dis en repoussant mes cheveux et en fixant la bouteille de vin sur le comptoir. (À cet instant, je donnerais mon sein gauche pour avoir un autre verre de vin, mais il ne faut pas avec Ava dont j'ai la charge.) Il s'est passé un truc, et je n'ai pas Lisa ce soir.

– Qu'est-ce qui s'est passé ?

– Je n'ai pas envie d'en parler.

– Mais moi, j'ai envie de savoir.

J'ouvre de grands yeux.

– Évidemment, tu veux toujours tout savoir.

Je prends ma respiration.

– Écoute, tu me promets de ne pas en faire tout un fromage ?

– Ouais...

– Tu me promets que tu n'en parleras pas. Pas du tout.

Un silence.

– Peut-être.

– Alors je ne te le dis pas.

– Vas-y, putain, dis-moi.

– Et dis donc, surveille ton langage. Ton mari déteint sur toi.

Elle éclate de rire et je fais les gros yeux. J'imagine que même si votre interlocuteur ne vous voit pas, il sent quand vous faites les gros yeux.

– Arrête, espèce de perverse.

– Non, mais sérieusement, je n'en parlerai pas. Dis-le moi.

Alors je me lance. Je dois reconnaître qu'elle n'ouvre pas la bouche jusqu'à ce que j'aie vidé mon sac sans prendre le temps de reprendre ma respiration

– Ouah ! dit-elle. C'est... mais je ne dois pas en parler. Mais... sérieusement ?

Je l'avertis.

– Stéphanie.

Elle gémit.

– Bon, bon. Mais il faut que tu viennes ce soir. Tu ne dois pas rester toute seule.

– Peut-être que tu n'as pas entendu quand je t'ai dit que je n'avais plus de baby-sitter.

– Amène Ava !

Je ris à moitié.

– Ouais, bien sûr, dans un bar ?

– Eh bien peut-être pas dans un bar, mais nous nous retrouvons tous à la maison avant, pendant une heure ou deux pour boire des coups. Tu peux au moins venir là.

– Je ne peux pas me payer un taxi et ma voiture est encore en panne.

– Ne t'inquiète pas pour ça, je m'en occupe.

– Je n'ai pas besoin qu'on s'occupe de moi, je réponds en sentant mes poils se hérisser.

– Je sais, mais tout de même. Je suis là, non ? C'est à ça que servent les amies. Je vais te dégoter une belle voiture et tu viendras chez moi, nous passerons un moment agréable entre amis et nous n'aborderons pas le sujet, si tu ne veux pas. S'il te plaît, ne te fais pas prier.

– Mais j'aime bien quand tu me pries.

– Tu es comme Linden.

– Ok, épargne-moi les détails ou je raccroche.

Elle éclate de rire à nouveau.

– Désolée, bon, Ok Dac, sois prête pour dix-huit heures. Nous grignoterons ici, alors ne t'embête pas avec le dîner, je préparerai quelque chose pour Ava. En fait, je veux dire que c'est Linden qui s'en chargera, puisqu'il est le seul qui sache cuisiner. À très vite, et tiens bon. Tout finira par s'arranger.

Je raccroche, je n'ai aucune envie de voir des gens, même si ce sont mes amis. Mais je n'ai pas non plus envie de me confronter à cette bouteille à moitié vide et de passer ma soirée à ruminer.

Heureusement je me sens un peu mieux après avoir pris une douche rapide pour me préparer pour la soirée. C'est sans doute parce que je ne suis pas sortie depuis très longtemps, et que quelque chose, pendant que je m'habille, me dit que je suis dans mon élément.

Je boucle mes cheveux, je me glisse dans une paire de jean skinny que j'assortis avec un haut froufroutant bien dégagé sur les épaules. Je me mets un coup de rouge à lèvres écarlate pour parachever mon look señorita sensuelle, bien qu'avec mes taches de rousseur sur le nez et mon teint diaphane d'Anglaise, j'en sois vraiment à l'opposé.

Ava est surexcitée à l'idée d'aller à « une fête de grands ». Elle semble vouloir me copier en prenant tout son temps pour choisir sa tenue, même si finalement, elle décide de mettre sa taie d'oreiller Bob l'éponge. À la place, je lui enfile une robe violette et nous descendons pour attendre le taxi, le siège rehausseur à la main.

Quand j'aperçois la Mercedes bleu marine tourner au coin de ma rue, je me dis que Stéphanie a peut-être commandé le Uber le plus cher de la ville.

La voiture s'arrête et je serre la main d'Ava en restant à la porte de mon immeuble, le temps d'être bien sûre que c'est pour nous. Quand la porte côté conducteur s'ouvre et qu'un grand type en costume en sort, je comprends que ça ne peut pas être pour moi. Les chauffeurs Uber ne sont pas aussi bien habillés. Enfin, jusqu'à ce que je voie son visage.

Bram. Putain. Mc Gregor.

Je cligne des yeux. Mes joues se mettent à me chauffer et je ne souhaite plus qu'une chose, c'est que ce soit une grossière erreur. Bram ne peut pas être venu me chercher, n'est-ce pas? La dernière fois que je l'ai vu, c'était au mariage de Steph et de Linden, et bien que nous ayons eu un petit moment d'échange torride, il n'avait pas mis bien longtemps à trouver d'autres lèvres à embrasser. Et quand je parle de « pas longtemps », je veux dire quelques minutes.

– Nicola, dit-il avec son accent écossais tellement troublant, en se penchant sur sa voiture de luxe. Tu es prête ?

Et merde, il est venu pour moi.

Je manque faire tomber le siège rehausseur. Je serre la main d'Ava et je prends une profonde inspiration. J'ai envie de tuer Stéphanie, bien que je ne lui aie jamais avoué que je suis sortie avec son beau-frère et qu'elle ne peut donc pas deviner à quel point je déteste Bram.

Souvenez-vous de ce que je vous ai dit à propos de ma fierté, et du fait que j'en ai à revendre ? Eh bien, Bram l'a blessée, bien plus qu'il ne peut l'imaginer.

Et maintenant, je dois monter en voiture avec lui et ma fille, alors que je traverse un des pires moments de ma vie.

Il regarde le lourd siège dans ma main.

– Tu as besoin d'un coup de main ?

Je suis sur le point de lui dire « non, non merci », et que j'ai changé d'avis concernant cette soirée. Mais Ava me pousse vers la voiture, comme si je ne lui avais pas appris à se méfier des étrangers.

– Viens, Maman, cette voiture brille.

C'est sûr, elle va se fourrer dans des galères pas possibles quand elle sera plus grande.

Mes yeux croisent brièvement le regard de Bram et ça déclenche en lui un putain de sourire, un de ceux dont il a le secret et qui me font bouillir intérieurement.

Donc, finalement, je vais en soirée avec Bram Mc Gregor.

Et merde.

Chapitre 2

Nicola

Je me calme, je rejette mes épaules en arrière et je redresse la tête comme j'avais l'habitude de le faire au lycée quand j'étais la nouvelle, rejetée par toute une bande de sales vaches, plus certaines les unes que les autres d'être dans leur bon droit. J'envoie à Bram un sourire parfaitement confiant et complètement bidon, et je m'avance vers sa voiture, bien décidée à gérer la situation le plus calmement possible.

Mais il est rapide, il contourne la voiture et attrape le siège rehausseur. Je m'attendais à sentir à nouveau cette odeur de cigare et de menthe poivrée, mais cette fois, c'est juste un parfum frais et terreux, comme celui des bois après la pluie.

–Je peux le faire, lui dis-je en ne pouvant m'empêcher de le fusiller du regard, tout en étant parfaitement consciente que je suis un peu garce.

Il ne semble pas le remarquer et avant que je puisse lui demander s'il sait comment s'y prendre, il a ouvert la portière arrière et a installé le siège comme un vrai pro.

Je suis assez impressionnée.

–Tu fais souvent le chauffeur pour les mères de famille ?

–Aucune aussi jolie que toi.

Il se tourne vers Ava et s'accroupit devant elle.

–Comment t'appelles-tu, petite mère ?

–Je ne suis pas petite, dit-elle en fronçant les sourcils, je m'appelle Ava. Et je suis une grande fille.

Il acquiesce avec un air sincère. Et dans la lumière tombante de cette fin d'après-midi, il me semble soudain un peu différent d'il y a six mois. Plus vieux, peut-être, même si je sais qu'il a environ trente-cinq ans. Peut-être que son costume, qui tombe impeccablement, le fait paraître plus mature. Peut-être est-ce la voiture. Ou peut-être quelques fils d'argent que j'aperçois sur ses tempes, au milieu de son épaisse chevelure noire. Peut-être est-ce parce que je suis sobre, et lui aussi. Enfin, je l'espère.

–Alors, on t'a désigné chauffeur pour la soirée ? je lui demande en attrapant Ava et en l'installant sur son siège rehausseur. Ou bien tu as perdu un pari ?

–Je ne perds jamais mes paris, dit-il doucement, quelque part derrière moi.

Je jette un coup d'œil par-dessus mon épaule, il est en train de me mater les fesses.

–Tu l'as bien regardé ?

Je me redresse et me retourne.

–Ton cul ? demande-t-il en fourrant ses mains dans ses poches comme le ferait un ado. Oui, mais seulement parce que je sais que ça te met dans tous tes états. Tu sais, c'est un truc qui n'a rien de sexuel.

J'ouvre de grands yeux, puis je les baisse sur Ava. Elle ne fait pas du tout attention à nous. Je ferme soigneusement sa portière.

– Écoute-moi bien, je lui dis en le montrant du doigt, tu crois peut-être me connaître à cause de notre... brève rencontre, mais tu te trompes.

Il s'avance et attrape mon doigt. Sa peau est chaude et étonnamment douce. Bien qu'il soit taillé pour ça, c'est la preuve que Bram n'a pas fait fortune en passant sa vie à abattre des arbres, ou en faisant des travaux de force.

– Hé, dit-il d'une voix brusque, en retenant toujours mon doigt prisonnier, je sais que nous ne nous connaissons pas vraiment et que quand nous avons, hum... parlé l'autre fois, j'étais rond comme une queue de pelle. Mais si on reprenait tout depuis le début ? Je me présente, Bram Mc Gregor.

Il fait tourner ma main de façon à me donner une vraie poignée de main. Je ne suis pas sûre d'y arriver aussi facilement que lui, mais je m'entends lui dire :

– Ok. Je suis Nicola. Price.

– Ravi de faire ta connaissance, Nicola. Je peux te déposer quelque part ?

Je hoche la tête.

– Ce serait gentil.

Je sais que ma voix semble un peu froide, mais c'est un début. Le problème avec ma fierté, c'est que j'oublie rarement quand quelqu'un m'a blessée.

Heureusement, Bram est parfaitement correct pendant le trajet jusqu'à l'appartement de Linden, à Nob Hill. Il bavarde avec Ava dans le rétroviseur, en lui posant plein de questions et en la traitant comme une adulte. Je vois bien qu'Ava adore ça, et quand nous arrivons dans le coin de Linden et Steph, elle le regarde avec les yeux de l'amour. Ça n'est pas bon. Ne peut-elle pas être comme sa mère et se méfier des hommes aux sourires trop étincelants qui disent toujours exactement ce qu'il faut ?

Bien que Bram, j'imagine, ait plutôt l'habitude de toujours dire ce qu'il ne faut pas.

– Alors Nicola, dit-il lentement pendant que nous roulons, tu sais, je ne sais pas grand-chose sur toi. Linden m'a dit que tu travaillais dans la mode, comme Stéphanie.

Je travaillais, me dis-je amèrement, mais je parviens à articuler :

– Mmm Mmm.

– Et c'est quoi ton boulot ?

– Et toi, c'est quoi le tien ? je lui demande pour détourner son attention.

Et parce que je suis curieuse. Avant, Linden décrivait son frère comme un play-boy (ou un sale gigolo, je crois que c'étaient ces mots exacts) qui ne faisait pas grand-chose à part la fête à New York. Il a déménagé à San Francisco, il y a un an, je suppose que c'était pour se rapprocher de Linden qui avait eu un terrible accident d'hélicoptère, mais je ne sais pas vraiment ce qu'il fait à part éblouir les autres avec ces dents étincelantes.

– Je suis gérant d'appartements, dit-il, et devant mon air incrédule, il continue : En réalité, pour être tout à fait correct, je possède un immeuble dans SOMA, au croisement de Folstom et la Douzième Rue, à côté d'un restaurant thaï.

Il me regarde comme si je connaissais, comme si tout le monde dans la baie de San Francisco connaissait, comme si nous connaissions chaque restaurant thaï et tous ceux qui se prénomment Dan dans notre ville.

– Ça ne doit pas être donné, je réponds en regardant à travers la vitre pendant que nous roulons.

Il y a tellement d'immeubles splendides dans cette ville, des endroits à vous faire mourir d'envie, et à nouveau, encore et encore, je ne peux m'empêcher de me demander qui peut bien habiter là. Une fois, j'ai rencontré un chauffeur Uber qui avait été camionneur. Il avait sillonné le pays après avoir grandi ici. Il m'a raconté que dans le temps, San Francisco était rempli d'enfants. Aujourd'hui, on en croise très peu. Parfois je me demande si ça ne serait pas mieux pour Ava, ou pour moi, de déménager dans une petite ville où elle pourrait avoir une vie différente. Et puis je repense à mes rêves d'avenir, de carrière, et je me demande si c'est une bonne chose de les abandonner. Je sais que c'est égoïste de ma part, mais je ne parviens pas à m'y résoudre.

– Dans la vie, rien n'est bon marché, dit Bram, mais je l'entends à peine.

Je dois faire un effort pour abandonner mes idées noires et revenir à l'instant présent. Je suis sortie ce soir afin de les oublier. Dieu sait que j'aurai bien assez de temps ensuite pour y penser.

– Je t'ennuie ? demande-t-il.

Je tourne la tête vers lui.

– Non, désolée, je réfléchissais, c'est tout.

– À quoi ?

– Je ne suis pas sûre que nous en soyons au stade « je te dis tout ce à quoi je pense ».

– Pas encore.

Dans tes rêves. Mais comme je ne veux plus répondre à la moindre question me concernant, je lui demande de m'en dire plus sur l'immeuble et je m'efforce de l'écouter. Plus il en parle, pourtant, plus je me rends compte que c'est quelque chose qui l'angoisse un peu. Enfin, c'est difficile de dire s'il est stressé ou pas, parce que Bram affiche en permanence cette expression charmeuse, comme s'il essayait en permanence de vous séduire, homme ou femme. Mais ses yeux ont un éclat plus dur, quand il parle de loyers et de combien il doit facturer pour rentrer dans ses frais.

– Mais alors, pourquoi l'as-tu acheté ?

Il hausse les épaules.

– J'avais besoin de faire quelque chose.

– Eh bien, à ta place je ne m'inquiéterais pas. Les loyers sont délirants dans cette ville, même à SoMa. Tout le monde pense que ça va devenir l'endroit branché. Je te parie que même Tenderloin va devenir comme ça bientôt. Zoner en compagnie des accros au crack va devenir le truc hype, et les hipsters vont débouler. Et mon loyer va encore augmenter.

Il me jette un regard rapide, étonné par le ton dur que ma voix a soudain pris. J'essaie de paraître plus calme.

– Quoi qu'il en soit, je suis sûre que tu as acheté au bon moment.

– Peut-être, dit-il en passant ses doigts fins dans sa barbe sombre.

Il a un menton vraiment très viril, même si je me reproche de le remarquer.

– Mais quand j'ai acheté cet endroit, j'espérais que... enfin, ça ne fait rien, n'est-ce pas ? Ce qui est fait est fait.

Et heureusement, avant qu'il ait eu le temps de me poser des questions sur mon job inexistant, nous sommes arrivés devant l'immeuble de Steph et Linden. Alors que je détache Ava, la porte s'ouvre et Steph sort en vacillant un peu sur ses talons aiguilles, avec deux verres de vin à la main.

La vie de femme mariée semble lui réussir. Elle a pris un peu de poids, mais tout s'est concentré dans ses seins, ce qui n'est vraiment pas juste. Ses cheveux sont teints en bleu sirène (bleu pâle pour être plus précis), elle a tout le temps l'air heureuse et le teint rose comme si elle venait juste de terminer une partie de jambes en l'air. C'est presque étonnant que je ne la déteste pas.

– Nic !

Elle glapit et elle s'avance à toute vitesse, en essayant de ne pas renverser les verres de rouge. Elle m'en tend un et dit :

– Tiens. Bois ça. Tu es arrivée.

Elle me regarde intensément dans les yeux, et soudain je me sens plus calme, en tout cas pour l'instant.

Voilà pourquoi je ne pourrais jamais la détester. Elle est sans doute la meilleure amie qu'une fille puisse avoir.

Elle regarde Bram, lui adresse un petit sourire rayonnant et se penche sur Ava.

– Ava, tu ressembles à une princesse !

– Je suis une princesse. Toi, tu es juste une sirène.

Steph relève la tête avec un air faussement supérieur.

– Personne n'est juste une sirène.

Ava semble réfléchir à ça un moment, puis elle voit mon verre de vin.

– Je peux en avoir ? J'ai soif.

– Tu as tout le temps soif, lui dis-je. C'est le verre de maman, c'est pour les grands. Je vais te donner du jus de fruit quand nous serons entrées, d'accord ?

Elle acquiesce et se lèche les lèvres. Elle a toujours été une enfant qui avait soif, mais encore plus ces derniers temps. Ça, et aussi parfois faim autant que moi quand je n'ai pas mangé. Je ne sais pas où elle met toute cette nourriture. Elle n'a pas hérité de mes mollets et de mes jambes bien rondes. Elle a des cuisses de poulet et des bras de brindille, ce que mon médecin trouve parfaitement normal pour son âge.

Je me retourne pour remercier Bram. Après tout, il n'était pas obligé de venir me chercher. Mais il est déjà remonté dans sa voiture et il s'éloigne. La carrosserie lustrée de sa Mercedes disparaît bientôt en bas de la pente.

– il va où ? je demande à Steph. Mon siège rehausseur est resté à l'arrière.

Elle sirote une petite gorgée de vin.

– Il est allé chercher sa petite amie de la semaine à son boulot. Il va revenir.

– Ah bon. Laisse-moi deviner, un top model ?

Elle hausse les épaules.

– J'en sais rien. Sans doute. Je ne l'ai pas encore rencontrée. À quoi bon, puisqu'elles ne durent jamais bien longtemps.

– Je croyais que tu allais m'envoyer un Uber.

– Il s'est porté volontaire, me répond-elle en se tournant vers le bâtiment. C'est lui le chauffeur désigné de la soirée.

Je ne peux m'empêcher de renifler.

– Pourquoi fait-il ça ?

– Il a beaucoup changé depuis qu'il s'est installé ici. Il est beaucoup plus proche de Linden, et puisque c'est son anniversaire, je suppose qu'il essaie juste d'être un frère sympa pour rattraper le temps perdu.

Puis elle me lance un regard ironique par-dessus son épaule.

– Pourquoi toutes ces questions ?

Parce que je posais des questions ?

– Pour rien.

– Tu n'aimes pas beaucoup Bram, n'est-ce pas ? dit-elle en passant sa carte sur le lecteur de la porte d'entrée, qui s'ouvre dans un léger bourdonnement.

– J'aime Bam.

C'est Ava qui répond en prononçant mal son nom. Je ne la reprends pas.

– Non, tu ne l'aimes pas. Tu aimes juste les choses qui brillent, comme sa voiture par exemple.

– J'aime Bam, répète-t-elle plus fort.

Je regarde Steph, elle m'observe avec intérêt.

– Quoi ?

–Je ne sais pas. C'est juste que depuis le mariage, chaque fois que je prononce son nom, tu te mets à frissonner. Il s'est passé quelque chose ?

Je secoue la tête en essayant de garder une contenance.

–Parce que (et elle prend un ton de conspiratrice en me regardant de plus près) Kayla m'a dit qu'elle vous avait vus tous les deux sortir des buissons. Tu lui donnais le bras.

–Kayla est là ? Je vais la tuer.

–Elle viendra plus tard, au bar. Alors, c'était vrai ?

–C'était genre il y a six mois. Je ne m'en souviens pas. On a peut-être bien bavardé ensemble, mais c'est tout, je te jure. Et il est bien trop tard pour amener ça sur le tapis, Steph, je poursuis in petto.

Elle fronce les sourcils. En général, les gens n'arrivent pas facilement à lire en moi. Je suppose que je ne leur donne pas assez d'indices. Mais Steph a toujours réussi à forcer mes défenses, et j'ai un mal de chien à ne pas détourner le regard.

–Juste bavardé, répète-t-elle comme si elle réfléchissant en appuyant sur le bouton de l'ascenseur. Très bien. Je suis heureuse que vous ayez juste parlé parce que, tu sais, il est dangereux.

–Mais tu viens juste de m'expliquer à quel point il avait changé !

–Ouais, c'est vrai. Mais je ne laisserais aucune de mes amies sortir avec lui pour autant. Enfin, Kayla, peut-être, mais pas toi.

–Tu n'as pas à t'en faire pour ça. Il n'est franchement pas mon genre. Tu sais parfaitement ce que je pense des types comme lui.

–Oui, je sais. Mais je dois faire attention à toi, c'est tout. Tu te souviens quand tu as craqué pour ton gynéco ?

Je rougis à ce souvenir.

– Il était vraiment bien. Et tellement mature.

– Ouais, surtout à propos de ton vagin.

Sur ce, nous entrons chez elle. Je suis soulagée de pouvoir changer de sujet. Les haut-parleurs diffusent de la musique assez fort et nous retrouvons Linden, avec son meilleur pote James et Penny, la copine de celui-ci, en train de boire et de rigoler dans la cuisine.

– Putain, c'est bien trop fort ! hurle Steph en se précipitant pour baisser le niveau.

Elle me jette un regard contrit, suivi d'un regard accusateur en direction des autres. Ça m'étonne toujours un peu de voir à quel point elle peut être surprotectrice avec Ava.

– Désolé ! crie Linden.

Puis il m'aperçoit et se met à siffler longuement en me dévisageant de haut en bas. Pendant une seconde, je me dis qu'il ressemble vraiment à son frère, le même sourire enjôleur à fossettes, les mêmes sourcils sombres, cheveux épais et menton volontaire. Mais quand il s'approche et me prend dans ses bras, je ne ressens ni jugement ni arrière-pensée. Donc, non, rien à voir avec Bram.

Il se recule et me tient à bout de bras.

– Madame, vous êtes super-chic.

– Chic ? On ne m'avait encore jamais dit ça.

– J'ai toujours été original, tu le sais bien, me fait-il avec un clin d'œil.

Et il dit bonjour à Ava qui lui répond comme toujours par un sourire timide. Depuis qu'elle a appris qu'il peut voler dans les airs, même si c'est avec un hélicoptère, elle est toute chose en sa présence, comme s'il était une sorte de super-héros.

Je salue James et Penny, je la complimente à propos de ses nouvelles lunettes rose cerise recouvertes de strass. Ces deux-là sont un peu trop alternatifs pour moi, je me sens toujours un peu coincée en leur présence avec leurs tatouages, leurs piercings et leur vie de bâtons de chaise. James dirige notre bar « de quartier », le Burgundy Lion, et apparemment Jenny bosse à présent dans le design de sites porno. Mais elle est vraiment très chouette. Je prépare rapidement un verre de jus d'orange coupé d'eau pour Ava (je n'aime pas qu'elle avale trop de sucre) et je passe la demi-heure qui suit à siroter lentement mon verre de vin en écoutant les conversations. Quand quelqu'un commence à parler boulot, Steph change adroitement de sujet, car elle sait que je ne suis pas prête à parler de ce qui vient de m'arriver.

Pendant que Linden fait cuire des pâtes au fromage pour mon petit singe affamé et que moi, j'engloutis les rouleaux de printemps aux crevettes qu'il a préparés pour les autres, je ne peux m'empêcher de me demander quand Bram va revenir. C'est parce que je voudrais vraiment récupérer mon siège rehausseur avant la fin de la soirée (ces trucs ne sont pas donnés), à moins qu'il ait également proposé de me raccompagner chez moi. Je ne sais pas ce que va en penser sa nouvelle petite copine, mais je suppose qu'il faut s'attendre à tout quand on sort avec un type dans son genre. Comme pour me répondre, la porte s'ouvre et Bram fait son entrée, tout sourires, accompagné d'une greluche anorexique en robe à sequins argentée, d'énormes anneaux d'argent aux oreilles et des cheveux blonds coiffés hauts sur la tête et retenus par des barrettes argentées. Si elle s'avance jusqu'au milieu de la pièce sous les lumières, on va la prendre pour une putain de boule à facettes. Je la détaille en moins de deux secondes. Ses seins sont faux. Ses lèvres et ses dents également. Elle est bidon, point final, je pense, avant de me demander depuis quand je suis devenue si amère.

Je roule des épaules comme pour expulser ces mauvaises pensées et paraître sympa quand Bram la présente à la cantonade. Elle s'appelle Astrid. Astrid dit bonjour, nous lui disons bonjour, et tous deux disparaissent ensuite dans la cuisine.

En fait, je suis la seule célibataire de la soirée. Je ne peux même pas compter sur Ava, qui est en train d'engloutir tout ce que Linden lui a préparé. Steph s'arrange pour m'occuper, en bavardant avec moi de sacs et de chaussures, alors que je sais qu'elle meurt d'envie de me parler des choses réellement importantes pour ma vie. Mais elle tient parole et n'aborde pas le sujet.

Il commence à se faire tard. Ava s'avance en trébuchant, gavée de nourriture, et s'accroche à mon jean.

– Maman, je ne trouve pas mon lit, dit-elle.

– C'est parce que tu n'es pas à la maison, je lui réponds.

À cet instant précis, Steph annonce à tout le monde qu'il est temps de partir continuer la soirée dans un bar de Haight. Le timing est parfait.

– Je te raccompagne chez toi, annonce Bram, comme sorti de nulle part.

Puis il s'adresse à Steph.

– C'est sur la route. J'emmène qui veut.

Je ne peux m'empêcher de jeter un coup d'œil à Astrid pour voir ce qu'elle en pense, mais elle continue à sourire. Sur le coup, je l'envie. Pas pour son corps svelte et ses sourires charmants, mais parce qu'elle ne semble pas être jalouse, alors que moi je le suis terriblement.

– Maman, c'est qui, ces gens ? demande Ava.

Mon cœur a un raté, avant que je me souvienne à quel point ce genre de réunion peut être perturbant pour un enfant. Je lui explique :

– Des amis de maman. Maintenant on rentre à la maison, d'accord ? Bram va nous ramener dans sa voiture.

Elle ne répond pas, elle se contente de me regarder d'un air fatigué.

Pauvre môme, elle doit être épuisée. Quand la fête s'achève, on n'a plus qu'une envie, c'est de se mettre au lit. Du coup, on a l'impression que le temps qui vous sépare de ce moment dure une éternité. C'est une douleur presque physique.

Heureusement, on est très vite installées dans la voiture de Bram. Astrid est devant, et Steph, Ava et moi sommes serrées les unes contre les autres à l'arrière. Il n'y a pas vraiment assez de place à cause du siège rehausseur, du coup Steph s'est à moitié assise sur mes genoux en rigolant.

Ça fait environ cinq minutes que nous avons démarré et que Bram conduit à toute vitesse d'une colline à l'autre quand Ava émet un gargouillis. Une odeur caractéristique de fruits remplit l'habitacle, je m'aperçois qu'elle s'est vomi dessus.

– Seigneur, Ava, est-ce que ça va ?

J'essaie de me tourner pour poser ma main sur son front. Elle est chaude et moite, elle a les yeux trop brillants et elle respire difficilement, par saccades.

Je me tétanise. Je suis submergée par un atroce sentiment de panique, mais ça ne dure pas. Je prends sur moi. Je réagis.

– Qu'est-ce qu'il y a ? me crie Steph dans l'oreille.

Bram coupe immédiatement la radio et se déporte sur le côté de la route.

– Je ne sais pas, je réponds d'une voix tremblante.

Je dégage les cheveux d'Ava de son visage. Une fois garé, Bram allume la lumière intérieure.

Je vois mieux à présent, et ce que je vois m'horrifie. Elle a vomi sur tout le devant de sa robe et elle est pâle comme la mort. Elle dodeline de la tête, et quand elle me regarde, elle semble ne pas me reconnaître.

Je n'ai jamais eu aussi peur de ma vie.

– Maman ? finit-elle par dire, comme à bout de souffle.

Je lui prends la main et je la serre dans la mienne.

– Tout va bien mon ange, maman est là.

– Tu as un médecin traitant ou est-ce qu'on va à l'hôpital ? me demande Bram.

Je ne veux pas lui dire que je n'ai pas d'assurance maladie.

– Attends, j'appelle mon toubib, je réponds en essayant d'attraper mon téléphone au fond de mon sac, mais je le laisse tomber, mes mains tremblent trop fort.

Steph le le ramasse en disant :

– Il faut l'emmener aux urgences.

Je secoue la tête :

– Non, juste...

Mais je sais que si j'essaie d'appeler mon médecin, il ne répondra pas. Je n'ai pas son numéro personnel, et la clinique est fermée à cette heure-ci.

– Nicola, ça va, me dit Stephen en me serrant la jambe avec sa main. Mieux vaut l'emmener à l'hôpital, au cas où. Ça pourrait être une allergie.

– Elle n'est pas allergique.

– Mais chez les enfants, ça peut se déclarer n'importe quand, n'est-ce pas ?

– Elle a raison, dit Bram. (En le regardant, je me rends compte que bien qu'il veuille paraître détendu, il a l'air inquiet.) Quand j'étais petit, j'ai soudain développé une allergie aux fraises. J'ai vomi en classe devant tout le monde, y compris devant madame Haversham, dont j'étais fou amoureux.

Ça ne me fait même pas sourire. Je me contente d'acquiescer, je sais que je dois faire ce qu'il faut pour Ava, même si ça doit me coûter un bras.

– Allons-y, n'importe où, ça n'a pas d'importance. L'hôpital le plus proche.

Il hoche la tête et nous partons à toute allure. Bram conduit comme un dingue, ou comme s'il essayait de rejouer les scènes de *Bullit*. Mais je n'y fais pas vraiment attention. J'écoute la respiration d'Ava, j'essaie de la tenir éveillée et de la calmer, même si moi je ne le suis pas.

Bientôt, nous arrivons aux urgences et je saute de la voiture en essayant de sortir Ava de son siège. Je la prends dans mes bras et je me rue à l'intérieur de l'hôpital. Une odeur d'alcool à 90°, de plastique et de sang me remplit les narines. Le prix que ça va me coûter n'a plus aucune importance. La seule chose qui compte pour moi, c'est de voir un médecin et de le voir le plus vite possible. Des pensées tournent dans ma tête et toutes sont lugubres. Qu'est-ce qu'elle a qui ne va pas ? Est-ce que j'ai fait quelque chose de mal ? Est-ce qu'elle va mourir ? Est-ce qu'elle va s'en sortir ? Qu'est-ce que j'aurais dû faire d'autre ?

Si seulement Phil était là.

Je ne pense pas ça souvent. Mais il était encore là pendant la première année de sa vie, et j'ai du mal à me faire à l'idée qu'il n'y a plus personne qui se soucie d'elle autant que moi. Mais si elle avait compté un tant soit peu pour lui, il ne nous aurait pas quittées. Parfois, je me dis qu'il aurait mieux valu qu'il parte en apprenant que j'étais enceinte au lieu de rester la première année. Il avait eu le temps d'apprendre à la connaître, comment se fait-il qu'il ne l'aime pas comme moi je l'aime ? Je comprends pourquoi il m'a quittée. Je l'ai négligé, je suis devenue cette mère passionnée, obsédée, que je m'étais juré de ne jamais devenir. Mais comment a-t-il pu la quitter, elle ?

Je tente de ravaler ces souvenirs douloureux qui me restent en travers de la gorge. Il faut que je sois forte. Putain de super-forte, tout le temps.

Les urgences sont débordées, du coup ça prend un temps fou pour qu'un médecin nous reçoive. Steph s'engueule avec la réceptionniste un certain nombre de fois, Bram et Astrid tournent en rond, mais je ne fais attention qu'à une seule chose, ma fille dans mes bras. Ava a toujours du mal à respirer, et ce n'est que quand elle vomit à nouveau qu'une infirmière nous prend en pitié et nous éloigne de cette foule de gens qui gémissent dans la salle d'attente, malades, blessés.

Tout me semble alors irréel. Le docteur entre, il se présente, mais la seule chose que j'entends, ce sont les battements de mon cœur. Il reste impassible. Steph me prend par le bras, mais je ne sens qu'Ava.

Il met Ava sur la table et l'examine. Il lui fait une prise de sang, me pose des questions.

– Qu'a-t-elle mangé ?

Steph répond pour moi des pâtes au fromage, j'ajoute qu'elle en mange régulièrement et qu'elle n'a jamais été malade après.

– Qu'est-ce qu'elle a bu ?

Je lui dis que je lui ai donné du jus d'orange et de l'eau. Et Steph explique que Linden lui a donné du Coca sans caféine. Ça me surprend et Steph prend un air penaud. J'essaie de nourrir Ava le plus sainement possible. Je suis contre le Coca, comme tous les sodas, de régime ou pas. Mais je ne vois pas pour autant comment le Coca aurait pu avoir cet effet sur elle. Elle en a déjà bu une ou deux fois.

Le médecin hoche la tête et me questionne sur ses habitudes alimentaires.

– Elle va parfaitement bien, lui dis-je, un peu sur la défensive. (Et alors, je me souviens de nos dernières visites chez le médecin.) Mais ces derniers temps, elle est léthargique, fatiguée, irritable.

– Depuis combien de temps ?

– Quelques mois. Mais le docteur, son médecin, dit qu'elle va bien.

– Elle a toujours été aussi mince ?

– Elle a pas mal maigri depuis janvier. J'en ai parlé au docteur, et il m'a répondu que c'était normal.

– C'est possible. Mais je pense à autre chose. Est-ce que votre fille a souvent soif ?

Sa question fait mouche. Je me souviens que moi, quand j'étais enfant, j'avais tout le temps soif. Je préférais de beaucoup boire à manger. Du coup, ça ne m'a jamais paru bizarre qu'Ava soit pareille.

– Oui, je réponds en pesant mes mots et en regardant Steph. Elle confirme de la tête.

– Madame...

– Non, Mademoiselle, je l'informe rapidement. Il n'y a pas de père.

Un semblant de sympathie s'esquisse sur son visage impassible.

– Bien, Mademoiselle Price. Nous devons attendre les résultats des analyses, mais il est possible que votre fille ait un diabète de type 1.

Je halète. C'est plus fort que moi. Steph me serre la main, mais je suis comme anesthésiée.

Il continue,

– Et qu'elle soit en train de faire une acidocétose diabétique. Vous savez ce que sont les cétones, Mademoiselle Price ?

– C'est cette substance que produit notre organisme quand on suit le régime Atkins, dit Steph.

Il hausse le sourcil.

– Oui. Nous allons devoir faire un prélèvement d'urine pour vérifier ses taux, et pour l'instant, nous allons la réhydrater et la stabiliser par intraveineuse d'électrolytes. Il sera peut-être nécessaire de lui faire une injection d'insuline. Si c'est le cas, vous devrez lui faire une piqûre quotidienne pour le restant de sa vie.

J'ai la respiration coupée. Je bégaye :

– Le diabète ? Mais personne n'en a dans ma famille. Elle a toujours mangé sainement. Ça doit être une erreur.

– On le saura très vite. Mais un diabète de type 1 n'a rien à voir avec l'alimentation ou la génétique, pas toujours. Son pancréas ne produit pas assez d'insuline, c'est tout. Attendez-moi tranquillement, je reviens vous voir.

Je ne sais pas combien de temps il est parti. Ava respire toujours mal, elle a les yeux fermés. Je continue à lui parler pour m'assurer qu'elle ne s'endort pas, mais elle est trop fatiguée. Les infirmières m'assurent que ses constantes sont un peu meilleures et qu'elle n'est plus en danger. Nous l'avons amenée à temps. Pourtant, la panique et la culpabilité me tombent dessus comme un épais nuage noir et poisseux. Quelque part, je me rends compte que Steph est coincée ici avec moi et qu'elle rate la fête d'anniversaire de son mari. Mais j'ai peur de lui dire qu'elle devrait y aller, peur qu'elle le fasse et que je me retrouve toute seule. Alors je ne dis rien, et elle reste à mes côtés. La nuit s'étire lentement. Le docteur revient. Les nouvelles sont mauvaises.

Chapitre 3

Nicola

Ava a un diabète infantile de type 1. Ça me demande un moment pour intégrer la nouvelle, et même si j'éprouve une sorte de soulagement de pouvoir mettre un nom sur son mal, je réalise que ce foutu nom, le diabète, a une foule de connotations.

Une maladie.

Incurable.

Ma petite fille.

Soudain, la rage me prend contre mon médecin traitant qui ne s'en est jamais rendu compte, qui ne lui a jamais fait faire de tests.

– Elle est assez jeune, me dit le docteur en remarquant ma colère. Habituellement, ça arrive entre huit et dix ans. Elle ira très bien et vivra très longtemps pourvu qu'elle fasse ses piqûres.

– Et combien est-ce que cela coûte ?

Je n'arrive pas à croire que je pose cette question.

Il se frotte le front.

– Si vous n'êtes pas assurée, il faudra compter trois cents dollars par mois. Pour l'insuline. Il vous faudra aussi des seringues, un stylo à insuline quand vous êtes en déplacement et un doseur de glycémie.

Je ne peux même pas imaginer combien va me coûter l'hôpital, en plus de ces trois cents dollars par mois pour garder Ava en vie. Apparemment il n'existe pas d'autre choix, je paierai.

Mais je ne sais pas comment, et ça, ça me fait plus peur que tout le reste.

Steph a passé son bras autour de mon cou. Elle me dit qu'elle va m'aider, mais je ne pourrai jamais accepter. Je n'arrive même plus à comprendre quoi que ce soit, pour l'instant. Le docteur fait une piqûre d'insuline dans le ventre d'Ava, tout en me montrant comment faire. Je m'efforce de me concentrer, de sortir du brouillard dans lequel je suis, de faire attention. Ava ne réagit pas, elle se crispe juste un peu mais ne semble pas se réveiller. Steph aussi fait attention, au cas où elle aurait à me remplacer un jour, si je ne peux pas le faire, explique-t-elle.

Et voilà que, peut-être par bonté d'âme, le docteur me met une fiole d'insuline et un paquet de seringues dans les mains, en me disant qu'il y en a assez pour le premier mois. Puis il fait une ordonnance à Ava et ajoute que j'aurai quand même besoin d'un doseur de glycémie. Il me montre rapidement avec le sien comment m'en servir pour vérifier que les taux sont normaux. Il ajoute que je peux bénéficier d'une infirmière ou d'une aide spécialisée à domicile pour me montrer à nouveau comment faire quand nous serons rentrées et pour revoir le régime alimentaire d'Ava avec moi.

Ça fait beaucoup de choses à encaisser. Je ne suis pas sûre d'y parvenir. Je sais que je vais devoir prendre rendez-vous avec le médecin d'Ava pour lui remonter les bretelles et pour qu'il m'explique à nouveau ce que je dois faire exactement.

Ils gardent Ava en observation encore quelques heures. Le temps passe très lentement dans la pénombre de la nuit, et plus encore sous la lumière glauque des néons de l'hôpital. Ava commence lentement à retrouver son aspect normal. Elle dort toujours, mais elle a repris des couleurs et elle respire normalement. L'infirmière me dit que je vais pouvoir la ramener à la maison dans une heure. Je me tourne vers Steph, qui semble morte de fatigue.

– S'il te plaît, rentre chez toi. Je t'adore d'être restée avec moi tout ce temps, mais maintenant, ça va.

Elle me sourit tendrement.

– D'accord. Mais seulement si je suis certaine que tu m'y autorises.

– Tu peux en être certaine. Et excuse-moi auprès de Linden.

– Tu n'y es pour rien, dit-elle en se levant et en s'étirant. Et dis-le toi-même à Linden. Il est là, il attend depuis des heures.

– Quoi ?

– Dans la salle d'attente, avec Bram. (Elle fronce les sourcils.) Je te l'ai dit, mais je suppose que tu ne m'as pas entendue… et que tu n'as pas remarqué non plus que j'allais le voir toutes les cinq minutes.

Je secoue la tête.

– Et Bram aussi est encore là ? Avec cette créature suédoise ?

– Ah, non, elle est restée deux minutes, pas plus, avant de demander à Bram de la reconduire chez une copine. On ne peut pas lui en vouloir. Mais j'ai été étonnée de voir Bram revenir. Je vais lui demander s'il peut nous ramener, Linden et moi, avant de repasser vous prendre toutes les deux.

– Non, je réponds très vite. Je ne veux plus que personne m'aide, Ça va, je vais appeler un taxi.

Elle s'arrête devant la porte,

– Nicola, tu ferais mieux de garder l'argent du taxi pour ta fille. En plus, il a toujours ton siège rehausseur. Je suis sûre que c'est mieux comme ça. Tu m'appelles demain matin, d'accord mon chou ? Et embrasse très fort Ava pour moi. Je passerai lui apporter quelque chose et nous pourrons aller acheter ses médicaments ensemble. Je t'emmènerai chez Target. Je suis sûre qu'ils ont des prix intéressants au rayon pharmacie. Et si ça n'est pas le cas, on pourra au moins acheter de la bière pas cher.

Quand la porte se referme derrière elle, je sens tout d'un coup le froid de cette pièce et la fragilité de cette nuit. Je serai éternellement reconnaissante à Steph d'avoir été là, mais maintenant je suis seule avec Ava, je peux enfin me laisser aller et exprimer les sentiments que j'ai enfouis tout au long de la nuit.

Mais les larmes ne viennent pas. Rien ne se passe. Ou bien je suis sous le choc, ou bien trop épuisée pour réagir à l'énormité et l'incongruité de la situation, cette foutue, cette horrible situation.

Il est environ trois heures quand l'infirmière vient voir comment va Ava et me dit avec un grand sourire que je peux rentrer à la maison. Elle débranche la perf et je la rhabille. L'infirmière a très gentiment nettoyé sa robe. Je prends Ava dans mes bras. Encore toute somnolente, elle passe ses petits bras autour de mon cou. Il me faut un bon moment pour calmer ma respiration et les battements de mon cœur.

Je sors et je descends dans le couloir. Je suis sidérée de tomber sur Bram, assis dans la salle d'attente. Il s'est endormi sur sa chaise, mais il est là, alors qu'il n'a aucune raison d'y être.

Je l'examine un moment. Ses jambes sont étendues devant lui, il porte toujours le même costume chic que tout à l'heure, mais je remarque un détail qui me déconcerte : il a des chaussettes atrocement laides. Elles sont marron et jaune, avec un motif qui ressemble au monstre du Loch Ness et jurent complètement avec son costume de luxe (un costume Armani, je crois) et avec le fait qu'il a largement dépassé les trente ans. Il a la tête rejetée en arrière, ses yeux sont clos. Il semble être dans un moment d'extase profond, mais je l'entends ronfler tout doucement. Je m'avance vers lui et je me mets à le dévisager. Je ne l'ai jamais examiné avec autant de précision, car je ne voulais pas qu'il s'aperçoive que je le regardais, son ego aurait pu en tirer des conclusions trompeuses. Pourtant, je suppose qu'il a de bonnes raisons d'être fier de lui. Il a un beau visage. Ces sourcils bruns et bien arqués, ce menton ferme et large, ces lèvres parfaites qui s'étirent en un sourire parfait, ses yeux gris malicieux qui semblent toujours sur le point de vous avouer un secret sans se jouer de vous pour autant. On dirait un grand chat, un très, très grand chat.

Mais les grands chats sont dangereux et les play-boys aussi. Je me reprends et me racle la gorge.

Il cligne des yeux à plusieurs reprises avant de les ouvrir en grand.

– Quelle heure est-il ? Elle va bien ? demande-t-il en regardant Ava.

Je lui souris légèrement.

– Pour le moment, ça va. Je suis désolée de t'avoir fait attendre. J'aurais très bien pu prendre un taxi.

– Hé, c'est ma belle-sœur qui m'a demandé de te raccompagner et je suis prêt à tout pour la famille, dit-il en se levant. Je suis bien content que ta petite aille mieux.

Je hoche la tête, incapable de dire un mot. Nous sortons des urgences et regagnons sa voiture. Une fois Ava attachée dans son siège, sur la route, je veux le remercier, mais les mots restent coincés dans ma gorge.

– Tu vas bien ? me demande Bram alors que je me racle la gorge pour la dixième fois.

Je parviens à peine à répondre dans un murmure :

– Merci de me raccompagner.

– Pas de problème. (Son expression est soudain grave sous la lumière des réverbères.) Mais est-ce que ça va ?

Je hoche à nouveau la tête en tentant de lui faire un sourire rassurant, mais la pression dans mes yeux et mon nez augmente, et tout semble s'effondrer en moi. Je fixe la fenêtre, et pour la deuxième fois en deux jours, je sais que je vais craquer.

Les larmes arrivent d'abord, suivies des sanglots à me couper le souffle. Je me laisse aller à pleurer devant Bram peut-être, précisément, parce que je le connais à peine. Mais je pleure surtout par désespoir, par frustration, à cause de ce sentiment sans fin de « pourquoi moi ? ». Je m'attendris sur mon propre sort, je sais. Je fais ça tout le temps, sauf qu'à présent, c'est plus de la crainte pour moi-même et pour Ava que de la pitié. J'ai peur que nous ne nous en sortions pas sans tout chambouler dans notre vie.

Bram ne dit rien, ce qui est mieux, je crois. Il m'ignore, fait comme si je n'étais pas là. Il se contente de continuer à conduire.

Et soudain, je me lâche. Au moment où j'ouvre la bouche, je sais que c'est une erreur, mais je n'y peux rien.

– J'ai été virée hier, j'éructe entre deux sanglots. Juste une semaine avant d'avoir une assurance maladie. Le loyer de mon appartement de merde vient encore d'augmenter. Ma voiture est en panne. Et maintenant Ava est malade.

Elle est vraiment malade et je ne sais pas comment je vais pouvoir payer, comment je vais pouvoir l'aider à aller mieux, comment je vais faire pour être une bonne mère. Une bonne mère aurait construit sa vie, mais moi je n'ai rien. Je suis... inutile. Je n'arrive même pas à garder mon travail. J'ai étudié par passion un domaine sans aucun débouché. Je n'ai qu'elle et je ne sais même pas comment je vais la maintenir en vie. Je veux dire, je n'ai pas demandé à vivre ça, à avoir cette responsabilité. Mais je me suis promis de prendre soin d'elle, et depuis, c'est comme si le monde entier me testait en permanence.

Je me tais, j'essaie de penser positif pour arrêter de pleurer, mais je n'y arrive pas.

– Son insuline va me coûter trois cents dollars par mois. Comment je vais pouvoir payer ça ?

À part ma respiration chancelante, c'est le silence dans la voiture. Au bout d'un moment, Bram demande :

– Et tes parents ?

Je suppose qu'il pose cette question parce qu'il a lui même dépendu financièrement des siens pendant très longtemps.

Je ravale ma salive en secouant la tête.

– Non, non, ma mère m'aide comme elle peut. Elle garde Ava deux fois par semaine. Mais elle est femme de ménage. Si tu l'avais connue quand j'étais petite, tu n'y croirais pas. De voir ce qu'elle est devenue. Mais elle a fait pas mal d'erreurs, et elle a tout perdu... elle ne s'en sort pas mieux que moi.

– Je comprends. Et ton père ?

– C'est un type bien.

J'essuie mes larmes avec la paume de mes mains.

– Mais je lui parle une fois par mois. Il fait de l'humanitaire en Inde et en Asie du Sud-Est. Tout l'argent qu'il a, il le donne.

–Il pourrait t'en donner, alors.

–Ce n'est pas pareil. Il aide ceux qui en ont vraiment besoin.

–Il me semble que tu en as vraiment besoin.

Je sens son regard qui plonge en moi. Je baisse les yeux sur mes mains.

–Je ne peux pas lui demander ça. Je ne veux pas qu'il sache que ça ne va pas.

Du coin de l'œil, je vois Bram qui hoche la tête, puis le silence reprend et je me sens encore plus mal qu'avant. Peu après, nous nous arrêtons devant mon immeuble. À travers mes larmes, j'aperçois les habituels SDF et les junkies, ces épaves qui traînent à l'extérieur. C'est encore pire la nuit.

–Je te raccompagne à l'intérieur, dit Bram d'une voix chaude et profonde qui signifie que je n'ai pas mon mot à dire. Je n'arrive pas à croire que tu habites ici. Tu ne devrais pas être là.

Je devrais me sentir insultée, mais je ne le suis pas. Je chuchote:

–Je n'arrive pas à y croire non plus.

Je sors de la voiture et pendant que Bram s'interpose entre les junkies et moi, je sors Ava de son siège. Il ramasse rapidement le rehausseur, ferme la portière à l'aide de son super-biper dernier cri, et nous entrons dans l'immeuble.

Une fois dans le hall d'entrée, je tends la main vers mon siège, mais il ne le lâche pas. Pour une fois, son petit sourire arrogant a disparu et il est tout à fait sérieux.

–Je te raccompagne jusqu'à ton appartement. Je n'ai aucune confiance en tes voisins, et crois-moi, je sais ce que c'est, je suis allé en classe à Glasgow. Je veux m'assurer que tu es en sécurité.

–Tu n'as pas besoin de faire ça, dis-je en tenant toujours le siège.

– Je n'ai pas besoin de faire quoi que ce soit. Je veux le faire, c'est tout. Je vais le faire.

– Ta voiture...

Il jette un coup d'œil dehors à travers la vitre de l'entrée.

– Ma voiture va très bien. Je les ai bien regardés et ils ont compris le message. J'ai une alarme très puissante. Ils n'oseront pas.

À contrecœur, je lâche le siège et je monte jusqu'au deuxième étage. Je m'arrête devant ma porte, je sors mes clés. Je n'ai aucune envie qu'il entre et qu'il voie mon appart. C'est étrange, mais j'ai l'impression qu'il pensera qu'il me connaît s'il entre, comme s'il pouvait capturer un peu de mon âme en voyant mes meubles, mes photos et mes tableaux. Même si, après tout ce que je lui ai sorti dans la voiture, je pense qu'il en connaît déjà suffisamment à mon sujet.

– Et voilà, dis-je en lui faisant un sourire forcé et en le regardant fixement dans les yeux, comme quand je veux que quelqu'un me fiche la paix.

Il se lèche les lèvres et hoche la tête.

– Ok, fait-il en posant le siège contre la porte. Il vaut mieux que je rentre. Mais... écoute.

Il s'appuie contre la porte d'une main et me fixe si intensément que je suis forcée de l'écouter. Putain, je suis pratiquement hypnotisée.

– Je sais que je ne suis pas quelqu'un que tu apprécies beaucoup et ça ne me dérange pas. Mais honnêtement, je crois que je peux t'aider.

– M'aider ? dis-je un peu trop fort.

Ava remue la tête sur mon épaule.

Il sort une carte de visite de son portefeuille et me la tend.

– Appelle-moi. Demain. Et nous parlerons. J'ai une solution.

Il pose les yeux sur le corps endormi d'Ava, puis sur moi.

– Elle a une bonne mère.

Il traverse le couloir et descend les escaliers. Il disparaît avant que j'aie pu le remercier à nouveau.

Chapitre 4

Bram

– Laisse-moi me branler sur tes seins, Bébé, je dis à Astrid sur un ton dont je ne suis pas vraiment fier.

Elle lève les yeux vers moi avec ma bite dans la main et mon sperme qui perle au coin de ses lèvres humides. Elle est tellement bonne, même son regard complètement vide est parfois hyper-excitant. Je ne la garde pas pour son intelligence, ça c'est certain. Et vu le mal que je me donne pour échapper à mon passé, j'espère qu'elle n'est pas accro à la coke.

–Tu n'aimes pas comme je te suce? demande-t-elle d'une voix de petite fille blessée, avant l'enrouler sa langue autour de mon gland palpitant.

Elle sait y faire. Putain, elle sait foutrement bien. Je n'ai aucun doute non plus sur la façon dont elle a appris ça. Je n'ai pas envie d'y penser, tout comme il vaut mieux pour elle ne pas chercher à apprendre comment j'ai appris la faire jouir juste avec mes lèvres et ma bouche, avant même qu'elle crie mon nom. Mais quand je lui ai envoyé un texto cet après-midi pour lui dire de venir pour me faire jouir, j'imaginais que je l'allais la baiser par terre. Ou sur le lit. Ou n'importe où, en fait.

Mais elle a ses règles, alors il faudra que je me contente de ça. Pourtant ça ne me déplaît pas de baiser une nana qui saigne. C'est crade et assez bandant. Mais c'est elle, comme la plupart des filles, qui ne supporte pas cette idée. Et moi, je ne crache pas sur une petite pipe, en plus, je le répète, elle fait ça très bien. Mais c'est cette position, avec elle à genoux devant moi, qui me pose problème.

Je ne veux pas ressentir ça. Ça me fait cet effet trop souvent ces derniers temps. Comme des choses que j'ai gardées enfouies et qui refont surface différemment. Heureusement, je suis presque sur le point de jouir, alors je me retire de sa bouche et je la pousse un peu pour qu'elle tombe en arrière au sol. Je me branle et j'éjacule partout sur son cou et ses épaules, heureux d'en finir ainsi.

– Tu es un peu dur, dit-elle avec un petit rire voilé.

Pourquoi trouve-t-elle tout si drôle ?

– C'est juste parce que tu aimes ça, je lui réponds.

Elle aime à peu près tout ce que je fais, et aussi, je pense, pour d'autres raisons que mes prouesses au lit.

– Ne bouge pas.

Je vais chercher une serviette de table à la cuisine et j'essuie le sperme qui la recouvre. Je me demande quelle est la façon la plus simple de m'en débarrasser. En y repensant, je n'aurais même pas dû l'inviter. J'avais besoin de me changer les idées à cause de Nicola.

Parce que quand je donne mon numéro de téléphone à une fille, je m'attends à ce qu'elle m'appelle. Elles le font toujours. Et je ne lui ai même pas donné pour pouvoir la baiser ou quoi que ce soit du genre. Je peux réellement l'aider. J'en ai envie. Et elle en a besoin. C'est rare d'avoir les trois en même temps.

Mais il est déjà quatorze heures et elle n'a pas encore appelé. Elle n'était donc pas curieuse ? Elle n'est pas désespérée ? Est-ce qu'elle me déteste vraiment à ce point ?

Je le sais quand les femmes me « haïssent ». Vous savez, comme un préliminaire avant de se foutre à poil, une façon amusante de corser les choses. Et puis il y a des femmes qui me haïssent au point qu'elles aimeraient me voir mort. C'est l'impression que j'ai eue avec Nicola, dès notre première rencontre, il y a un an environ, dans ce bar, juste après mon arrivée. À l'époque, j'avais mis ça sur le compte d'un vrai snobisme, mais elle était si sympa avec tout le monde et si froide avec moi que je ne pouvais pas ne pas le prendre personnellement. Et bien sûr, ça m'a intrigué.

Depuis, ça me gêne. Je l'ai revue deux fois, et ça a été pareil. Un salut glacial, le regard assassin, comme si je l'avais trompée dans une vie antérieure. Quand je l'ai vue au mariage de mon frère, je me suis dit que peut-être elle allait changer d'attitude. Je l'ai embrassée alors que je n'aurais pas dû, mais il fallait que je sache. Et pendant une seconde, j'ai cru que peut-être je pourrais la conquérir. J'ai décelé un éclair de sauvagerie et de liberté dans ses yeux, et j'ai voulu qu'elle le lâche, comme cette fichue coiffure à la con qu'elle portait.

Ça ne s'est pas passé comme ça. Ma queue a repris le dessus. Maintenant, je pense qu'elle me déteste vraiment. Je suis quasiment certain qu'elle m'a vu entraîner cette poulette dans les buissons, et certain que ça l'a choquée à un tel point qu'elle ne me le pardonnera jamais.

Mais quand je lui ai dit la nuit dernière que je pouvais l'aider, je n'essayais pas uniquement de la faire changer d'avis, de compenser mes erreurs passées. Bon d'accord, peut-être un peu, mais j'ai de bonnes intentions. Si elle ne m'appelle pas, elle ne s'en rendra jamais compte. Maintenant, j'ai Astrid à moitié nue, par terre dans mon appartement, qui essuie les traces de mon sperme sur sa peau, et je ne sais pas comment la faire décaniller.

Je referme ma fermeture Éclair et je bâille de façon tout à fait exagérée.

– Tu sais quoi, je crois que je vais faire une petite sieste. J'ai un boulot de dingue ce soir.

Elle se lève, ses petits seins charmants s'agitent devant moi. Pour une fois, elle n'a pas son air idiot habituel, juste emmerdée. C'est un changement agréable.

– Alors tu m'invites pour ça et puis tu me fous dehors ?

– Je ne te fous pas dehors, je lui dis en ramassant sa chemise et en la lui jetant. Tu veux peut-être te rhabiller, maintenant.

Elle fronce ses sourcils.

– Tu es un porc, fait-elle en se laissant gagner par la colère.

– Plutôt un goret, ils ont tendance à être plus gros, je lui réponds.

– D'abord tu m'invites à une fête et ça se termine à l'hôpital.

– Personne ne voulait que ça se passe comme ça.

– Eh bien, ça s'est passé comme ça, dit-elle en se dirigeant vers la porte. Et j'en ai assez. Ne m'appelle plus.

Elle claque la porte derrière elle.

Je n'ai pas d'inquiétude côté téléphone. Avec moi, la plupart des filles craquent en moins d'une semaine. Elles ont beau faire comme si elles étaient hyper-cool, je sais qu'elles ont toutes leurs propres limites, et je suis assez fort pour les y amener à chaque fois. Certains diront que c'est une façon assez triste de traverser la vie, mais quand il s'agit de la vôtre, vous apprenez à l'accepter.

Je prends mon téléphone sur le comptoir et je l'examine. Pas de textos, pas de messages en absence. Je n'ai même pas son numéro, donc je ne peux pas l'appeler.

Mais je peux appeler mon frère. Du moins s'il n'est pas en train d'effectuer un vol pour sa compagnie de fret. Il répond à la troisième sonnerie, mais la connexion n'est pas bonne.

– Salut, tu veux quoi ? me crie Linden.

– Ne me dis pas que tu es en vol et que tu réponds malgré tout au téléphone !

– Je suis sur le point de décoller, qu'est-ce qu'il y a ?

Je me racle la gorge en me demandant comment m'exprimer sans qu'il se fasse des idées fausses.

– Comment va la môme ? La petite maigrichonne ?

– Tu veux dire Ava ? demande-t-il, sa voix couvre le bruit des rotors qui démarrent. Elle va bien. Ils lui ont diagnostiqué un diabète, c'est un vrai choc. Mais tu étais là.

– Je sais que j'étais là. Je me demande comment elle va, maintenant ? Et comment va sa mère ?

– Je suppose qu'elle va aussi bien que possible, je ne sais pas. Steph est chez elle en ce moment pour l'aider. Elle se fait un sang d'encre. Tu sais à quel point elle peut s'attacher aux autres.

Ça je le sais. Steph est comme la mère que nous n'avons jamais eue. Je ne le dis pas à Linden, parce que je ne veux pas qu'il en tire des conclusions freudiennes.

– Tu as son numéro de téléphone ?

– Celui de Nicola ? demande-t-il. Pas sur moi. J'ai son Facebook. Pourquoi ?

– Ça ne fait rien, je dis, puis je fais une pause. Dis-moi un truc sur elle.

– Quoi ? Pourquoi ? Attends, non Bram. Non, ordonne-t-il comme si j'étais un petit dragueur minable.

– Non, je ne te le demande pas pour ça.

– Ok, tu ne le demandes pas parce que tu ne veux pas lui fourrer ta queue sous le nez.

– Franchement, non, je lui dis. Je crois qu'elle pleurerait si elle voyait une bite en vrai.

– Très classe, fait-il froidement. De toute façon, elle est hors d'atteinte pour toi. Elle en a assez bavé comme ça. Elle n'a pas besoin que mon trou du cul de frère foute sa vie un peu plus en l'air.

– Trou du cul ?

– Oui Bram, répond-il d'un air las. Écoute, il faut que je raccroche.

C'est ce qu'il fait, pendant que je jure à voix basse. Il ne me reste plus qu'une chose à faire.

Peu après, je gare ma voiture dans un parking souterrain tout près d'Union Square, et je continue à pied pendant plusieurs blocs, jusqu'au cœur du quartier de Tenderloin. En plus des bons clubs de musique, ce coin regorge de dingos. Ce n'est pas l'horreur dans la journée. Je veux dire, ce n'est pas très agréable, mais c'est sans danger, tous ces paumés ne vous agressent pas en faisant la manche. Mais si j'étais un des parents de Nicola, ou un de ses amis, je ne voudrais pas qu'elle vive ici. Repenser aux enfoirés qui zonaient la nuit devant chez elle, ça me fout la rage, étrangement.

Quand j'arrive enfin devant chez elle, huit personnes différentes m'ont proposé de changer du fric, et un drôle de zozo qui portait un parcmètre sous le bras m'a dit que je sentais « le toast croquant ». Je ne sais pas si je sens le toast, mais il fait super-chaud ici. On m'avait prévenu qu'à San Francisco les saisons ne suivaient aucun rythme ni aucune logique.

J'enlève ma veste, je passe la main dans mes cheveux pour me donner un air plus présentable et je sonne à son interphone que j'ai mémorisé depuis la nuit dernière.

C'est limite du harcèlement, je sais.

– Oui ? dit sa voix à travers l'interphone grésillant.

– Nicola, c'est Bram.

Plus de grésillements. Silence. Elle a peut-être raccroché. Je continue :

– Celui de la nuit dernière. Et des autres fois.

– Heu, salut...

– Je peux entrer ?

J'entends la voix de Steph derrière, qui demande :

– C'est qui ?

– Dis-lui que c'est son beau-frère, je hurle avant d'être coupé.

Je regarde fixement la porte d'entrée en me demandant si elle m'a dit d'aller me faire foutre, quand elle se met à bourdonner. Je rentre et je monte.

Le truc marrant avec Nicola, la chose que j'ai comprise à son sujet avec le peu que j'ai pu apprendre sur elle, c'est que s'il existe quelqu'un qui ne devrait pas habiter ce genre d'endroit – avec des barreaux aux portes, de la moisissure sur les murs et des taches sur la moquette –, c'est bien elle. Peut-être que certains hipsters peuvent s'y faire, ou James et Penny, les potes alternatifs de Linden qui seraient capables d'appeler ce genre de vie « la vie réelle ». Mais Nicola semble trop coincée, trop propre sur elle, trop tirée à quatre épingles pour ce genre d'endroit. C'est comme si elle était née dans un palais. La façon dont elle parlait, enfin dont elle sanglotait comme un veau dans ma voiture, m'a donné le sentiment que peut-être c'était le cas. La porte s'ouvre juste avant que je frappe, et Stéphanie me dévisage d'un air suspicieux.

– Qu'est-ce que tu fais là ? demande-t-elle en bloquant la porte.

– Et toi, tu es son chien de garde ?

– Parfois, je suis une chienne, Ouaf ! Ouaf !

– Je peux entrer ?

Elle secoue la tête, ses boucles d'oreilles en forme de crâne tintent.

– Pourquoi ?

– Je veux savoir si elles vont bien.

Une ride se forme lentement entre ses sourcils.

– Elles vont bien, poursuit-elle à mi-voix. Désolée, Bram, mais je n'ai pas l'habitude que tu t'intéresses aux autres.

Je suppose que je l'ai mérité.

– Est-ce que je peux parler à Nicola ? Seul à seule ?

Steph tressaille.

– Quoi ?

Je regarde derrière son épaule et j'aperçois Nicola juste derrière la porte. Elle n'a pas l'air bien du tout. Elle a le cheveu gras, tiré en arrière, le visage chiffonné, les yeux gonflés et rouges. Hormis la tristesse, je n'arrive pas à lire quoi que ce soit sur son visage, je ne peux pas dire si elle est contente de me voir, ou emmerdée, ou simplement indifférente. J'opte pour cette dernière solution.

– Salut ! Je voulais juste prendre de tes nouvelles. Tu ne m'as pas appelé.

Steph nous regarde l'un et l'autre.

– Il t'a donné son numéro ?

– Sa carte de visite, en fait, répond Nicola d'un air désabusé.

Steph croise les bras sous sa poitrine et je fais des efforts dingues pour ne pas fixer son décolleté. Linden est un sacré chanceux. Mieux vaut que je pense à elle comme à quelqu'un de maternel.

– Qu'est-ce que je t'ai dit ? chuchote sèchement Steph.

Je hausse un sourcil.

– Qu'est-ce que tu lui as dit ?

– Rien, en me fixant de nouveau. Je te surveille, me dit-elle.

Je lève les mains en l'air.

– Surveille tout ce que tu veux, Bébé, j'ai l'habitude.

Nicola pousse un léger soupir résigné.

– C'est bon, Bram, tu peux entrer. Mais ne fais pas de bruit, Ava dort.

Victoire. Je rentre et je jette un rapide coup d'œil à ce qui m'entoure. Ça ressemble à la maison de campagne d'une grand-mère branchouille. Le genre qui met des volants et des napperons partout, mais qui écoute aussi les Rolling Stones sur 33 tours pour se rappeler sa folle jeunesse.

Nicola se dirige vers sa minuscule cuisine qui est encombrée de tasses et d'assiettes vernissées.

– Tu veux du café ? Du thé ?

Est-ce que j'admets boire les deux ? Enfer.

– Une tasse de thé, volontiers. Tu as de l'Orange Pekoe ou de l'Earl Grey ? Avec un nuage de lait ?

Je ne peux pas voir son visage, mais j'imagine qu'elle n'est pas plus impressionnée que ça.

– J'ai du thé russe.

– C'est parfait, dis-je conscient que Stéphanie m'observe. Quoi ? je lui demande.

Elle fronce juste les sourcils, pointe son doigt vers moi et est sur le point de me dire quelque chose, mais à la place, elle ramasse son sac.

– Ok, Nic, J'y vais. On s'appelle plus tard, hein ? S'il te plaît ?

Je ne suis pas certain que ce « s'il te plaît » soit dû à l'état d'Ava ou à ma présence en ces lieux.

– Je le ferai, merci pour tout, dit Nicola.

– Je t'aime !

Steph sort, et je me retrouve seul avec Nicola.

C'est soudain très bizarre. Pendant que la bouilloire chauffe, je m'assieds dans le canapé. C'est comme si je plongeais dans un marshmallow. J'ai peur de ne plus pouvoir en sortir.

Elle ne parle pas, du coup j'essaie de combler les vides.

– Sympa ton appart, je commente. Tu as hérité tous tes meubles de ta grand-mère ou quoi ?

Elle me lance un regard assassin par-dessus son épaule.

– Ça vient d'Anthropologie.

Je hausse les épaules et glisse mes mains sur les coussins du canapé. Je sens les reprises grossières qu'elle y a faites pour tenter de réparer les déchirures. Je ne pense pas qu'elle y soit vraiment attachée, c'est sans doute plus par nécessité qu'autre chose.

– Comment va ta petite ? je demande.

Elle ne répond pas pendant un bon moment. Puis, d'une voix calme :

– Je crois que c'est plus dur pour moi que pour elle.

Je l'entends qui verse l'eau, puis le cliquetis d'une cuillère contre la porcelaine. Elle revient et dépose une tasse sur une petite table devant moi, en utilisant un dessous de verre. Le thé est noir.

– Désolée, dit-elle en remuant sa cuillère dans sa propre tasse et en s'asseyant à l'autre bout du canapé, jambes repliées, le plus loin possible de moi. Je n'ai pas de lait, je suis allergique au lactose.

Bien qu'elle soit lovée dans son coin, elle n'a pas l'air si confortable que ça. Elle redresse sa tête, son menton et sa bouche. Je n'arrive pas à lire dans ses yeux, alors j'arrête.

– Tu as pu acheter les médicaments ? je demande.

Elle hoche la tête et boit une petite gorgée.

– Grâce à l'insistance de Steph pour payer, oui. À l'hôpital, le docteur m'a donné un stock d'insuline pour un mois, mais Steph a payé tout le reste. Le pharmacien chez Target nous a donné à toutes les deux un cours intensif sur les injections, donc je n'ai pas besoin d'aller chez mon médecin.

Elle pousse un profond soupir.

– J'avais vraiment besoin que quelqu'un me montre à nouveau. La nuit dernière n'a été qu'un horrible cauchemar.

Elle me regarde et semble s'adoucir un peu.

– Merci encore pour m'avoir accompagnée pendant ce cauchemar. J'ai gâché votre nuit à tous.

– Ce n'est pas grave.

– Je parie que ça a fait chier ta petite copine.

– Ouaye ! Mais ce n'est pas ma petite copine. Surtout plus maintenant.

Je n'en dis pas plus.

– Alors, de quoi voulais-tu que nous discutions tous les deux, me demande-t-elle, l'air soudain fatiguée.

Je me rends bien compte qu'elle n'a aucune envie de me parler.

– Tu sembles avoir bien besoin de faire un somme, lui dis-je. (Ses yeux ont l'air tristes, et je me rends compte que c'est minable de ma part de dire ça.) Personne n'aime s'entendre dire qu'il a l'air fatigué. Je veux dire, tu es toujours aussi séduisante, mais tu as l'air crevée. (Et voilà, je ne fais qu'empirer les choses.)

– Je n'ose pas dormir, dit-elle.

On dirait qu'elle rétrécit, là, devant mes yeux. Pas maintenant, pas quand il peut lui arriver quelque chose.

– Tu peux. Juste maintenant, faire juste une sieste. Je reste là. Je resterais réveillé, pour m'assurer que tout va bien.

Elle me regarde comme si j'étais dingue. Peut-être le suis-je. Je n'ai pas la moindre idée de la raison pour laquelle je viens de lui proposer ça, peut-être parce que c'est simplement la chose à faire, mais ça me fait passer pour le plus grand pervers qui soit au monde.

– Non, merci, répond-elle, l'air légèrement dégoûtée. Bon. Que veux-tu de moi, Bram ?

Elle semble impatiente à présent. Je me penche sur mes coudes et je fais tourner ma montre autour de mon poignet, encore et encore.

– J'ai une proposition à te faire.

Elle me regarde pendant si longtemps que je dois lever les yeux. Elle n'a pas l'air curieuse, elle a l'air inquiète.

– Est-ce que ça va être un truc du genre *Proposition indécente* ? demande-t-elle, « parce qu'à la fin, Robert Redford perd la partie. »

– A, je m'étonne que tu sois assez âgée pour te rappeler ce film. Et B, non, ça n'a rien à voir. Je sais que ma réputation me précède...

– En effet.

Elle boit une petite gorgée de thé.

– Mais cette proposition part d'un bon sentiment, c'est une proposition tout ce qu'il y a de plus honnête.

Je m'arrête un instant.

– Je pense que tu devrais venir t'installer chez moi.

Elle manque laisser tomber son mug.

Chapitre 5

Nicola

Est-ce que j'ai bien entendu ? Ma main se met trembler si fort que je repose mon mug avant de me brûler. Abasourdie, je demande à Bram :

– Désolée, qu'est-ce que tu as dit ? Est-ce que tu viens de me proposer d'emménager chez toi ?

Il me fait un sourire apaisant.

– Pas exactement. Ce que je veux dire, c'est que l'appartement mitoyen du mien est libre. Le locataire est parti au début du mois. Je pense que tu devrais le prendre. Tu peux y habiter gratuitement jusqu'à ce que tu trouves un bon job et que tu te refasses un peu. Qu'en dis-tu ?

Qu'est-ce que j'en dis ? Je n'en ai pas la moindre idée. Pourquoi donc est-ce que Bram m'offrirait le gîte ? Ça n'a aucun sens et je ne veux même pas y penser.

– Tu pourrais y réfléchir... poursuit-il.

– Non ! Désolée, mais non. Déménager dans ton appartement libre ? Pourquoi ? Pourquoi tu ferais ça ? Pourquoi est-ce que tu ne le loues pas pour plusieurs milliers de dollars par mois, je suis sûre que c'est son prix.

– Mais je ne veux pas que le loyer soit aussi cher, répond-il.

– Je me fiche de ce que tu veux, tu as un emprunt à rembourser, et je suis certaine qu'il est très important.

Et ça ne cadre pas avec ce que je sais de Bram. Il a été élevé dans le fric. Il le dépense comme un joueur qui pense qu'il n'a rien à perdre. Tout chez lui transpire le « je suis sur Terre pour gagner de l'argent et en dépenser ! ». Nous permettre à Ava et moi de vivre chez lui gratuitement ne cadre pas avec tout ça.

Ça n'a vraiment aucun sens, et je n'aime pas ça du tout.

– Laisse-moi m'occuper des problèmes d'argent, poursuit-il en remontant les manches de sa chemise.

Je remarque alors son bronzage. Sa peau a une belle couleur de miel doré qui n'est certainement truquée, et je me demande où il a bien pu aller pour choper cette couleur. Ses avant-bras sont larges, musclés et bronzés. Les avant-bras, c'est ma faiblesse. Avec les mains. Il a de belles mains aussi, larges et fortes.

Il surprend mon regard et sourit doucement,

– Tu sais, ça n'a rien de bizarre.

– Tu parles que ça ne l'est pas, j'ironise en détournant le regard. C'est une proposition tellement dingue que j'ai bien du mal à imaginer que tu n'as aucune arrière-pensée salace.

Il tressaille :

– Wouah ! Tu penses tellement de mal de moi ?

Je me défends :

– Je ne pense rien du tout de toi.

– Ouille.

Pendant un moment, je me sens assez mal, mais ensuite je me souviens de la façon dont il a attiré cette nana dans les buissons et à quel point je m'étais sentie humiliée. Du coup, je ne me sens plus mal du tout.

– Qu'est-ce que tu veux, en fait ? Honnêtement.

Il lève les bras.

– Je suis honnête. Je veux vous aider, toi et ta fille. Parfois, les gens font des choses parce qu'ils peuvent aider les autres et parce qu'ils en ont envie, tout simplement.

Je ne gobe pas ça.

– Qu'est-ce que tu veux en échange ?

– Rien, répond-il, et il a l'air étonnement sincère.

– Bon. Alors comme ça, je ne serai pas ton esclave sexuelle, je ne serai pas obligée de te sucer à la demande ? Rien n'est gratuit en ce monde. Et putain, je suis payée pour le savoir.

Il sourit.

– De toute façon, ma belle, même si tu le voulais, tu ne saurais pas comment t'y prendre avec ma queue.

– Bien sûr que si ! je m'écrie alors, incapable de me taire.

Ce que je regrette immédiatement.

S'ensuit une putain de seconde qui dure une éternité, avant qu'il hausse ses sourcils de jais et me regarde avec une soudaine étincelle dans les yeux.

– Oh, vraiment ? dit-il songeur, un sourire aux lèvres.

Merde.

– Tu vois très bien ce que je veux dire.

– Pas vraiment. Mais tu pourrais me montrer.

– Tu ne vas pas m'acheter comme ça, tu sais.

Il ouvre de grands yeux et se lève. Dans une autre vie plus simple, faite de sexe sans conséquences et de Yellow

Brick Roads[3], je serais tombée complètement amoureuse de ce type tellement beau. Mais dans cette vie, j'ai trop souvent perdu à la courte paille, si vous voyez ce que je veux dire, et sa beauté, son corps de rêve et ses costumes bien coupés ne me font aucun effet.

– Écoute, je vais être honnête avec toi. Je n'essaie pas seulement d'être sympa.

Ah, la vérité sort enfin. Je pousse un soupir de soulagement en m'apercevant que nous arrivons enfin quelque part.

– Si je prends un locataire à faible revenu qui ne trouve pas de logement abordable en ville, je peux obtenir une importante exemption fiscale.

– Ah bon, mais pourquoi ne l'as-tu pas dit tout de suite ?

Il hausse vaguement les épaules.

– J'avais pensé qu'ainsi je pourrais marquer quelques points supplémentaires.

– Et pourquoi le voudrais-tu ?

– Je suppose qu'en fait, je ne veux pas habiter à côté d'une garce.

Il réussit à me faire rire.

– Bien joué.

Il plonge ses mains dans ses poches en me regardant bien en face,

– Alors, qu'est-ce que tu en dis ? Tu penses qu'Ava et toi vous seriez bien dans un bel immeuble au sud de Market ? Tu n'aurais pas de loyer, tu pourrais prendre le temps de retrouver un boulot, de te remettre en selle.

Ça semble trop beau pour être vrai. J'hésite.

– Je peux réfléchir un peu.

– Bien sûr.

---

3. La Yellow Brick Road est une route, dans *Le magicien d'Oz*, qui mène au paradis.

Il jette un coup d'œil à sa montre.

– Il faut que j'y aille. Tu as gardé ma carte de visite ? Tu n'as pas craché dessus, tu ne l'as pas foutue direct à la poubelle ?

– Je l'ai toujours.

– Bon, parce que si je n'ai pas reçu de nouvelles de toi dans les prochains jours, il faudra que je trouve quelqu'un d'autre. Je ne veux pas être obligé de revenir ici sans prévenir. Et je suppose que tu ne veux pas me donner ton numéro de téléphone.

– Je vais t'appeler, lui dis-je.

Cette fois, je sais que c'est vrai.

Mais je ne sais pas du tout ce que je vais lui dire.

* * *

Après le départ de Bram, je prends le temps de réfléchir. En fait, ça ne me prend pas tant de temps que ça. Ava se réveille de sa sieste, et bien qu'elle soit pleine de vie et joyeuse comme jamais, comme si la nuit dernière n'avait jamais existé, elle me demande quand même si elle va avoir une piqûre demain. Je ne peux pas lui mentir. Je lui explique que la seringue contient un médicament qui va lui donner des forces et la garder en bonne santé, pour qu'elle devienne une grande fille. Elle a l'air de comprendre, mais... je n'arrive toujours pas à accepter cette idée. Lui faire sa première piqûre a été une épreuve pour moi, si Steph n'avait pas été là, je ne crois pas que j'y serais parvenue. Ça ne me paraît pas anormal de faire mal à mon enfant, même si c'est devenu obligatoire et que c'est pour son bien.

J'ai beau avoir ma fierté, j'ai beau avoir une envie folle de refuser l'offre de Bram, c'est impossible. Il faut que j'accepte, pour le bien d'Ava. Je dois ravaler ma fierté, car je vais devoir lui faire une piqûre tous les jours, pendant toute sa vie. En ne payant plus de loyer, j'économiserais plus de mille dollars par mois. Si je pouvais mettre cet argent dans la nourriture et les médicaments, on pourrait s'en sortir. Ça ne sera pas marrant, mais j'y arriverai. Et même sans avoir retrouvé de boulot. Je sais que je ne peux pas me permettre d'être trop difficile, mais je décide tout de même de me donner encore une semaine de répit, juste pour voir si par miracle j'arrive à décrocher quelque chose. C'est sans espoir, mais je dois tout de même le tenter.

Je nous prépare des tranches d'avocat sur du pain complet aux céréales. (Le docteur m'a dit que son alimentation, pauvre en sucre, était excellente et que je devais continuer ainsi. Ça fait du bien de savoir qu'au moins ça n'est pas moi qui l'ai rendue malade.) Nous nous asseyons sur le canapé et entre deux bouchées je lui fais la lecture, un livre d'images. Par instants, j'entends dans mon immeuble un couple qui s'engueule violemment. Mon voisin du dessus prend une douche, on entend des bruits de canalisation dans les murs. Je me dis que je vais pouvoir quitter cet endroit, j'ai déjà un pied en dehors de la zone, un pied vers mon avenir. J'espère juste qu'il n'y aura vraiment aucune contrepartie. Que Bram n'attend rien de moi. Je ne pensais pas vraiment à devenir son esclave sexuelle. J'ai juste voulu le charrier sur ses habitudes de queutard, mais quand même, j'ai du mal à croire que je ne lui devrai rien au bout du compte. L'idée de devoir quoi que ce soit à ce genre de type me file vraiment les jetons.

Et je déteste l'idée que ça m'excite aussi, en même temps.

Je fixe mon téléphone sur la table basse. Je pourrais appeler Steph pour lui demander son avis, mais au bout du compte, ça ne changerait rien. Je sais déjà ce que je dois faire.

J'attrape sa carte de visite, mon téléphone et je compose son numéro.

– Allô, Bram ?

* * *

– Je n'arrive pas à croire que tu fais ça ! me lance Steph en entrant dans mon appart à moitié vide.

Elle me tend un maxi-café de chez Bluebottle. J'en bois une bonne lampée et je me brûle les lèvres, tout en examinant les lieux. Nous sommes samedi matin, il s'est passé une semaine depuis que j'ai rappelé Bram pour lui dire que j'acceptais de m'installer dans son immeuble. Mon proprio est furax contre moi, parce que je quitte les lieux sans l'avoir prévenu plus tôt, mais vu qu'il est tout le temps en colère, ça ne change pas grand-chose. Avec Steph, Kayla, plus Linden de temps en temps, on a très vite réussi à faire mes cartons. J'ai été étonnée de voir combien de choses inutiles j'avais pu accumuler en si peu de temps dans un si petit espace. Je pense que quelque part en moi se cache une collectionneuse sentimentale, mais ça m'a fait du bien de réussir à m'en débarrasser. C'est un nouveau départ.

Ava est partie passer la journée à Livermore avec ma mère, ce qui est super, bien que je sois extrêmement inquiète sur sa capacité à lui faire correctement sa piqûre. Je sais que je ne devrais pas douter de ma mère, je lui ai montré comment faire et elle a une voisine qui a le diabète qui peut l'aider si c'est nécessaire, mais je crois que sur une règle graduée, mon niveau de stress à ce sujet restera bloqué au niveau maximum pour le restant de ma vie.

Aujourd'hui, jour de mon déménagement, Steph, Kayla, Linden et Bram sont tous venus m'aider. Bram m'avait proposé de payer des déménageurs, mais je ne veux plus de sa charité, et pour être honnête, ça ne me déplaisait pas de le voir transpirer un peu. Nous sommes debout depuis 6 heures du matin, nous bossons comme des fous pour tout emballer. Nous sommes revenus dans l'appartement avec quelques cartons supplémentaires, pour la dernière fois, je l'espère. Je gamberge sur ce que Steph vient de me dire « pour le meilleur ou pour le pire ».

– Pour le meilleur, dit-elle en buvant son café et en laissant une trace de gloss rose magenta sur le couvercle. Enfin, je trouve ça incroyable. J'espère simplement que Bram tiendra parole.

– Mais tu sais bien que je suis un cas social, non ?

– Je dois dire que cela me surprend aussi. Parce que je n'ai jamais remarqué qu'il était accro à la charité, même pour faire baisser ses impôts. (Elle sourit.) Mais tu sais quoi ? Que ce soit par charité ou pour diminuer ses impôts ou pour Dieu sait quoi d'autre, c'est génial pour toi.

– On a bientôt terminé ? demande Kayla qui apparaît à la porte.

Sa peau pâle est rose de sueur, elle a attaché ses longs cheveux noirs en queue de cheval et porte une casquette de base-ball rose. Elle n'est pas maquillée, et comme d'habitude, elle est splendide. Sa mère japonaise lui a légué une carnation impeccable.

– Quasiment. Il y a encore un carton pour toi, lui dis-je en lui en montrant un grand dans un coin.

– Oh génial, fait-elle ironiquement.

Elle se penche pour le ramasser.

– Ne me dis pas que tous tes livres d'art sont là-dedans.

– Juste des coussins et des couvertures, je lui réponds, alors qu'elle le soulève sans effort.

Elle s'avance avec et examine les murs vides autour d'elle. On ne dirait déjà plus que j'ai habité ici.

– Ouah ! Je sais bien que tu avais fait des merveilles de déco dans cet endroit, Nicola, mais je pense qu'on devrait ouvrir une bouteille de champ pour fêter le fait que je n'aurai plus à mettre les pieds dans ce quartier de merde où Joe l'Arnaque me propose de changer du fric ou de lui faire une pipe à chacune de mes visites.

– Joe l'Arnaque ? je répète.

Elle hausse les épaules.

– C'est lui qui le dit, pas moi. Ok, les filles, vous avez fini de mater les taches du plafond et le lino qui part en morceaux ? Parce que les mecs voudraient bien y aller. Rappelez-vous que les cartons, ça prend autant de temps à déballer qu'à faire.

Je prends une profonde inspiration. Je suis prête.

Nous sortons et je tombe sur mon propriétaire, bientôt mon ancien proprio, monsieur Stanley, qui fume une cigarette, ses petits bras croisés sur son gros ventre, en observant la camionnette. C'est le seul truc que j'ai permis à Bram de louer.

– Monsieur Stanley, dis-je en m'avançant, un carton sur lequel j'ai noté « merdouilles de cuisine » dans les bras.

Linden accourt aussitôt et sans dire un mot me prend le carton pour le mettre dans la camionnette.

– N'espérez pas que je vous fasse une recommandation, fait monsieur Stanley, la clope au bec qu'il a bien gras comme le reste, en fronçant tellement les sourcils qu'on dirait qu'il n'en a qu'un.

– Eh bien ça n'est pas très juste de votre part, je réponds calmement alors que je meurs d'envie de lui rentrer dedans. Je voulais vous envoyer un préavis d'un mois, mais ça ne s'est pas passé comme prévu. Vous auriez préféré que je ne paie pas mon loyer et que vous soyez obligé de m'expulser ?

– Mais moi j'adore ça, expulser les gens, dit-il avec un sourire en coin. Et du coup, vous n'allez pas récupérer votre caution.

Merde. Merde. Merde. J'avais complètement oublié. Cinq cents dollars, c'est une somme énorme pour moi maintenant.

– Il y a un problème ?

C'est Bram, derrière moi, qui pose la question, une main sur mon épaule. Son contact est chaud et ferme dans ce matin frisquet et gris. Ça fait du bien. C'est sans doute pour ça que je veux l'enlever. Mais je n'ose pas le faire devant monsieur Stanley. En plus, Bram a pris un air plutôt intimidant. Pour une fois il n'est pas en costume, il porte des jeans noirs et un tee-shirt blanc qui moule ses abdos. Je me suis efforcée de ne pas y penser pendant le déménagement, de ne regarder ni son bronzage, ni les mouvements de ses bras quand il soulève quelque chose, ni la tache de sueur qui apparaît dans son dos. Mais maintenant, je lui suis reconnaissante de montrer les dents, parce que je n'ai aucune envie que ce connard de Stanley s'en tire si facilement.

– Aucun problème, dit-il en reniflant.

Il ôte sa cigarette de sa bouche et dévisage de haut en bas Bram qui le dépasse d'au moins une tête, l'air furax.

– J'expliquais juste à cette poulette comment doit se comporter un bon locataire. Il part en faisant ce qu'il faut. Or, elle ne l'a pas fait.

– Cette poulette, dit Bram avec son accent traînant, quitte les lieux parce qu'elle ne veut pas vivre avec sa fille dans un taudis infesté de rats. Vous pensez peut-être qu'en rentrant dans cet immeuble, je n'ai pas remarqué les nombreuses infractions à la loi qu'il comporte, sans parler de celles qui pourraient vous interdire définitivement toute gestion immobilière ?

Le visage de Stanley semble se déliter. Je n'avais jamais vu ses sourcils se séparer l'un de l'autre comme à l'instant.

– J'ai également passé ma journée à vider son appartement, poursuit Bram en saisissant son téléphone et en le lui tendant. J'ai pris des photos de l'état lamentable des barrières anti-incendie entre les différents étages, du système d'arrosage automatique défectueux, du boîtier de la sirène fracturé, du plan de sécurité incendie périmé, mais aussi des crottes de rats dans l'escalier, de l'ascenseur en panne qui force les locataires, même âgés, à monter par les escaliers et des dégâts occasionnés par les termites dans l'entrée. Je suis prêt à parier qu'il y en a dans tout l'immeuble.

Je suis sidérée. Bram a remarqué tout ça ?

Monsieur Stanley est tout pâle. Sa cigarette tremble dans sa main.

Bram poursuit, la tête haute :

– Un coup de fil aux pompiers et vous aurez au moins pour vingt mille dollars d'amende. Vous perdrez probablement aussi votre boulot. Mais vous pouvez aussi rendre sa caution à la poulette et nous vous laissons tranquille.

– Ouah, dit Kayla quelque part derrière mon dos, Bram est l'homme qu'il nous faut !

Bram me fait un clin d'œil :

– Et voilà une nouvelle devise pour toi, poulette.

Puis il se retourne vers Stanley, l'air dur.

– Alors, que préférez-vous ?

Ça ne fait ni une ni deux, Stanley sort son chéquier de sa poche arrière et me fait un chèque de cinq cents dollars. Sans avoir même osé me regarder en face, il s'engouffre ensuite dans l'immeuble.

– Et ne vous en faites pas pour ses références, je suis là pour ça, lui crie Bram pendant qu'il disparaît.

Puis il me donne un coup de coude en s'exclamant :

– Allez, foutons le camp d'ici !

Nous nous dirigeons vers la camionnette sous le regard de Linden, Steph et Kayla. Je jette un rapide coup d'œil à Bram.

– Tu tiens vraiment à ce que je t'apprécie, n'est-ce pas ?

Il sourit, il a plein de fossettes et tout et tout.

– Oh mais tu m'apprécies. Tu ne le sais pas encore, c'est tout.

Il fait signe à Linden :

– Allez frangin, on y va.

Je rejoins Steph qui va nous emmener, Kayla et moi, dans sa voiture.

Kayla demande à Bram :

– Tu as vraiment remarqué tous ces problèmes ?

Bram hoche la tête.

– J'ai appris certaines choses en tant que gestionnaire d'immeubles. Et crois-moi, dès la semaine prochaine, j'appelle le service incendie de la ville.

Nous restons toutes les trois sur le trottoir à le regarder grimper dans la camionnette, puis démarrer dans un grondement de moteur.

– Putain, dit Kayla quand ils s'éloignent, c'était du lourd !

Puis, en me regardant :

– Tu as du bol de t'installer à côté de ce mec.

Elle hésite avant de poursuivre :

– Tu vas t'installer dans son lit aussi ?

Je fais les gros yeux.

– Certainement pas. Même s'il est plus sympa que ce que je croyais...

Kayla hausse les sourcils.

– Oui, bien plus sympa, mais c'est quand même un enfoiré.

– Enfoiré, là tu y vas fort, Miss Bonnes Manières, se moque-t-elle. Est-ce que ça a quelque chose à voir avec ce qui s'est passé pendant le mariage ? me demande-t-elle soudain.

– Non, je réponds en regardant fixement devant moi la voiture de Steph. Et tu n'as rien vu du tout, alors arrête d'imaginer qu'il s'est passé quelque chose entre nous. Il ne s'est rien passé. Rien de rien.

Je sens très bien que Steph et Kayla échangent un regard derrière mon dos.

Plus tard, dans la voiture, sur Van Ness, Kayla me donne une tape sur l'épaule depuis le siège arrière.

– Pourquoi tu dis que c'est un enfoiré ?

Je souffle sur une de mes mèches de cheveux qui est tombée sur mon visage,

– Parce que c'est un Don Juan.

– Ça n'en fait pas un enfoiré. Ça le rend marrant.

Et ça fait de moi une rabat-joie, je pense en songeant à ce qu'il m'avait dit au mariage.

– Je n'ai aucune confiance en ce genre de mecs, c'est tout, je poursuis au bout d'un moment.

– Mais tu ne sors pas avec lui, n'est-ce pas ? Donc tu t'en fiches de qui il voit, n'est-ce pas ?

– Absolument. Je m'en fiche.

Et vraiment, c'est ce que je devrais faire. Mais je revis cette nuit-là, encore et encore, le contact si doux de ses lèvres sur les miennes, mon sentiment violent de rejet. Ce n'est pas ma faute si le dernier homme que j'ai embrassé, le dernier qui m'ait allumée et m'ait fait de l'effet, c'est Bram.

Avec Bram comme amant, on s'en fout totalement. Mais moi je ne m'en fous pas.

– Pourquoi tu poses toutes ces questions, Kayla ? demande Steph d'un air étonné, en la regardant à travers le rétroviseur.

– j'ai bien le droit de poser des questions, fait Kayla.

– Hmm, hmm, mais tu as un drôle de regard...

– Quel regard ? Je suis asiatique, espèce de raciste.

– La ferme. Tu sais bien de quel regard je parle. Celui que tu as quand tu as choisi ta prochaine proie.

Oh ? Je me retourne pour regarder Kayla. Ouaip, elle a ce regard.

– Tu t'intéresses à Bram ? je lui demande.

Kayla a rompu avec son petit ami il y a deux ou trois ans. Depuis, elle est toujours célibataire, malgré de nombreuses tentatives. Elle drague tous les mecs un peu sexy qui passent à portée de main. Elle a même eu une aventure de quelques semaines avec Linden, quand Steph et lui étaient encore de simples copains. Je ne sais pas comment Steph a digéré ça, mais ce qui est sûr, c'est qu'elle n'est pas aussi jalouse que moi.

Kayla hausse les épaules, l'air de ne pas y toucher, mais je lis parfaitement en elle.

– Je ne sais pas, mais il est vraiment sexy, c'est tout. Et il a plein de fric. Et il a ce sex-appeal de mauvais garçon, mais bien plus fort, parce que c'est un mec, un vrai, pas un môme. Si tu le chopes, il semble bien capable de te défoncer le vagin.

Je fronce le nez.

– Très chic !

– Ouais, Kayla, c'est de mon beau-frère que tu parles, l'avertit Steph.

– Ouais, et alors ? Vous n'êtes pas du même sang. Tu m'as dit que tu trouvais que son frère était super-sexe.

– Oui, c'est vrai. Mais ce n'est pas Linden.

Kayla fait les gros yeux et s'adosse à la banquette arrière. Elle ajoute, sur un ton moqueur :

– Bien sûr que ce n'est pas Linden. Comment quelqu'un pourrait-il même se comparer à Linden ? Tu sais Steph, ce n'est pas parce que tu t'es mariée que tu dois devenir aveugle.

– En effet, je ne pense pas à Bram comme à quelqu'un de sexy. Mais tu as raison, il l'est. Et si ça t'est égal de te faire avoir, vas-y, amuse-toi. Mais ne viens pas pleurer dans mes jupes si ça n'a pas marché et n'essaie pas de foutre la merde dans nos relations aux uns et aux autres. Tu l'as déjà fait une fois, poursuit-elle dans un souffle.

Alors comme ça, Steph n'a pas oublié l'histoire de Kayla avec Linden.

Kayla se calme. Nous roulons en silence, avant qu'elle avoue :

– Bon, je suppose qu'un frère McGregor, c'était suffisant pour moi.

Je tourne la tête et je la vois sourire sournoisement. Les mains de Steph sont toutes blanches sur le volant. Je pense être sur le point d'assister à un crêpage de chignon en règle, et je me demande comment je vais bien pouvoir les séparer. J'ai à peine assez de force dans les bras pour porter Ava et son siège rehausseur. Mais Kayla éclate de rire et donne une tape sur l'épaule de Steph.

– Putain, je plaisantais ! On ne peut plus rigoler du passé, alors ?

Steph lui jette un regard glacé,

– Les choses changent quand on est mariée.

– C'est bien pour ça que j'ai annulé mon mariage, dit Kayla. Je n'étais pas prête pour ça. Mais toi et Linden, si. Et ne t'inquiète pas, je ne vais pas m'approcher de Bram.

Elle me regarde et fait :

– Il est tout à toi.

– À moi ? D'abord, Bram n'est rien d'autre pour moi que mon nouveau propriétaire, et ensuite… je ne sais pas.

Je n'apprécie pas vraiment qu'elle me donne son autorisation, comme si je n'aurais pas eu la moindre chance si elle s'était mise sur les rangs.

Je sens le regard de Steph passer de moi à la route.

– Nan, nan, dit-elle. Nicola a besoin d'un type agréable, et bien que Bram soit très généreux, il nous l'a prouvé récemment, il n'en ferait qu'une bouchée, avant de la recracher.

– Ça pourrait pourtant être marrant d'être mangée par lui, dit Kayla.

J'aurais bien aimé ne pas avoir la même idée, au même moment qu'elle.

Nous finissons par arriver à son immeuble, et là, tout est complètement surréaliste. Je n'avais pas imaginé ça du tout. Le bâtiment n'a rien de particulier à l'extérieur. Ce sont deux entrepôts aux fenêtres typiques du coin, peints dans cette couleur beige rosé que Bram veut changer pour un bleu cobalt, d'ici quelques semaines. Mais bien que ce soit ancien, c'est restauré et nickel. Le petit hall d'entrée a des carreaux art déco. Pas de barreaux aux portes. Les gens ont des paillassons devant les leurs, et il y a des peintures vives dans les couloirs.

Mon appartement est encore plus beau. Il est au deuxième étage, avec deux chambres à coucher. Elles sont à peine assez grandes pour un lit double, mais Ava peut avoir son propre espace, et ça, je sais que ça va lui faire super-plaisir. Je suis vraiment impatiente que maman la ramène ce soir pour qu'elle puisse découvrir l'endroit. Nous n'avons pas eu le temps de le visiter avant.

La cuisine est ravissante, avec du carrelage blanc « métro » aux murs, des appareils rutilants et une fenêtre au-dessus de l'évier qui donne sur les palmiers de la cour intérieure, sur toute la largeur du bâtiment. Derrière, on a une vue sur toute la ville, depuis la pyramide Transamerica jusqu'au restaurant Top of the Mark[4]. Il y a du parquet massif dans toutes les pièces et des moulures au plafond. C'est absolument magnifique et ça me correspond complètement.

Quoi qu'il en soit, le déballage de mes cartons m'a semblé prendre bien plus longtemps que le déménagement, mais c'est peut-être parce que maintenant que je suis ici, je suis super-excitée et impatiente de pouvoir commencer à décorer et à tout arranger au mieux. Mes meubles ont l'air un peu minables dans ce décor, et je me dis que si j'ai un peu d'argent, j'irai faire un tour chez IKEA.

À la fin de la journée, tout le monde est épuisé. J'aurais aimé pouvoir leur offrir quelques bières et une pizza, mais Kayla est au régime et Steph ne me laisserait pas dépenser le moindre dollar pour ça. Bram disparaît chez lui, dans l'appartement d'angle mitoyen, et réapparaît avec une bouteille de champagne et un pack de six. Nous prenons tous une cannette et nous nous posons enfin, pour bavarder, boire et étirer nos muscles endoloris.

Finalement, Linden et Steph partent après Kayla. Nous nous retrouvons tous les deux seuls, Bram et moi, dans mon appart qui est le sien, en fait. Il reste au moins encore une heure avant que maman me dépose Ava.

– Bon, fait-il en croisant ses bras sur sa large poitrine et en se déhanchant. (Il examine le salon, un véritable champ de bataille, rempli de carton et de meubles empilés les uns sur les autres.) Voilà ta nouvelle maison.

– Jusqu'à ce que je me remette en selle, je lui rappelle, en m'appuyant au comptoir de la cuisine.

– Je me disais que tu pourrais payer un loyer quand tu auras retrouvé un job. Tu ne seras pas obligée de déménager. Ça te plaît ici, non ?

– Je viens à peine d'arriver.

4. Célèbre restaurant panoramique, au dernier étage de l'hôtel Intercontinental.

Il me jette un regard soupçonneux.

– Tu as du mal à digérer tout ça, hein ?

– Quoi ? je demande, en espérant avoir l'air étonnée.

Il montre la pièce.

– Tout cet arrangement. J'aimerais vraiment que tu apprennes à me faire confiance.

– J'ai vraiment confiance en toi. Et je me reprends : enfin je crois. Je te connais à peine.

Il fait quelques pas en avant et je m'aperçois que je me recule contre le comptoir. Il a une lueur dans les yeux qui m'inquiète.

– Eh bien, ne t'en fais pas, mon cœur, tu vas apprendre à me connaître, que ça te plaise ou non. Nous sommes voisins à présent, avant tout. Si tu as besoin d'une tasse de sucre pour ta pâtisserie, n'hésite pas à frapper à ma porte. Même chose si tu as besoin d'un rouleau de PQ. Et si tu es coincée dans le feu de l'action face à un gland et que tu as besoin d'une capote, n'hésite pas non plus, j'en ai à revendre.

Il me regarde du coin de l'œil.

– Ça t'arrive de faire l'amour, n'est-ce pas ?

Je déglutis avec peine et je maudis la rougeur qui me monte aux joues. Pourquoi diable est-ce que j'ai bu ce vin, alors que je sais que ça me déclenche des bouffées de chaleur ?

– Bien sûr que je fais l'amour ! j'aboie. Mais les voisins n'ont pas à connaître les détails de leurs vies sexuelles.

– Tu as cet air à nouveau, dit-il d'une voix plus lourde en avançant encore, jusqu'à ce qu'il ne reste plus que quelques centimètres entre nous. Cette façon que tu as de rougir. Tu te souviens de ce que je t'avais dit à ce propos ?

Je me le rappelle très bien. Que je devais avoir cet air pendant l'orgasme.

– Non, et je ne tiens pas à ce que tu me le rappelles.

Il se lèche les lèvres et hoche la tête.

– Très bien. Je sors pour la soirée, fait-il en se retournant et en se dirigeant vers la porte d'entrée. (Il me lance un regard par-dessus son épaule.) J'espère que tu vas apprécier ta première nuit ici. Dis bonjour pour moi à ta môme.

Il sort, et je me retrouve seule, pour la première fois, dans mon nouvel appartement.

Si toutes nos rencontres futures doivent osciller entre sa générosité manifeste et lui tel qu'en lui même, eh bien, je ne suis pas certaine du lendemain.

Tout ce que je sais, c'est que je vais devoir rester sur le qui-vive.

Chapitre 6

Nicola

– Maman ? dit Ava en entrant dans la cuisine, traînant sa peluche Snuffy derrière elle, pendant que je vide le lave-vaisselle.

– Oui, mon ange ? je lui réponds en vérifiant la propreté d'un verre dans la lumière du matin.

– Pourquoi tu ne te fais pas une « ouille-ouille » ?

Ah merde.

Ça fait deux semaines que nous avons emménagé dans notre nouvel appartement, et environ trois que je fais sa piqûre d'insuline quotidienne à Ava. Elle ne se plaint pas de la piqûre d'aiguille sur son doigt pour tester son taux de sucre, parce qu'elle trouve que ça ressemble à la Belle au Bois Dormant qui se pique avec sa quenouille. Je crois qu'elle s'imagine que son prince charmant pourrait apparaître. Mais la seringue, c'est autre chose. Elle ne pleure pas à chaque fois, mais je me rends bien compte qu'elle a mal, peu importe l'endroit où je pique. Et je crois que ça ne l'aide pas non plus de l'appeler sa « ouille-ouille ».

Je repose le verre, je m'accroupis et lui passe la main dans les cheveux.

– Je ne me pique pas avec la « ouille-ouille » parce que je suis une grande personne. Toi, tu as besoin de ce médicament pour devenir grande et forte, comme moi. Tous les enfants n'ont pas besoin de ce médicament. Seulement ceux qui sont spéciaux, mon ange.

Ava fait la moue, mais finit pas acquiescer.

– Ok.

Puis elle court vers le salon avec Snuffy. Mon cœur me fait mal. C'est parfois tellement dur d'être mère, de ressentir tout cet amour et de se rendre compte qu'on ne peut pas protéger son enfant de tout.

Je soupire en finissant de sortir la vaisselle. Nous sommes samedi, j'ai oublié de ramasser les journaux d'hier dans ma boîte aux lettres. J'ai envoyé ma candidature partout où j'ai pu, du moins là où le job pouvait me correspondre, mais je n'ai décroché qu'un seul entretien. C'était dans un magasin de fringues, pour un poste de vendeuse, et c'était il y a déjà une semaine. Je n'y crois plus. Et même si je sais qu'aujourd'hui, la plupart des offres sont sur Internet, je ne veux rater aucune chance, j'épluche aussi les petites annonces.

– Ava, Maman va chercher le journal en bas, d'accord ? Sois sage, je reviens tout de suite.

Elle hoche la tête, absorbée par un dessin animé à la télé. Je baisse les yeux sur ma tenue, un pantalon de pyjama, des chaussons et un débardeur. (J'ai quand même mis un soutien-gorge.) Je connais Bram, mon voisin, et je n'ai aucune envie qu'il reluque mes tétons.

Je l'ai croisé à plusieurs reprises ces dernières semaines, et il a pris de mes nouvelles une ou deux fois. Il a ce petit sourire en permanence, comme s'il était sur le point de me balancer une réflexion ou un commentaire, mais pour l'instant, il ne se l'est pas permis. Je ne sais pas s'il veut se montrer sous son meilleur jour ou s'il en a simplement marre de me charrier.

Ce que je sais, en revanche, c'est que ce mec aime baiser. Beaucoup. Énormément. Je m'étonne même qu'il arrive encore à bander. Ma chambre à coucher est mitoyenne de la sienne et je l'entends même quand je suis au salon, ce qui est un peu gênant quand Ava est réveillée. Jusqu'à présent, elle n'a pas semblé s'en rendre compte, parce qu'à chaque fois je mets de la musique ou je monte le son de la télé. Il fait pas mal de bruit, et la fille avec qui il est, encore plus que lui. Enfin, si elle est seule à crier, ce dont je ne suis pas sûre à cent pour cent. Mais ce n'est pas Astrid. La dernière fois que je l'ai croisé, il était avec un mannequin couleur café au lait qui avait une énorme poitrine.

Je peux également vous dire que les filles ne font pas semblant, ce qui signifie que Bram doit être assez doué. Dans le feu de l'action, leurs cris semblent plutôt étonnés, comme si elles ne s'attendaient pas à éprouver autant de plaisir. Je suppose que ce qu'on dit de lui doit donc être vrai – une nuit dans son lit, cuisses ouvertes pour la vie.

Pendant ce temps, moi je suis seule. La dernière fois que j'ai fait l'amour avec quelqu'un, c'était dans la douche avec mon gode. En ce moment, c'est pour moi le truc qui se rapproche le plus d'une relation sexuelle, et je commence même à apprécier sa fiabilité.

Une fois dans l'entrée, je récupère les journaux dans la boîte aux lettres et je remonte. Alors que j'approche de ma porte, je m'aperçois que celle de Bram est grande ouverte. Je ne sais pas pourquoi, mon cœur se met à batte la chamade. Et c'est alors que je vois une fille faire une sortie incroyable. Elle porte une minijupe en cuir noir, en skaï plutôt, un petit haut constellé de paillettes et des Valentino de contrefaçon à la main. Son mascara de la veille a coulé. Ah, ce bon vieux « Walk of Shame » !

Elle me voit, esquisse un sourire et me lance un timide « Salut ».

Je lui réponds en ouvrant ma porte,

– Salut, j'aime bien tes chaussures, ce qui n'est pas tout à fait la vérité, car ce sont les vraies que j'aime bien.

Elle les regarde nerveusement,

– Oh, merci.

Je la regarde passer rapidement dans le couloir et disparaître dans la cage d'escalier, comme si elle fuyait une scène de crime. Tout à coup, la porte de Bram se rouvre et sa tête apparaît. Ses cheveux bruns sont tout emmêlés, comme quelqu'un qui sort du lit. Il regarde le couloir vide puis il m'aperçoit et me lance un sourire tellement content de lui.

– Elle est partie ?

– Oui. À toute vitesse, « Like a Bat out of Hell ».

– Un excellent album. Meat Loaf, le chanteur.

– Merci. Je connais Meat Loaf.

– Hé, dit-il en sortant sur le pas sa porte.

Il est en tee-shirt et en caleçon gris de chez David Beckham. Il est si près de moi que je peux lire la marque. Et il semble trop petit d'au moins une taille pour tout ce qu'il a à y ranger.

– Oh mon Dieu, tu pourrais enfiler un pantalon, s'il te plaît ?

– Pudique ? Il n'y a rien d'obscène à être en sous-vêtements.

Peut-être pas pour un type normal, je pense, mais pour toi, si. Mais je n'ose pas le lui dire, ça pourrait encore faire gonfler son ego surdimensionné. Je ne peux m'empêcher de penser à ce que Steph et Kayla m'avaient dit à propos de Linden, qu'il était super-bien monté, et d'en déduire que c'est une marque de famille.

Il continue sur un ton très sérieux.

– Je voulais juste te demander un truc. Deux, en fait.

– Quoi ?

– J'espère qu'on ne fait pas trop de bruit. Tu sais, je n'ai jamais demandé aux locataires précédents s'ils pouvaient entendre mes, hum, cabrioles. Mais tu sais ce que c'est. À toi, je peux le demander.

– Qu'est-ce qui te fait croire que tu peux me demander ça comme ça ?

Il hausse les épaules.

– Je suppose que tu entends, alors.

– Je mets des boules Quies, lui dis-je, ce qui est vrai.

Je les utilise toutes les nuits et je les enfonce si loin qu'un jour, c'est sûr, elles vont me ressortir par les narines. Dès que j'aurai un peu d'argent, je l'investirai dans une boîte qui fabrique des bouchons d'oreille.

– Dommage, tu manques quelque chose.

Je lui jette un regard noir.

– Est-ce que quelqu'un t'a déjà dit que tu étais vraiment indécent ?

– Oui, souvent.

Il m'attrape le menton.

– Mais ce n'est pas parce que ton mur est si mince que tu ne dois pas faire de bruit, si, par hasard, tu ramènes un mec. Je m'en fiche. J'adore écouter.

Je secoue la tête, incrédule.

– Pourquoi as-tu tant de mal à rester correct ?

– Ça doit être dans mes gènes, réfléchit-il, en s'appuyant au chambranle et en faisant saillir son bassin.

Je me refuse à regarder, bien que je sois tout à fait d'accord avec lui.

– J'ose à peine te demander quel était le deuxième truc que tu voulais ?

J'ignore pourquoi je fais de l'humour au lieu de lui fermer ma porte au nez. J'ai honte de le reconnaître, mais je trouve que nos petits échanges ont quelque chose de divertissant.

– Ah oui, dit-il avec un sourire narquois. Étant donné le peu d'activité sexuelle dans ton appart et ton refus de jeter le moindre coup d'œil à mon slip, je me demande si tu as déjà fait l'amour. Je veux dire, je sais bien que tu as une fille, mais on entend tout le temps parler de ces immaculées conceptions.

– Va te faire foutre ! je hurle en lui claquant la porte au nez.

Alors que le rouge me monte aux joues, je l'entends dire de l'autre côté de la porte :

– Voilà la fille que je voulais voir.

Puis le bruit de sa propre porte qui se referme.

Quel enfoiré ! Je sais qu'il joue avec moi, il va juste un peu trop loin. Mais putain, c'est dingue comme il arrive à me mettre hors de moi. Ce n'est pas parce que je ne baise pas tous les mecs qui passent, ou lui, que je suis une vierge effarouchée.

Malheureusement, je sais aussi qu'il n'a pas complètement tort. Et que ces derniers temps, c'est vers cet état que je tends. Même si je ne suis pas grosse, avant j'étais plus mince et plus tonique. À présent, j'ai de la cellulite en haut des cuisses, des fesses qui n'arrêtent pas de grossir, des vergetures et une cicatrice de césarienne. Je suis certaine que je pourrais y arriver si je le souhaitais, mais c'est si difficile pour moi de regarder celle que j'étais avant, plus heureuse, mieux dans sa peau, et d'accepter celle que je suis devenue. Ce serait comme d'admettre une défaite. Je n'ai aucune envie de me mettre à poil devant un type, et surtout pas devant Bram.

Peut-être que je devrais aller me choper un mec quelconque, juste pour oublier ce que Bram vient de me mettre dans le crâne.

– Maman.

Je lève les yeux. Ava est installée dans le canapé, elle me regarde avec curiosité. Je me rends compte que je m'appuie de toutes mes forces contre ma porte, comme si je voulais empêcher Bram de la forcer. Je me redresse et lui lance un regard gêné.

– Tout va bien.

– C'était Bram ?

Elle prononce son nom en s'appliquant pour bien y mettre le R.

– Oui.

Je n'aime pas qu'elle soit gaga devant lui. Je ne veux pas avoir à être sympa à cause d'elle, et comme Bram est le seul homme dans le coin, j'ai peur qu'elle l'envisage comme une figure paternelle.

– Bram-a-lama-ding-dong ! Elle entonne son petit refrain en faisant sauter Snuffy. « Bram-a-lama-ding-dong » !

Dingue-dong, c'est bien vrai.

– Bon, ça suffit, si on baissait d'un ton, qu'en dis-tu ?

– Bram-a-lama-ding-dong !

Elle hurle en rigolant et en courant vers sa chambre.

Je soupire, ouvre le journal sur la table de la cuisine et je me mets à chercher du boulot.

* * *

Il est presque deux heures de l'après-midi, et j'ai coché toutes les offres que j'ai trouvées dans le journal, même celles pour lesquelles je n'ai aucune expérience, comme le service dans un restaurant. J'ai envoyé tous mes CV avec une lettre de motivation et j'ai croisé les doigts. Ava, qui s'embête, se met à courir autour du canapé, complètement excitée, et j'ai l'impression que je vais avoir besoin d'au moins une dizaine d'expressos pour tenir jusqu'à ce soir. Mais au moins, elle a arrêté de chanter sa chanson sur Bram.

On frappe à la porte. J'ai l'impression que j'ai parlé trop vite.

Je vais ouvrir et, au passage, je jette un coup d'œil dans le miroir. Je n'ai pas l'air trop moche. J'ai bien fait, après notre altercation, de prendre une longue douche et de m'arranger un peu. Mes cheveux ondulent grâce au produit que je leur ai appliqué. Je me suis épilé les sourcils (très réussis, d'après mes copines) j'ai mis un peu de mascara et du gloss couleur prune. J'ai eu pas mal de problèmes de peau pendant ma grossesse, mais heureusement tout est rentré dans l'ordre, du coup je n'ai plus besoin de mettre de fond de teint. J'ai également zappé le blush, puisque mes joues sont naturellement roses.

J'ouvre la porte et je ne suis pas le moins du monde étonnée de tomber sur Bram dont les yeux s'élargissent devant mon visage et le reste de ma silhouette. Je porte juste des leggings et une longue tunique sans manches, mais c'est quand même mieux que mon pyjama.

– Bon, eh bien coucou, dit-il, une bouteille de vin à la main. On fait la paix ?

Je fais la moue.

– La paix ?

– Oui, dit-il en secouant la bouteille devant moi. Tu as déjà goûté au Don Melchor ? C'est délicieux.

– Ça a l'air cher.

– Ça l'est, dit-il en souriant. Mais il fallait bien ça pour me faire pardonner.

– De quoi ?

– D'être un vrai connard. Et de me balader devant toi à moitié à poil. Je ne devrais pas te taquiner comme ça.

Je fronce les sourcils un instant. Il reprend.

– Désolé, désolé. Je vais bien me tenir dorénavant.

– Ouais, bon.

– Promis juré. À l'instant même où je dis ce qu'il ne faut pas dire, tu me fous dehors.

Je soupire en lui libérant le passage :

– Je te préviens, je n'hésiterai pas un instant !

Quand il passe devant moi, une bouffée de ce parfum frais et boisé que je n'arrive pas à définir m'effleure, et je ne peux m'empêcher de fermer les paupières une seconde pour le humer. Heureusement, il ne remarque rien, occupé qu'il est à poser sa bouteille sur la table de la cuisine. Malheureusement, cette table a vécu et un pied cède sous son poids. Bram réussit à rattraper la bouteille in extremis, avant qu'elle se fracasse sur le carrelage.

– Merde, je jure.

Ava arrive en courant de sa chambre.

– Qu'est-ce que c'est, le bruit ? demande-t-elle avant de remarquer Bram.

Une petite flamme s'allume dans ses yeux et elle se met à lui tourner autour en criant. Il se penche vers elle en souriant pendant que j'évalue les dégâts.

– Bram, Bram, Bram ! hurle Ava.

– Comment vas-tu, petite mère ? demande-t-il, semblant apprécier son intérêt pour lui.

– J'ai fait une chanson pour toi, Bram, dit-elle, tout excitée.

Il me dévisage :

– Ah oui ? Vraiment ? Elle m'a écrit une chanson, et pas toi ?

Je fais les gros yeux tout en reportant toute mon attention sur la table. Je pense que je vais pouvoir recoller le pied.

– Bram-a-lama-Ding-Dong...

Ava se met à chanter à tue-tête. Je l'ignore et tire le pied de table, puis je cherche de la Super Glue.

– C'est une très jolie chanson, Ava, fait Bram. Tout à fait originale.

– Bram-a-lama-Ding-Dong !

– Inutile de l'encourager.

– C'est de la Super Glue ? demande-t-il derrière mon épaule. Tu as besoin d'une nouvelle table, ma belle.

Je le repousse pour atteindre la table, pendant qu'Ava continue à chanter en sautant partout.

– Je ne sais pas si tu as remarqué, mais pour l'instant, je ne peux pas me le permettre.

– Je vais t'en trouver une.

Je me hérisse.

– Tu en as assez fait comme ça.

Je veux vraiment lui devoir le moins de choses possible. Mais je me rends compte que j'ai l'air vache, alors je rajoute que dès que j'aurai trouvé un boulot, j'irai chez Goodwill et je verrai ce que je peux trouver.

– Au fait, ça avance, tes recherches ? me demande-t-il alors.

– C'est merdique.

– Merdique, hurle Ava. Merdique, merdique, Bram-a-lama-Ding-Dong !

– Maintenant, ça semble plus proche de la réalité, remarque Bram.

– Ava, ne dis pas ça !

Je la gronde et, encore une fois, je m'en veux d'avoir juré devant elle.

– Bram ? demande-t-elle.

– Non, le... Tu sais quoi... Bram. Ne dis pas ça. C'est vilain.

– C'est très, très vilain, commente Bram d'une voix soudain enrouée.

Je ne sais pas pourquoi, mais tout à coup j'ai la chair de poule et une boule de chaleur au ventre.

Je le regarde entrer dans la cuisine et attraper deux verres à vin. Bon d'accord. Avant que j'aie eu le temps de lui dire qu'il est encore trop tôt pour boire, il a ouvert la bouteille.

– Maman ! dit Ava pendant que je m'escrime à ouvrir le tube de colle.

– Quoi ?

– Bram !

Elle crie et part en direction de sa chambre en chantant à nouveau sa chanson.

– Bram a toujours été un juron dans ma famille, me dit-il en me tendant un verre de vin.

Il pose sa main sur mon épaule, la serre avec chaleur et me mène au canapé.

– Assieds-toi, laisse-moi réparer ta table.

– Mais...

– Assise ! (Il me montre du doigt.) Détends-toi pour une fois, ok ?

Me détendre ? Ça le ferait bien rire s'il pouvait vivre ma vie, ne serait-ce qu'une minute. Pourtant, je m'assieds. Je prends une petite gorgée de vin. (Il est sacrément bon). Et j'observe comment il encolle le pied, comment il soulève la table et remet le pied en place. En réalité, ce sont ses muscles que j'observe. Il porte un jean fendu au genou et un tee-shirt gris à col en V qui a l'air très fin et très doux. Son look décontracté est aussi séduisant que ses costumes, mais différemment.

– Est-ce que tu admires la marchandise ? Parce que tu en as déjà eu l'occasion ce matin, dit-il sans me regarder.

– Je regardais la table, je lui réponds en me tortillant sur mon siège. Ça a l'air parfait, merci.

Il s'effondre dans un fauteuil à côté de moi.

– De rien. Entre voisins, c'est normal.

– Tu es toujours aussi serviable avec eux ?

– Seulement avec les sympas. Quand je vivais à Manhattan, je pense que tous mes voisins me détestaient. En réalité, je sais qu'ils me détestaient tous. Je faisais trop la fête.

– Ça te manque ?

Il a l'air surpris.

– Je ne sais pas. Je ne crois pas. Je pense que c'était devenu une habitude plus qu'autre chose, une comédie. Je savais qui étaient mes amis, même si au fond de moi je savais qu'ils n'étaient pas réellement mes amis. À New York, c'est très facile de trouver des gens qui te suivent partout, du moment que c'est toi qui régales.

– Ça n'a pas l'air très marrant.

– Vraiment ? demande-t-il.

Je n'aime pas trop la tournure très personnelle que prend notre conversation. Mais, d'une certaine façon, il a raison. Au lycée, et même en fac, j'avais de l'argent, j'avais du style et j'avais une cour. Aujourd'hui, la vie semble bien différente. Et elle l'est d'une certaine façon. Ma vie se divise en avant et après Ava. Je n'en suis pas fâchée, c'est juste une réalité. Quand vous avez un enfant, votre vie change, pour le meilleur ou pour le pire, mais elle change.

– J'ai appuyé là où ça fait mal, désolé, lance-t-il devant mon silence.

Je suis sûre qu'il peut le lire sur mon visage.

Je hausse les épaules tout en prenant une gorgée de vin pour ne pas avoir à lui répondre.

– Bon, fait-il, résigné, en se tapant légèrement la jambe, revenons-en à ta recherche de boulot. Ça ne se passe pas bien ?

– Nan, j'ai eu un entretien dans une boutique de prêt-à-porter, mais ils ne m'ont jamais rappelée. Je suppose que ma tronche ne leur revenait pas.

– Pourtant, tu as un très beau visage, dit-il doucement.

Étonnée, je lève les yeux sur lui ; il sourit gentiment.

– C'est vrai.

Je déglutis en regardant ailleurs, j'ai perdu l'habitude de ce genre de compliment.

Je poursuis en m'éclaircissant la voix :

– De toute façon, je continue, mais je commence à craquer un peu.

– Tu postules à des postes particuliers, dans des domaines bien définis ? Tu es dans la mode, c'est ça ?

Je hoche la tête. Il continue :

– Personne n'aime se dévaloriser, je le sais, mais tu devrais peut-être songer à chercher un poste un peu moins qualifié.

– Moins qualifié ?

– L'amour-propre, ça peut être dangereux. Je le sais. Je ne le sais que trop bien.

Il a tout à coup un ton si grave que je me demande ce qui a bien pu lui arriver, à lui et à son amour-propre.

– Comme quoi, par exemple ? J'ai déjà répondu à des annonces pour être serveuse...

– Bien, mais c'est un boulot très dur, tu sais. Ce n'est pas un hasard s'il y a un tel turn-over dans la restauration. Je suis certain que tu pourras t'y faire, après tout, tu es mère, tu peux te faire à tout, mais c'est...

– Le problème, c'est que plus je cherche bas, plus on me dit que je suis surqualifiée.

Il acquiesce en se grattant le menton.

– Ouais. J'aimerais avoir plus de relations dans le coin, mais ce n'est pas le cas.

Il se penche en arrière sur sa chaise et fixe le plafond un moment. Puis il se retourne vers moi.

– Et toi, tu en as ?

Je fais non de la tête.

– Mais si, tu en as, Et James, alors ? Tu sais, ce mec plein de piercings qui dirige le Burgundy Lion. Tu ne crois pas qu'il pourrait t'embaucher ?

– Comme quoi, comme barmaid ?

– Je sais que mon frère y a travaillé. Et Stéphanie aussi, c'est comme ça qu'ils se sont rencontrés. Qu'y a-t-il de mal à être barmaid ? Tu es super-sexy, tu te ferais de gros pourboires. Si tu montrais un peu tes super-lolos, tu pourrais même en avoir d'énormes.

J'ignore les « super-lolos », même si je suis assez flattée.

– Je ne crois pas.

– Donne-moi une bonne raison pour ça.

Je me mords les lèvres.

– Je n'y connais rien.

– Ils te formeraient, tu pigerais illico, fait-il en claquant des doigts.

– Ils ne m'embaucheraient peut-être pas.

– Mais peut-être que si. Et même sans doute. Je peux être très persuasif.

– Je n'ai pas besoin que tu te battes pour moi, dis-je rapidement.

– Non, tu n'en as pas besoin. Mais tu as besoin de comprendre la différence entre quelqu'un qui se bat pour toi et quelqu'un qui essaie de t'aider. James t'aidera. Il faut juste que tu lui demandes.

Et voilà le problème. Je ne veux pas demander.

Je sens le regard de Bram, il lit en moi. Il a trouvé un moyen d'entrer dans ma tête.

– On doit tous mettre sa fierté de côté un jour ou l'autre, dit-il doucement.

Je souffle en fermant les paupières. Il a raison. Je ne veux pas demander parce que je ne veux pas admettre, devant quelqu'un que je connais, que j'ai besoin d'aide. Pourtant, j'en ai besoin. Et un boulot au Lion, même si je n'y ai jamais pensé, ferait une énorme différence dans ma vie. Ça pourrait me remettre en selle.

– Ok, dis-je.

Quand j'ouvre les yeux, Bram me tend mon propre téléphone.

– Appelle-le, dit-il.

Et c'est ce que je fais. Devant Bram, je demande à James si je pourrais avoir un poste de serveuse au Burgundy Lion. J'ai à peine le temps de lui expliquer ma situation qu'il me répond de ne pas m'en faire, qu'il va se débrouiller pour me trouver quelque chose.

Et voilà, j'ai un boulot. Et quand je me rassieds dans mon canapé fatigué, pour déguster un grand vin, un poids énorme disparaît de mes épaules.

J'ai un boulot.

Et peut-être même, peut-être seulement, que j'ai un voisin vraiment sympa.

Chapitre 7

Nicola

Trois semaines.

Ça fait trois semaines que je travaille au Burgundy Lion, et je me sens enfin, enfin seulement, dans mon élément.

En trois semaines, j'ai gonflé la note de cinq clients.

Trop rempli les verres, 75% du temps.

Pas assez rempli les verres, 25%.

Qui sait ce qui a bien pu arriver aux 5% restants ?

J'ai renversé trois verres.

Deux sur les clients.

Un sur moi.

Je suis tombée une fois.

Je ne sais pas comment.

J'ai été tripotée un nombre de fois incalculable.

Je me suis fait 800 dollars de pourboires.

Je rentre chez moi totalement épuisée, je paie Lisa – qui est absolument ravie de pouvoir s'occuper d'Ava à nouveau – ou je fais dormir ma mère chez moi parce que je ne veux pas qu'elle roule la nuit. Les nuits sont courtes et mes pieds pleins d'ampoules, mais je gagne enfin de quoi vivre correctement. Je reprends un peu le contrôle des choses. Mon seul problème, c'est que je ne fais que trois jours par semaine, mais James m'a dit qu'il essaierait de me prendre plus souvent. Je lui suis vraiment reconnaissante de m'avoir donné ma chance.

Et à Bram aussi. Bram a été l'homme de la situation. Bram, le type qui vit à côté de moi, qui continue à faire un bruit de dingue en faisant l'amour à des nanas de passage et qui continue à m'énerver de temps en temps à cause de ses taquineries et de ses réflexions ouvertement sexuelles. Mais quand il ne le fait pas, les jours où nous ne nous croisons pas par hasard dans le couloir ou ceux où il ne vient pas frapper à ma porte, je dois reconnaître que ça me manque un peu.

Mais je n'en suis pas très fière, parce que je ne veux pas devenir trop intime avec ce mec. Comme voisin, il est super, comme n'importe quoi d'autre... il ne m'apporterait que des problèmes.

Ce soir, c'est ma mère qui garde Ava. Sandra, la fille qui fait habituellement les samedis, a appelé pour dire qu'elle ne pourrait pas arriver avant onze heures, James m'a appelée pour me demander si je pouvais la remplacer de huit à onze, en me disant qu'il me paierait quatre heures. J'ai bien entendu sauté sur l'occasion, je prends tout ce qu'il peut me proposer.

– Tu as vraiment bien décoré l'appartement, me dit ma mère en s'asseyant sur le canapé.

Et j'entends qu'il se déchire sous son poids. Un nouveau trou apparaît sur le coussin très usé. Nous nous regardons en riant. Ça nous a pris du temps à toutes les deux pour pouvoir rire de notre quotidien.

Ma mère avait une vie de rêve quand j'étais enfant. Elle avait mon père qui, c'est vrai, planait un peu parfois, qui n'était pas un battant mais qui avait bon cœur et une grande âme.

J'aurai cru qu'il savait pardonner aussi, mais je n'en suis plus si sûre à présent. Ma mère en voulait toujours plus et, un jour, elle est tombée amoureuse d'un avocat, le mec le plus chiant qui ait pu exister. Ils ont eu une relation pendant des années. Vous pensez peut-être que j'étais au courant, mais à l'époque, j'étais adolescente, je détestais la Terre entière et je ne m'intéressais à rien d'autre qu'à ma petite personne et tout ce qui tournait autour.

Finalement, ma mère a tout avoué. Elle et mon père ont divorcé, et il a saisi cette occasion pour partir trouver sa voie ailleurs. Ça l'a emmené jusqu'en Inde, où il a fait de l'humanitaire. À l'époque, je lui en ai voulu d'avoir pu tout quitter si facilement, et c'est encore le cas parfois. Comme une petite morsure, un sentiment de rejet, pourquoi papa est-il parti, pourquoi n'a-t-il pas pensé que je valais la peine de rester ? Mais, en même temps, je comprends. Il a pensé que je n'avais plus besoin de lui, que je serais mieux avec ma mère et Richard, dans une grande maison d'un des plus beaux quartiers de San Francisco. Il a probablement pensé que je n'avais pas besoin de lui, parce que je ne le lui ai jamais dit, je ne le lui ai jamais montré.

Et pourtant, c'était complètement faux. Certains jours, je me dis qu'il aurait suffi que je lui téléphone pour le lui dire et il serait rentré. Mais je ne l'ai jamais fait. Je n'avais pas assez de cran pour ça.

Je me demande si ça aurait pu être la même chose avec Phil. Peut-être que j'ai mal agi, peut-être ai-je passé trop de temps à jouer mon rôle de mère et je n'ai pas remarqué que je le rejetais. Peut-être que Phil avait besoin d'entendre que j'avais besoin de lui, aussi.

Je ravale ces souvenirs amers qui replongent au plus profond de moi, dans cet espace sombre où j'espère qu'ils resteront tapis. Je crois que ma mère fait comme moi. Quand elle a épuisé Richard, peut-être à cause de la façon dont ça s'était passé entre eux, il lui a fait signer une clause d'indemnité en cas de divorce. Quand elle a fini par le tromper car, soyons réalistes, ce qui existait entre eux n'était pas de l'amour, elle a tout perdu. Maintenant, elle n'a plus rien. Plus d'amour. Elle habite une toute petite maison au milieu de nulle part, elle fait des ménages pour subvenir à ses besoins. Nous avions tant toutes les deux, et maintenant c'est terminé. Je sais bien que les gens pensent que c'est son karma, qu'elle le mérite, après ce qu'elle a fait.

Mais qu'est-ce que j'ai fait pour mériter ça, moi ?

– Ne te mets pas en retard, me prévient maman.

Je me rends compte que je suis restée plantée là, sans bouger, comme un zombie triste.

– J'y vais.

Je vais chercher mon sac à main dans ma chambre. Ava est déjà endormie, je sors vite pour pouvoir attraper mon bus à temps.

À croire que j'ai une horloge interne quand il s'agit de croiser les gens dans le couloir. Bram et sa nouvelle petite amie sortent au même moment de chez lui.

– Salut, je lui fais en me sentant soudain mal à l'aise dans l'embrasure de la porte.

– Salut, répond Bram avec un grand sourire, l'air très à l'aise.

Je ne crois pas l'avoir déjà vu gêné par quoi que ce soit.

La brune à son bras reste silencieuse et me fait un sourire poli. Elle est sur son trente-et-un, très chic dans sa robe longue noire et ses bijoux en or. Bram porte un costume et une cravate noirs, lui aussi. Ses cheveux sont coiffés en arrière et il a l'air très classe, comme le jour du mariage de son frère. Ça pourrait être lui, le prochain James Bond. Il a même l'accent de Sean Connery, peut-être un peu plus accentué sur les « R » roulés.

– Est-ce que c'est Bram ? demande soudain ma mère.

Je sursaute. Je me retourne pour la voir passer la tête à travers la porte entrouverte. Et dire que j'étais sur le point de la fermer.

Bram jubile.

– Elle a entendu parler de moi ?

– Qui n'a pas entendu parler de toi ? je réponds sèchement pendant qu'il se penche pour regarder ma mère.

– Vous devez être la mère de Nicola, dit-il en lui faisant son sourire à fossettes et en lui tendant la main. Je comprends maintenant d'où lui vient sa beauté. Une rose née d'une rose.

Oh merde ! Pendant que ma mère semble fondre devant lui en lui disant qu'elle s'appelle Doreen et qu'il est trop gentil, j'échange un regard avec la brune silencieuse. Elle a l'air en colère, elle aussi. Du coup, je me demande comment va se passer leur soirée.

J'interviens, sachant que si je rate mon bus, je suis dans la panade.

– Bon, j'y vais.

– Tu vas bosser ? Je peux te déposer.

– N'est-il pas adorable ? sourit ma mère.

– Ça va, le bus c'est pratique.

– Tu préfères prendre le bus que de venir avec moi ?

Je regarde à nouveau la fille en m'excusant du regard, cette fois.

– Tu sembles avoir un rendez-vous.

– On va juste à l'opéra.

Oh, juste l'opéra.

– Justine ne nous en voudra pas, n'est-ce pas Justine ?

Justine hausse une épaule d'un air complètement indifférent.

– Tu vois, ça lui est égal, Allez viens, dit Bram.

J'aurais vraiment dû protester davantage, mais pour être tout à fait honnête, je suis contente de ne pas prendre le bus. Ma voiture est garée derrière l'immeuble, Bram l'a fait remorquer jusqu'ici depuis Tenderloin, j'attends d'avoir assez d'argent pour la faire réparer. Me battre contre des dingues dans le bus de nuit est donc devenu mon quotidien, ça serait bien agréable de pouvoir me détendre un peu, pour une fois.

Pourtant, je ne me détends pas du tout à l'arrière de la Mercedes de Bram. Lui continue à me parler de choses et d'autres, en ignorant complètement sa copine qui, de toute façon, semble s'emmerder comme un rat mort. Au bout d'un moment, j'arrête de me sentir gênée de monopoliser toute son attention, et je commence même à apprécier la chose. Il peut être sacrément charmeur et drôle quand il veut.

Après qu'il m'a déposée, je suis immédiatement happée par le chaos qui règne au Burgundy Lion. James est un bon patron, mais parfois il peut être une vraie vache. Je me souviens qu'il a été un gros obstacle entre Steph et Linden quand ils ont commencé à sortir ensemble, et je suis heureuse que Linden ait fini par l'ignorer, parce que je crois bien qu'il est du genre à piquer une crise pour un rien. Heureusement, il ne s'en est pas encore pris à moi, mais j'assure dans le boulot, et même quand je fais une grosse connerie (hum, comme quand j'ai oublié d'encaisser la note salée de tout un groupe), il ferme les yeux. Je pense qu'il sait que je suis bien plus dure avec moi-même qu'il ne le sera jamais. Je crois aussi que je lui fais un peu peur. Je ne sais pas pourquoi. Peut-être pense-t-il que les mères célibataires sont un peu dingues. C'est un peu vrai, en un sens. À la fin de mon service, je rentre à la maison, en bus cette fois-ci, sans Bram pour me raccompagner en voiture. Je suis absolument épuisée, il est presque minuit. Je n'aime pas du tout que maman soit obligée de rentrer chez elle toute seule à cette heure avancée, mais à l'instant où j'ouvre la porte, je la trouve en pleine forme, les yeux brillants, prête à y aller.

– Tout s'est bien passé ? je lui demande.

Elle acquiesce.

– Elle ne s'est pas réveillée, elle dort toujours.

– Tu es sûre que tu ne veux pas rester dormir ici ?

– Sur ce canapé, tu rigoles ? La dernière fois que j'y ai dormi, je me suis réveillée avec un mal de dos, j'avais l'impression d'avoir quatre-vingts ans, répond-elle en souriant. Sérieusement, Nicola ma chérie, dès que tu peux, achètes-en un autre. En plus, tu sais bien qu'il est trop grand pour cette pièce. Pourquoi pas deux causeuses ? Je suis sûre qu'il y en a chez IKEA à des prix abordables.

Le salon paraîtrait bien plus grand avec deux causeuses, mais il y a tant d'autres choses à acheter avant, des choses importantes, qu'un ou deux nouveaux sièges me paraissent bien superflus. En outre, comment est-ce que je pourrais bien faire pour rapporter mes achats d'IKEA en bus ?

– Au fait, ajoute ma mère en sortant. (En voyant ses yeux briller, j'ai l'impression que je sais ce qu'elle va dire.) J'ai parlé avec Bram à nouveau.

– À nouveau ?

Elle baisse la voix.

– Il est venu il y a une heure environ. Il était seul, si tu veux savoir.

–Je m'en fiche.

–Quoi qu'il en soit, il a frappé à la porte, il voulait savoir si tout allait bien et si j'avais besoin de quelque chose. En réalité, je voulais prendre une tasse de thé et ta bouilloire me marche plus, alors il a apporté la sienne et il me l'a prêtée. (Je jette un coup d'œil en direction de la cuisine et je la vois qui trône sur le comptoir, en inox rutilant.) Il a dit que tu pouvais la garder. Je l'ai remercié pour toi.

–Maman, je fais en geignant presque, je ne veux rien de plus de sa part. Il en a fait assez et j'en ai marre qu'il me prenne pour une de ses bonnes œuvres.

Son sourire s'efface. Un lourd silence s'installe entre nous.

–Je sais, chérie. Ça n'est toujours pas plus facile, n'est-ce pas ?

Je soupire.

–Non, jamais.

Alors, à ma grande surprise, elle me prend dans ses bras et me serre très fort. Elle n'a pas fait ça depuis des années. Elle me ressemble beaucoup, ou c'est plutôt moi qui lui ressemble. La plupart du temps, nous oublions de montrer notre affection.

–Tu es une bonne mère, murmure-t-elle à mon oreille. Je suis fière de toi. Et je te jure que tout va finir par s'arranger, tu verras.

Je ferme les yeux, je laisse l'armure se fissurer. Juste un peu. Puis ma mère me lâche et l'appartement devient froid tout à coup. Elle me sourit avec amour et elle sort.

J'enlève mes chaussures, je me dirige vers le pauvre canapé tout pouilleux et je me jette dedans.

La déchirure s'élargit.

L'appartement est calme, si je fais abstraction de la musique sourde qui vient de chez Bram. Je me dis que je vais devoir lui demander d'insonoriser. Après tout, c'est lui le propriétaire, il devrait peut-être y songer.

Il y a quelque chose de rassurant à savoir qu'il est réveillé, même si le niveau sonore semble monter de plus en plus. Rien de trop violent côté batterie, c'est plutôt du Massive Attack ou du Portishead, avec des rythmes lents. Je me demande ce qu'il est en train de faire. Ma mère m'a dit qu'il était revenu tout seul. Est-ce que ça signifie qu'il n'a pas fait l'amour avec Justine ? Qu'il s'agissait juste d'une virée à l'opéra ? Mais connaissant Bram, je ne serais pas surprise qu'ils aient fricoté dans une loge ou un truc de ce genre.

Arrête de penser à lui, il n'est rien d'autre que Monsieur Tout-le-Monde pour toi. Du coup, je me lève pour aller surveiller Ava. Je m'assieds à côté de son lit et je la regarde respirer pendant un moment, ça me calme. Pendant ce temps, les bruits sourds de basse continuent. Je vais à la cuisine pour examiner la bouilloire. Je ne veux pas de sa charité, comme je l'ai dit. Je la prends, j'enroule le fil électrique autour et je sors dans le couloir. J'attends une seconde devant sa porte. D'ici, on entend mieux la musique, c'est l'intro de « Stranger » de Portishead, ce qui me renvoie à mes années de lycée et à ma période hip hop anglais. J'avais l'habitude de faire l'amour sur cette musique. Je devrais raconter ça à Bram, juste pour me débarrasser de mon personnage d'oie blanche.

Je frappe à sa porte et j'attends. Pas de réponse. Je frappe un peu plus fort. La musique doit couvrir le bruit. Je ferais mieux de rentrer chez moi et de lui rendre sa bouilloire demain. Après tout, il n'y a pas d'urgence.

Mais je ne le fais pas. Au lieu de ça, je tourne la poignée.

La porte n'est pas fermée. Je l'ouvre tout doucement. La musique est très forte à présent. Une lampe est allumée dans la cuisine, mais tout le reste de l'appartement est dans la pénombre.

– Il y a quelqu'un ?

J'appelle en entrant. Je referme la porte pour que la musique ne hurle pas dans le couloir. Sur la pointe de pieds, je m'avance jusqu'à la cuisine où je pose la bouilloire sur le comptoir.

C'est alors que la musique se calme pendant un break et que j'entends quelque chose dans la chambre à coucher, comme un gémissement. Est-ce que ma mère s'est trompée et qu'il n'est pas rentré tout seul chez lui ? Tout à coup, je me rends compte que je suis entrée en pleine nuit sans être invitée chez mon propriétaire, alors qu'il est peut-être en train de sauter Justine dans sa chambre. Mais je n'entends aucun bruit féminin, et les siens se sont également arrêtés. Je m'avance lentement vers sa chambre, alors que la musique repart. Sa porte est à moitié ouverte, la lumière est allumée. Je jette un coup d'œil discret.

Et là, je n'en crois pas mes yeux.

Bram est allongé sur son lit, et de là où je suis, je ne peux voir que le bas de son corps. Il est entièrement nu, sur un drap de soie blanc. Et il tient son sexe dans sa main qu'il fait lentement glisser de haut en bas, de bas en haut.

Oh mon Dieu.

Oh mon Dieu.

Oh bordel de Dieu.

Je suis clouée sur place, je le regarde se donner du plaisir. Est-ce que ça fait de moi une grande perverse ? Il n'y a rien de plus excitant, je trouve, que de regarder un homme se masturber. Peut-être que ça ne fait pas de moi une grande perverse, mais le fait de rester là à le regarder faire, en secret en plus, l'est assurément. Et pourtant, je ne peux pas m'en empêcher. C'est la première fois que je le vois complètement nu, c'est une machine musclée et bronzée, son corps est comme souligné, tout doré, par le blanc du drap. Ses jambes sont longues et fuselées, ses plaquettes de chocolat luisent de sueur, sa poitrine est large et puissante, avec une légère toison qui ajoute encore une touche à sa virilité flamboyante.

Et puis il y a son pénis. J'en avais eu une première idée auparavant, mais là, il est en majesté. Sa main semble avoir du mal à en faire le tour. Je ne sais pas si quiconque pourrait y parvenir. Mais juste là, maintenant, j'aimerais bien m'y essayer.

J'ai un bref fantasme, celui de passer la porte. Que dirait Bram de ça? Je parie qu'il ne s'arrêterait même pas. Il continuerait en me regardant. Juste avant de jouir, il me demanderait de me mettre à genoux et de ramper jusqu'au lit. Il m'attraperait par les cheveux de sa main forte et large et il me dirait de faire glisser ma bouche le long de son sexe. Et il m'ordonnerait, le souffle court, de le sucer. Dans mon fantasme, c'est ce que je fais. Je le suce et j'observe ses yeux qui se révulsent de plaisir. C'est ce que je ferais.

Mais ça n'est qu'un fantasme. Dans la réalité, j'espionne Bram qui se masturbe et je mouille comme une folle, mon sexe palpite en cadence avec la musique. Putain, il faut vraiment que je baise, tout ça devient ridicule.

Je reste encore quelques instants. Je n'éprouve aucune honte à le regarder, plus maintenant. Peut-être que plus tard, quand il fera jour, je me dirai que j'ai un esprit tordu. Mais maintenant, je regarde, j'ai envie. J'ai envie de poser ma bouche là où sont ses mains, de le sentir, de le serrer. Et puis je lui grimperais dessus et je le chevaucherais jusqu'à ce que mon désir soit assouvi.

Il faut que je sorte d'ici.

Je recule sans un bruit jusqu'à ce que je ne puisse plus le voir, mais j'entends ses gémissements, de plus en plus forts. Je les connais bien, parce que je les ai déjà entendus souvent, mais c'est un truc complètement différent de les entendre de près, d'être capable de visualiser ce que fait son corps tendu quand il est possédé par le désir.

Je réussis à quitter son appartement, à refermer doucement sa porte derrière moi, avant de l'entendre jouir. Si ça s'était passé devant moi, ça aurait été bien trop fort. J'aurais pu perdre le contrôle.

Une fois chez moi, je ferme la porte de ma chambre et j'essaie de me coucher. Je ne prends même pas la peine de me laver la figure, ni rien. Je veux juste m'écrouler. Mais je n'y arrive pas. Mon cœur bat trop vite et je crève de chaud.

Retourne d'où tu viens, je me dis. J'ai soudain envie d'être celle que Bram veut voir en moi. Une femme libérée et prête à tout. Mais ça n'est plus moi, à présent.

Pourtant, je glisse une main entre mes cuisses et je me rends compte combien je mouille. Il suffit que je me caresse un peu le clito pour jouir. Je dois enfouir ma tête dans mon oreiller pour étouffer mes gémissements. Quelque part derrière la musique, derrière le mur, je crois que j'entends Bram crier, jouissant lui aussi. J'imagine son orgasme, ses orteils qui se recroquevillent, sa tête rejetée en arrière, tous ses muscles qui se contractent. Cela suffit à me faire jouir à nouveau, par surprise cette fois-ci. Je n'ai peut-être pas assouvi mon fantasme, mais j'ai vécu un des trucs les plus torrides qui me soit arrivé depuis bien longtemps.

Je le sais, je m'endors avec, aux lèvres, un sourire débile.

Chapitre 8

Bram

En me réveillant, je me sens étonnamment en forme, comme jamais depuis bien longtemps. J'ai peut-être bien fait de ne pas ramener Justine chez moi après *Aïda.* De toute façon, je n'avais pas prévu de la baiser. Je veux dire que ce rendez-vous a été entièrement planifié par nos parents respectifs. Je ne sais pas comment mon père a pu penser qu'il en sortirait quelque chose, et je ne sais pas non plus pourquoi j'ai accepté, mais c'est sans doute la force de l'habitude.

Eh ouais, c'était parce que Justine est sublime. Elle est aussi du genre à vous faire comprendre que « décidément, je ne vous apprécie pas du tout », comme Nicola. Mais alors que tout chez Justine exhale l'indifférence, j'ai l'impression que je suis en train de lentement faire tomber les défenses de Nicola.

Enfin, je l'espère. Je n'ai jamais été aussi peu sûr de moi avec une femme, et j'ai beau trouver ça assez frustrant, au moins ça me maintient en vie. J'ai l'impression que chaque jour est un nouveau défi, et je n'ai pas ressenti ça depuis que j'ai quitté New York. Merde, je n'ai pas senti ça depuis très longtemps. Quand, finalement, je me décide à me lever et que je vais à la cuisine, je suis sur le cul d'y retrouver ma bouilloire. Voilà qui ajoute encore à ma perplexité. Je l'avais passée à sa mère hier, pour faire du thé. Elle a dû être assez MLF, et je suppose que sa fille l'est aussi. Ça ne m'étonne pas que Nicola l'ait rapportée, je me doutais bien qu'elle le ferait, mais je ne demande bien comment elle a pu entrer chez moi sans que je m'en rende compte.

Et pourquoi ?

Je réalise alors que ma porte d'entrée n'est pas fermée à clé. J'ai l'habitude de faire ça, sans doute parce que quand j'ai acheté cet immeuble, j'y ai habité tout seul pendant plusieurs mois.

Donc elle a dû entrer cette nuit ou ce matin et poser la bouilloire sur le comptoir. Est-il possible que je ne l'aie pas entendue, qu'elle ne m'ait pas réveillé ?

Ou bien était-ce que...

Bon, après avoir déposé Justine chez elle sans avoir obtenu même un baiser sur la joue, je suis rentré chez moi avec mes frustrations sexuelles, et je me suis fait un petit festival de branlette. J'ai mis la musique assez fort, toutes celles qui me rappellent ma jeunesse en Écosse ; Portishead, Garbage, Massive Attack, Faithless, Tricky, pour me mettre dans l'ambiance.

Mais dès que j'ai commencé à me caresser, j'ai zappé Justine. Son visage s'évanouissait chaque fois que je tentais de l'imaginer, et c'était celui de Nicola que je voyais à sa place. Quelles que soient toutes les autres auxquelles j'ai pensé –Brooklyn Decker, Kate Beckinsdale, cette salope rousse super-sexy qui tue Jon Snow dans *Games of Thrones*–, le visage de Nicola les remplaçait tous.

Pourquoi pas d'ailleurs. Elle a un très beau visage, des pommettes magnifiques et une lèvre supérieure qui vous donne envie de la mordre ou de la voir glisser le long de votre queue. Ses taches de rousseur ajoutent encore à ses attraits. Il y a quelque chose de si pur en elle, et pourtant, pourtant, elle a tout le temps cette lueur mauvaise dans les yeux qui indique une sorte de sauvagerie intérieure. Je sais qu'elle joue les timides et les prudes, mais c'est juste une apparence. Je le sais. Je sais ce qui arrive aux mères, à quel point elles peuvent être prisonnières de leur enfant, à quel point elle peuvent être désintéressées, jusqu'à oublier qu'elles sont un être sexué qui a de nombreux besoins. Je veux libérer la créature sexuée en elle. La faire sortir de sa cage. Je veux que Nicola s'amuse enfin, comme elle ne l'a pas fait depuis bien longtemps.

Mais mes tactiques habituelles ne fonctionnent pas avec elle. Je ne sais pas comment faire. Et pour parler franchement, je ne suis pas sûr que ce soit une bonne idée de lui faire des avances, sans parler de lui faire l'amour. Je n'ai aucune envie de me retrouver piégé avec une mère célibataire sur les bras, aussi séduisante soit-elle, et aussi précieuse soit sa fille.

Je ne peux tout simplement pas prendre ce chemin.

Je sais comment ça finit.

Pourtant, je sens que je perds de plus en plus le contrôle. Et c'est ça qui me fait peur.

J'hésite à aller frapper chez elle pour lui demander quand elle est venue me rendre ma bouilloire. Je sais que je devinerais tout de suite si elle m'a surpris en pleine action ou pas. Ça ne me gênerait même pas. En fait, j'aimerais bien qu'elle m'ait regardé jouer avec mes bijoux de famille. Peut-être que le spectacle de ma nudité aura suffi à ce qu'elle me regarde un peu différemment. Je sais que je suis beau garçon, je sais que j'ai ce qu'il faut pour attirer toutes les femmes que je veux dans mon lit, et je sais ce qu'il faut faire pour les faire jouir, encore et encore. Mais avec Nicola, c'est différent. Je décide de contourner le problème et de le reléguer à plus tard. Bien que je me sois réveillé de bonne humeur, j'ai la tête un peu lourde à présent, du coup je roule jusqu'au Golden Gate faire mes courses du week-end, avant de m'arrêter à la salle de boxe. Donner du poing dans ces sacs ne me satisfait pas autant que de baiser une femme, de préférence Nicola, de préférence par-derrière, de préférence en lui tirant les cheveux. Mais ça va le faire. Quand je retourne chez moi, pourtant, propre comme un sou neuf, je frappe sa porte et je tombe sur ce drôle de petit oiseau, Lisa.

– Elle est déjà partie au boulot, dit-elle, en me regardant comme si j'étais sur le point de fracasser sa porte et de lui voler sa vertu.

Je me demande ce que Nicola a bien pu lui raconter.

– Elle en a pour longtemps ? je demande en regardant ma montre. Il est seulement trois heures de l'après-midi.

Elle hoche la tête, sans aucune expression.

– Bon, je crois que je repasserai plus tard.

Elle me claque la porte au nez. Polie, la nana !

Mais je ne me laisse pas abattre. Je veux voir Nicola en action. Vers dix-neuf heures, je prends un taxi pour faire un tour au Burgundy Lion. Je n'y suis pas allé depuis qu'elle y travaille, il est grand temps que je lui fasse une petite visite. À New York, j'écumais les boîtes branchées et les bars les plus chic, mais j'ai toujours eu un faible pour les bouis-bouis. Ils ont quelque chose de libérateur, ils vous permettent d'être vous-même, de vous laisser aller, d'exprimer vos désirs, de vous cacher dans la pénombre. Nous sommes tous égaux dans l'ombre, un verre d'alcool bon marché à la main.

En poussant la porte, je suis assailli par l'odeur de bière et d'eau de Cologne de luxe. Bien qu'il soit encore assez tôt, l'endroit semble déjà plein à craquer, les cabines en teck lustré sont toutes occupées. On ressent ici un sentiment d'urgence, comme si, si vous n'arrivez pas à temps, vos chances d'emballer diminuent en même temps que le niveau de bière dans votre verre.

Et là, au milieu de tout ce foutoir, je vois Nicola derrière le bar. Elle me tourne le dos, mais ses cheveux relevés laissent voir la peau parfaite de son cou et le haut de son dos qui dépasse de son débardeur. Quoi qu'elle soit en train de faire, elle le fait de manière efficace, alors qu'une bande de types sont accoudés au bar en lui tendant des billets. Ils détaillent le moindre de ses mouvements, tout comme moi.

Je ressens tout à coup une brûlure intérieure, une étonnante morsure, celle de la jalousie. Je ne me souviens pas de la dernière fois où j'ai été jaloux, mais voilà que je réalise soudain que je suis loin d'être le seul à vouloir la séduire. Bien sûr que je ne le suis pas, mais avant qu'elle décroche ce job, elle était relativement à l'abri de tous ces mateurs.

Je délire totalement, mais je m'avance tout de même jusqu'au bar et je me glisse entre ces mecs, je pose mes mains sur le comptoir. Le type à côté de moi, une sorte de punk aux cheveux blonds gominés qui en remontrerait à Zack Morris, me lance du regard un « va te faire foutre », mais je n'y prête pas attention. J'ai les yeux fixés sur elle. On pourrait penser que je suis venu boire un verre, mais ce n'est pas du tout le cas.

Elle se retourne et pose quatre bouteilles de bière sur le comptoir en annonçant aux types le prix total avec un sourire. Je suis jaloux de ce sourire, même si c'est juste pour la façade. Puis, pendant qu'ils paient, ses yeux se tournent vers moi, comme tout bon barman qui regarde toujours son prochain client. En me voyant, elle se fige. Elle semble ébranlée. C'est peut-être bon signe.

– Bram, fait-elle.

Et son sourire s'élargit tellement que je ne suis plus jaloux du tout. Je me sens sacrément bien. Parce que ce sourire n'a rien à voir avec celui qu'elle sert à ses clients pour obtenir de gros pourboires. Il signifie clairement « je suis si contente de te voir ».

Seigneur, je vous en prie, faites que ce soit bien ce genre de sourire-là.

– Hé !

Soudain, j'ai du mal à trouver mes mots. Je m'éclaircis la voix.

– J'ai eu envie de te voir en action.

Les mecs prennent leur bière et se détournent. Je remarque qu'ils n'ont pas laissé de pourboire, sans doute parce que je leur ai cassé leur coup en monopolisant toute son attention. Je tends le bras et j'attrape Zach Morris par l'épaule. J'ai l'impression qu'il meurt d'envie de me cracher à la gueule.

– Écoute, ce n'est pas parce que tu as zéro chance de rentrer chez toi avec elle ce soir que tu ne dois pas lui laisser de pourboire.

– Bram, m'avertit Nicola avec ses grands yeux de biche.

– Alors, je poursuis en l'ignorant, crache la monnaie si tu trouves que son service est ok. Je l'ai observée, il était parfait.

Le branleur regarde ma main sur son épaule, mais je suis plus grand, plus fort que lui et ses cheveux sont...

salement moches. Il regarde un de ses potes qui sort très vite un billet de cinq dollars et le jette sur le comptoir. Je retire ma main et ils partent s'asseoir dans une cabine plus loin en me lançant des regards assassins. Je les prends quand ils veulent. J'ai survécu aux éclairs meurtriers des prunelles de Nicola, je peux survivre à tout. Je me retourne vers elle.

– Bram répète-t-elle sur un ton de réprimande, ça allait bien.

– Non, ça n'allait pas. Ils allaient te donner un pourboire, mais le sourire que tu m'as fait était tellement plus beau que ceux auxquels ils avaient droit. La jalousie pousse les connards à faire des conneries.

Elle ouvre de grands yeux en jetant un torchon sur son épaule.

– Je suis ici depuis assez longtemps pour avoir appris deux ou trois choses, tu sais.

– Oui, mais moi je sais que tu travailles à temps partiel et que les pourboires comptent énormément pour toi. Je t'avais dit que ça serait un boulot difficile.

Et là, j'obtiens un semblant de sourire, les commissures de ses lèvres se soulèvent à peine.

– C'était facile, jusqu'à ce que tu arrives.

Je me penche au-dessus du comptoir pour que mes yeux arrivent à la hauteur de son décolleté. Pour ça aussi, elle a suivi mes conseils. Montre tes seins si tu veux des pourboires. Mais je suis un gentleman, je me force à la regarder dans les yeux. Même sous cette lumière, je peux discerner leurs subtiles nuances de brun, les lignes irisées qu'elles forment en direction de sa pupille, cette pupille qui s'élargit sous mes yeux, comme si elle appréciait ce qu'elle voyait.

Tu as intérêt à apprécier ce que tu vois, me dis-je en ayant subitement envie que nous soyons ailleurs, dans mon appart, en train de partager une bonne bouteille. Oh, les trucs dingues que je pourrais faire pour tenter de briser ce mur.

Comme si elle pouvait voir les pensées cochonnes qui me trottent dans la tête, elle se met à rougir et détourne le regard.

– Bon, maintenant que tu es là, qu'est-ce que tu prends ? demande-t-elle sur un ton enjoué mais qui sonne faux.

Elle est à nouveau en mode pro de barmaid.

– Compose un truc pour moi, je lui dis en me redressant. Fais-moi un Bram McGregor.

– Je ne pense pas qu'on ait assez d'ego pour ça, dit-elle.

Je lui souris :

– Je pense que moi, j'en ai déjà suffisamment, non ? Pourtant je suis sérieux. Concocte-moi quelque chose d'amer.

Elle hausse son sourcil parfaitement dessiné.

– Amer ? J'aurais plutôt imaginé que tu étais un garçon très doux.

– Il n'y a rien de doux chez moi, et tu le sais très bien.

Mais à la façon qu'elle a de me regarder, je me rends bien compte qu'elle n'est pas d'accord.

– Peut-être un zeste de douceur, conclut-elle après avoir tenté de déchiffrer quelque chose sur mon visage. Mais sûrement sur une base épicée.

– Très bien, Bébé, fais pour le mieux.

Bien qu'il y ait une petite queue qui se forme derrière moi (James, à l'autre bout du bar, semble débordé), Nicola prend son temps pour tenter d'imaginer quel goût peut bien avoir Bram McGregor. J'aimerais bien qu'elle le découvre par elle-même. Je lui suggère d'ajouter un peu de sel pour faire bonne mesure et je vous jure qu'elle devient toute rouge.

Quand elle a enfin fini, elle glisse le verre devant moi.

– Voilà un Bram McGregor. Principalement épicé, avec un zeste de sucré-salé.

Quand je lui prends le verre des mains, nos doigts s'effleurent. Je tressaille.

– J'ai retrouvé ma bouilloire chez moi ce matin. Tu me l'as rapportée à quelle heure, et comment as-tu fait pour entrer ?

La question la prend totalement par surprise, mais devant son air soudain timide et honteux, je comprends qu'elle a dû la rapporter pendant que je me branlais.

– Juste à mon retour, dit-elle très vite en fixant soudain le type suivant dans la queue. J'ai cru que tu dormais, alors je l'ai déposée dans la cuisine et je suis repartie.

C'est du pipeau. Mais je la laisse dire parce que si je l'accusais d'avoir maté, elle nierait, elle est prête à tout pour changer de conversation.

Pendant qu'elle se tourne vers le client suivant, je glisse un billet de cinquante dans le pot à pourboires et j'avale une petite gorgée. Bram McGregor déchire vraiment. Mais, en réalité, c'est également sacrément bon.

Je la laisse tranquille, je cherche des yeux un tabouret vide et j'en trouve un, à l'autre bout du bar, juste à côté de mon frère Linden qui discute avec James pendant que celui-ci prépare un martini frappé.

– Enfoiré, me lance Linden tandis que je m'installe à ses côtés, qu'est-ce que tu fous là ?

Je hausse les épaules.

– Je me fais chier.

Je jette un coup d'œil à James et je lui tends mon verre.

– Il faut que tu goûtes ça.

Son piercing se soulève en même temps que son sourcil.

– Qu'est-ce que c'est ?

– C'est ta nouvelle barmaid qui l'a concocté. Goûte.

James goûte, puis regarde le verre en hochant la tête.

– Pas mal.

– Ça s'appelle un Bram McGregor.

– Bien entendu, grommelle Linden derrière moi.

– Tu devais augmenter cette poulette. Tu as intérêt à retenir quelqu'un qui est capable d'inventer un truc qui a aussi bon goût.

– Ouais, j'essaie de lui trouver plus d'heures, mais ce n'est pas évident, parce que j'ai assez de personnel. Je lui ai donné ce boulot pour l'aider, et je ne suis pas sûr de pouvoir faire plus.

– Dégage quelqu'un.

– Bram, intervient Linden, ne te mêle pas des affaires des autres. Tu as assez à faire avec les tiennes, frangin.

James reprend :

– Eh bien, avec Jenny, ça n'est pas vraiment ça. Attention, elle est efficace et fiable, mais plus elle bosse ici, plus elle pense que ce sont les hommes les responsables de la fin de notre civilisation. Je ne peux plus avoir la moindre conversation avec elle sans qu'elle me gonfle avec des trucs féministes à la noix.

– C'est bien parce qu'elle travaille ici, indique Linden, tu ne peux pas lui en vouloir.

– Comme je te l'ai déjà dit, vire-la.

– Je vais y réfléchir, dit James. Je ne voudrais pas paraître salaud, mais j'ignore jusqu'à quel point on peut se fier à une mère célibataire.

Je ne sais pas pourquoi, mais en entendant ce commentaire, la moutarde me monte au nez.

– Elle est parfaitement fiable. Je suis son propriétaire, je sais de quoi je parle.

Il me jette un regard, un regard qui, visiblement, ne me prend pas au sérieux. Je devrais y être habitué.

– Elle ne te paie pas de loyer. Alors, tu ne peux pas vraiment comparer. Écoute, j'aime bien Nicola et je la trouve super, mais qu'est-ce qui se passera s'il arrive un truc à sa môme. On sait tous qu'elle est malade. Elle pourrait avoir une complication, et du coup Nicola devra démissionner.

– Eh bien, si tu vois les choses comme ça, alors Jen – ou quel que soit son nom – pourrait crever en venant au boulot, ou choper une intoxication alimentaire, ou merde, simplement sécher un jour ou deux. Ça peut arriver à n'importe qui. Le fait d'avoir un môme ne la rend pas moins fiable qu'une autre. Tu ne crois pas qu'elle a vraiment besoin de ce foutu job ?

– Doucement, mon frère, dit Linden en posant sa main sur mon épaule. Bois ton verre et respire un bon coup. James ne fait qu'extrapoler. Il aidera Nicola le plus possible, n'est-ce pas, James ?

James acquiesce d'un air un peu bizarre, comme s'il croyait que j'allais lui foutre mon poing dans la figure.

– Bien sûr. Je vais l'aider.

Puis il recule et disparaît à l'autre bout du bar.

– Il a facilement la trouille, non ? je demande à Linden.

– Qu'est-ce que j'en sais, soupire-t-il avant de terminer son Anchor Steam.

Puis il me lance un regard inquisiteur.

– Qu'est-ce que tu fais ici, réellement ?

J'avale en soupirant une petite gorgée qui me brûle la bouche. J'ai l'idée soudaine de calmer la brûlure avec un glaçon, et ensuite mon esprit se met à vagabonder vers Nicola, je me demande si elle se tortillerait si je versais ma boisson sur ses seins pour ensuite les lécher avec ma langue glacée.

– Oh, je vois, dit Linden.

Je reporte immédiatement mon attention sur lui.

– Quoi ?

Il donne un coup de menton en direction du bar, vers Nicola.

– Tu es là pour elle.

– Je crois que je veux vérifier qu'elle pourra un jour me payer un loyer.

Un sourire se forme lentement sur les lèvres de mon frère qui secoue la tête avec incrédulité.

– Pas du tout. Je pense même que tu serais capable de lui faire grâce de son loyer indéfiniment.

– Vraiment ?

Je le défie du regard, mais j'ai bien peur qu'il soit dans le vrai.

– Qu'est-ce qui a bien pu arriver à mon frangin pour qu'il s'exile dans l'Ouest, pour qu'il veuille investir, se faire un nom en propre, pour qu'il sorte de l'ombre des parents ?

– C'est toujours moi, espèce d'idiot, dis-je en le détestant d'être capable de me démasquer.

Le fait que, l'un comme l'autre, nous soyons capables de nous faire du mal juste en mentionnant notre père et notre mère ne nous aide pas beaucoup non plus.

– Il n'y a rien de mal à tenter de jouer les bons Samaritains. C'est toi qui passais ton temps à m'accuser d'être un sale égoïste, incapable d'entreprendre quoi que ce soit. Maintenant, quoi que je fasse, tu remets en cause ma bonne foi.

– Oh, il n'y a rien de mal à ce que tu fais. Je veux que Nicola soit aidée le plus possible, surtout par amour pour Steph. Ces deux-là sont très intimes, surtout depuis que nous sommes mariés. Je suppose que le fait d'avoir des enfants et de se marier vous fait faire un bond vers la maturité. Mais tu ne peux pas nier que tu as des arrière-pensées.

Il me pointe du doigt.

– Tu ne peux pas me faire gober que c'est la charité qui te branche. Tu vas perdre du fric, mon frère.

Le truc le plus marrant, c'est que la charité m'intéresse, mais que je ne vois pas l'utilité d'en parler à mon frère. De toute façon, il ne m'écoute pas. Peu importe que vous changiez, certaines personnes vous verront toujours tel que vous étiez à un moment donné de votre vie. Je pense que Linden me verra toujours comme un enfoiré qui courait après les filles. Et moi, je le verrai toujours comme un petit merdeux chiant qui passait son temps à me piquer mes affaires, celui à qui je filais des roustes mémorables pendant la récré. Et peu importe que notre mère essaie de diminuer la boisson et son aspect extérieur glacial, peu importe que notre père fasse semblant d'être fier de nous, nous ne pourrons jamais nous empêcher de les voir tels qu'ils étaient quand nous étions les plus vulnérables.

Je tente de m'expliquer. Je soupire. C'est sans espoir. Je renonce et je termine mon élixir de feu.

Mais Linden ne me quitte pas des yeux.

– C'est vraiment tout ?

Je baisse la tête et je me mets à tousser. Il me verse de l'eau et j'en avale la moitié.

– Merci, je lui fais en m'essuyant la bouche avec une serviette en papier. Eh oui, c'est vraiment tout. Tu ne pouvais pas vraiment t'attendre à autre chose de ma part, n'est-ce pas ?

– Sans doute pas.

Il tourne sur son tabouret et me désigne l'entrée.

– Hé, regarde !

Je jette un coup d'œil par-dessus mon épaule. Une bombe blonde aux cheveux qui lui tombent sur les fesses et au sourire ravageur vient d'entrer. Elle est fringuée de façon impressionnante, avec un bustier doré qui montre tout ce qu'il faut et des jeans ultra-moulants.

– C'est ton genre non ? dit Linden.

– Est-ce que par hasard, tu essaies de détourner mon attention ? je lui demande avec un sourire ironique et désabusé.

Il redevient sérieux, tout à coup.

– Je te l'ai déjà dit, Nicola n'est pas pour toi. Steph me tuerait si vous vous branchiez ensemble. Jamais je n'en verrai la fin, elle continuerait son travail de sape afin de détruire votre dynamique. Pour elle, tout est question de dynamique. Elle continue à citer *Friends*, quand Ross et Rachel se sont séparés et que tout a changé pour tous les autres. Ça me rend dingue.

– Je ne suis pas ce foutu Ross, je réponds, sur la défensive. Joey, à la rigueur.

– Ok, mais tu piges ce que je veux dire. Pour elle, il faut que tout le monde soit gentil, s'entende bien, et tu sais que si tu sors avec Nicola, ça va mal se terminer. Pas uniquement pour elle, pour toi aussi. Est-ce que tu seras toujours charitable quand elle va foutre le feu à ton fichu immeuble, hein ?

Je ne peux pas m'empêcher de sourire.

– Tu crois vraiment que je pourrais la faire flipper à ce point, hein ?

– Oh, tu es désespérant, dit Linden et il fait signe à James en claquant des doigts. Patron, une autre.

Je reste assis avec Linden un moment, à remuer un peu la merde, jusqu'à ce que Nicola se pointe.

– Assez couillu pour en prendre un autre ?

Est-ce que je me trompe ou est-ce qu'elle dit ça sur un ton un peu dragueur ? Je me rends compte que Linden se lève derrière moi, ce qui me soulage. Je n'ai aucune envie qu'il surveille tout ce que je dis.

– Tu me sers, je bois. (J'ajoute, avec un clin d'œil appuyé.) C'était... Bramastique.

Elle lève les yeux au ciel.

– Tu n'es pas croyable. Peut-être que je mettrai moins de sucre, cette fois.

– Je boirai ce que tu me serviras.

Elle soupire et se met à préparer mon cocktail. Je note dans ma tête les différents ingrédients. De la tequila Patron, du jus de citron vert, du triple sec, de la liqueur de piment rouge, une giclée de jus d'orange et une petite lichée du jus d'une boîte de piments banane marinés. Ah, c'était donc ça le secret.

Tandis qu'elle mélange les différents ingrédients dans un shaker, elle me jette un regard que je n'ai jamais vu auparavant, en tout cas pas sur son visage. Comme une supplication de petit chiot. J'aime ça. Ça me donne l'impression que, pour une fois, elle veut quelque chose de moi, plutôt que ce soit moi qui veuille tout le temps lui donner quelque chose.

– Bon, fait-elle d'une voix indécise en me tendant mon verre, celui-là, c'est la maison qui l'offre.

– Et en quel honneur ?

– J'ai besoin que tu me fasses une faveur.

J'ouvre de grands yeux.

– Toi ? Tu me demandes une faveur ? À moi ?

Elle se referme devant moi. Je tends la main pour attraper la sienne en serrant sa peau douce. Elle est tellement agréable au toucher que je ne peux plus la lâcher. Mais elle regarde ma main fixement, comme si elle n'avait rien à faire là. Je l'enlève, mais je me penche en avant pour la regarder dans les yeux.

– Désolé, je ne voulais pas te taquiner. Quelle est cette faveur ? Tu sais que je ferais n'importe quoi pour toi.

Quel con. Je n'étais pas censé dire ça. Mais je continue à lui sourire.

– Eh bien, je me demandais si demain, si tu es libre, tu voudrais bien nous emmener, Ava et moi, chez IKEA.

Elle me regarde en poursuivant rapidement, comme si le fait de demander la faisait souffrir.

– Ça ne sera pas long. J'ai juste besoin d'un nouveau canapé, et je ne pense pas pouvoir le prendre dans le bus. Je peux essayer, mais...

– Je serai très heureux de le faire. Ce n'est pas un problème. À quelle heure veux-tu y aller ?

Je me garde bien de lui expliquer que la Mercedes n'est pas assez grande pour transporter un canapé, même démonté, mais je me dis qu'en cas de besoin, je pourrai toujours prendre la Jeep de Linden.

Ses traits se détendent, et elle réussit à sourire.

– Vraiment, ça ne t'ennuie pas ? Je ne sais pas, à l'heure qui te convient. Je ne travaille pas, alors...

Chacun sait qu'aller à IKEA le samedi, c'est un véritable cauchemar, alors je lui suggère que nous y soyons dès l'ouverture, avant la foule. Elle acquiesce. Je sens comme un chatouillis dans l'estomac. Je pense que je vais le noyer dans la boisson. Je lui souris toujours quand Linden me tape sur l'épaule.

– Bram, dit-il quand je me retourne. (Debout derrière moi, cette blonde en haut doré me regarde avec espoir.) Voici Paige.

Mais à quoi joue mon frère ? Il n'a jamais essayé de me caser. Il sait que je n'en ai franchement pas besoin.

– Bonjour Paige, lui dis-je en inclinant poliment la tête, parce que s'il y a un putain de truc qui me caractérise, c'est bien la politesse.

– C'est d'elle dont je te parlais, poursuit Linden.

Mais je me retourne vers le bar. Mon verre m'attend, et Nicola est partie servir d'autres clients. Bordel, Linden m'a spoilé ce coup-là. Mais tant pis. Il y a IKEA.

J'attrape mon verre et j'en bois une gorgée. Waouh, c'est encore plus fort que la première fois. En soupirant, je me tourne vers eux. Bon, puisque la blonde est toujours là et qu'elle a l'air toujours aussi partante, je n'ai rien à perdre.

–Tu devrais essayer ça, Paige, lui dis-je en lui tendant mon verre. Si tu l'oses.

–Ok, dit-elle en souriant avec un soupçon de nervosité.

–Attends, je bois d'abord. (Je prends une autre gorgée tout en m'efforçant de cacher la brûlure que ça me procure.) Chérie, ce soir je n'ai pas besoin de mettre du Rohypnol dans ton verre pour te ramener chez moi.

–Okaaaay, bon je vous laisse, dit Linden.

Il part en direction des toilettes et je montre son tabouret vide.

–Assieds-toi et bois, mais si tu tousses une seule fois, tu as perdu.

–D'accord, répond Paige en voulant jouer le jeu.

Elle s'assied et je fais glisser le verre devant elle. Elle le renifle. Juste avant d'en prendre une gorgée, elle me regarde dans les yeux.

–Attends, si je tousse, que se passe-t-il ?

–On n'en sait rien pour l'instant, dis-je d'une voix de velours en effleurant son genou avec le mien.

Ça me paraît tellement facile de draguer cette nana. Coucher avec elle une ou deux fois pourrait être amusant. Mais quelque chose me dit que je ferais mieux de m'abstenir. C'est cette partie de mon cerveau qui ne veut pas que je m'amuse. Je l'appelle la Logique. J'observe Paige qui avale. Je dois reconnaître qu'elle ne tressaille même pas. Elle avale en souriant. J'imagine qu'elle avalerait mon sperme de la même façon.

Maintenant, la Culpabilité, cette copine de la Logique, se décide à se montrer. Je ne sais pas vraiment pourquoi, il n'y a rien de mal ou de différent dans ce que je pense. De toute façon, Nicola se fout comme de l'an quarante de ce que je fais et d'avec qui je couche. Je suis juste son voisin, son propriétaire et, peut-être, peut-être, son ami.

Pour l'instant, en tout cas.

Et c'est probablement ce qui me retient de ramener Paige chez moi. Cette possibilité infime qu'un jour, je me retrouve à rentrer avec Nicola. C'est très improbable, mais je ne veux pas prendre de risque avant d'être complètement certain que nous n'avons rien à faire ensemble.

Alors, je passe le reste de la soirée à bavarder et à flirter avec Paige, en tout bien tout honneur. Je ne revois pas Nicola ni Linden. Au moment de rentrer, je demande à Paige si elle veut partager un taxi avec moi. Elle accepte avec enthousiasme, en me disant que je lui dois quelque chose puisqu'elle a bu mon verre sans broncher. Mais la seule chose que je lui dois, c'est une course en taxi jusque chez elle. Pendant tout le trajet, il est évident à la façon dont elle se frotte contre moi qu'elle croit que nous allons passer du bon temps ensemble. Ne lui ai-je pas suggéré quelque chose à ce sujet, plus tôt dans la soirée ?

Ce soir, pour la première fois de ma vie sans doute, je passe pour un allumeur. Je laisse le taxi l'emmener là où elle veut aller, mais quand elle en sort, elle est abasourdie de constater que je n'en sors pas.

– Je dois me lever aux aurores demain matin, j'explique, ce qui est la vérité puisqu'IKEA est au programme.

Elle a l'air super-énervée, et je ne peux pas lui en vouloir. Mais elle me remercie pour le taxi et me dit de l'appeler si je n'ai rien à faire le lendemain.

Bien qu'elle ait entré son numéro dans mon portable tout à l'heure, je n'ai aucune intention de l'appeler dans un avenir proche. Quand je rentre à la maison, les différents événements se mettent à résonner en moi. Je ressens un million de circuits de désir et d'envie, mais plus encore, une forme d'énergie nerveuse qui bourdonne sans déboucher sur rien. Je commence à me dire que c'était peut-être une erreur de laisser tomber Paige, qu'en ce moment, elle pourrait très bien être en train de me changer les idées. Mais qu'est-ce que je raconte ? Je ne penserais pas à elle du tout, et je sais que ça ne ferait qu'empirer les choses.

J'entends la porte de Nicola s'ouvrir, et le murmure de sa conversation avec Lisa étouffée à travers le mur, et je me demande si je dois y aller. Je me lève et je pose la main sur la poignée de ma porte. Je veux m'assurer qu'IKEA est toujours d'actualité. Je veux m'assurer qu'elle va bien. Je veux la remercier pour le verre. Je veux toucher ses cheveux, les repousser derrière ses oreilles et me perdre entre ses lèvres. Je veux savoir quel goût elle a, sa bouche, sa peau. Je veux la sucer jusqu'à ma dernière goutte de salive.

Mais ce soir, je manque de courage. Je reste chez moi. Naturellement, je passe une partie de la nuit à me branler, et je fais du bruit. Je ne me retiens pas et je ne me cache plus derrière la musique. J'espère qu'elle m'entend. J'espère qu'elle aime ça.

Chapitre 9

Nicola

Quand je suis arrivée hier soir à la maison, j'étais de mauvaise humeur. Je ne vous surprendrai pas en vous disant que je me suis réveillée ce matin d'une humeur encore pire. C'était une de ces fois où le sommeil n'est pas du tout réparateur. Tous mes soucis de la veille sont encore présents et bouillonnent sans que je comprenne pourquoi. Heureusement, Ava se lève toujours tôt, du coup j'ai l'habitude d'être debout vers les sept heures du matin. Je ne sais pas du tout si notre excursion chez IKEA est toujours d'actualité, et j'ai regretté de lui avoir demandé à l'instant même où je l'ai fait.

Je l'ai regretté plus encore quand Linden lui a présenté une blonde chaudasse qui a immédiatement capturé son attention. Je ne sais pas pourquoi ça m'ennuie tellement. Peut-être parce que, un instant, j'ai cru qu'il y avait quelque chose de plus entre nous. Eh oui, je sais, quelque chose de plus, c'est quelque chose de mal. Ça sera toujours comme ça. Mais quand ses doigts ont effleuré les miens en m'envoyant des vagues de chaleur jusque dans les jambes qui sont ensuite remontées dans mes hanches et que ses yeux étaient tellement rivés aux miens que je pouvais déceler des étincelles dans ces nuages gris, je n'ai pas pu m'empêcher d'imaginer, juste une seconde, comment ce serait s'il était à moi. À moi au lit, à moi ailleurs aussi, ça n'avait aucune importance. Mais les pensées, le désir étaient bien là.

Malheureusement, il a détruit tout ça assez rapidement. Je sais aussi ce qu'a fait Linden pour l'éloigner de moi. Je ne peux pas lui en vouloir, peut-être même que je devrais le remercier. Mais pour une fois, pour une foutue fois, j'avais envie de faire toutes les bêtises, même le plus grosses.

Pourtant, cette horrible lumière brumeuse du matin à San Francisco offre une perspective différente aux choses. J'essaie de refouler ces idées noires en me demandant si Bram était sincère quand il m'a dit qu'il nous emmènerait à IKEA. Je l'ai entendu, hier soir, qui gémissait. En fait, je suis même sortie sur le palier un moment, comme hypnotisée par ses cris, comme si j'allais vivre mes fantasmes pour de bon cette fois-ci. Mais je n'ai pas frappé à sa porte, je ne l'ai pas ouverte non plus.

Pourtant c'est à la mienne qu'on frappe à présent. Je dois réfléchir un instant, pour comprendre si c'est la réalité ou pas. Ava me dit, la bouche pleine d'œufs brouillés :

– C'est la porte, Maman… (Ses yeux se mettent à briller.) C'est peut-être Santa[5].

---

5. Aux USA, Santa Clauss, ou saint Nicolas, est l'équivalent du Père Noël. Sa fête a lieu le 6 décembre.

– Oh, je crois que tu as mélangé les lettres, je murmure en me levant pour ouvrir.

Au passage, je jette un coup d'œil à mon reflet et je me dis qu'avec mon short pyjama, mes cheveux pas coiffés et ma tête de déterrée, je ne peux pas être plus moche. Je soupire et ouvre la porte.

C'est bien Satan de l'autre côté, en jean noir, Converse et chemise blanche si fine que vous n'auriez pas envie de la porter sous la pluie. Enfin, moi je n'aimerais pas la porter sous la pluie, lui, il peut le faire.

Il m'examine des pieds à la tête, mais il n'y a aucun jugement dans ses yeux, seulement cette douce brûlure qui ressemble en une version plus subtile à ce que j'ai ressenti hier soir.

– Tu te rappelles qu'on a rendez-vous, n'est-ce pas ?

Je le regarde, sur la défensive,

– Ce n'est pas un rencard, c'est un service.

– J'ai connu beaucoup de rencards qui étaient des services, et bien des services qui étaient des rencards. (La commissure de ses lèvres se tord un peu vers le haut.) Tu permets que j'entre ?

– Je t'en prie. Je n'ai pas encore pris mon café.

– Tu dois être surhumaine, dit-il en passant à grands pas devant moi pendant que je ferme la porte.

Il s'arrête devant la table en tendant la paume de sa main à Ava.

– Tope là, petite mère.

Elle le tape et part d'un fou rire pendant qu'il s'installe dans la cuisine et se met à faire le café, comme s'il était chez lui.

– Alors, Ava, fait-il dans son dos. C'est comment déjà, ta chanson ?

J'interviens :

– Bram, non !

Mais trop tard, elle hurle à nouveau ce truc à pleins poumons.

– Tu sais, je lui dis en haussant la voix pour couvrir les braillements, heureusement que tu es un de mes voisins. J'ai l'impression que le vieux monsieur à gauche va finir par se plaindre un de ces jours.

– Il peut se plaindre autant qu'il veut, mon cœur, c'est moi le propriétaire.

Pendant qu'il verse de l'eau dans le réservoir, je ne peux m'empêcher de lui demander :

– Alors, ça s'est bien terminé hier soir ?

J'essaie de prendre l'air le plus détachée possible, mais je comprends que je fais une erreur en en parlant. Je ne veux pas qu'il pense que ça m'importe. Je m'en fiche. J'ajoute :

– Simple curiosité !

Comme si ça faisait une différence. Parce que je suis curieuse, il n'y a rien de mal à ça.

– Au Lion ? demande-t-il en donnant un petit coup sur la cafetière et en se retournant contre l'évier pour me faire face. Puis il croise les bras et je fais tout ce que je peux pour ne pas regarder leur forme très suggestive.

– Ouais.

Il penche la tête en m'observant.

– Tu y étais. À toi de me le dire.

Je me lèche les lèvres en haussant nonchalamment les épaules.

– Tu avais l'air bien branché avec cette fille que Linden t'a présentée. Je vous ai vus partir ensemble en taxi.

– Vraiment ?

J'adore la façon dont il prononce ce mot, avec son accent.

– Hmm, hmm...

– Et qu'est-ce que ça t'a fait ?

Quoi ? Est-ce qu'il me pose sérieusement la question ?

Je lui jette un coup d'œil.

– Je n'ai rien ressenti, à part peut-être un peu de pitié pour cette pauvre fille qui va se faire jeter au bout de quelques jours.

Son front se plisse.

– Vraiment ?

– Arrête de me répondre par des questions.

Il se met à rire doucement.

– Tu as raison. Pour toute information, il ne s'est rien passé. Elle est rentrée chez elle directement.

Alors, les bruits que j'ai entendus la nuit dernière... Je reste sans voix. C'était lui tout seul, cette fois encore.

– Et, dit-il en se redressant et en s'avançant vers moi, son corps massif semblant tout à coup occuper tout l'espace de l'appartement, pour ton information, mon rencard avec Justine s'est terminé de la même façon.

– Deux nuits de suite et pas de sexe ?

– C'est ça. Ce sont des choses qui arrivent, dit-il calmement, quand j'ai l'esprit occupé. Pourquoi coucher avec quelqu'un alors que je ne peux pas m'empêcher de penser à quelqu'un d'autre en permanence ?

Oh merde. Est-ce qu'il parle de moi ?

Bien sûr qu'il parle de toi, je me dis in petto. Mais même si je sais que c'est sans doute vrai, je ne suis absolument pas prête à entendre ça. Bram a refusé de faire l'amour avec ces deux beautés parce qu'il pensait à moi ? Miss Mère célibataire, avec des cicatrices et des vergetures, et qui à l'instant présent porte le plus moche des pyjamas qui soit ?

Bien sûr, il plaisante. Derrière la fixité de son regard, en dessous de son rictus diabolique, tout n'est que plaisanterie, comme d'habitude. Bram le plaisantin, Bram qui me fait tout le temps marcher. Il faut qu'il plaisante.

– Maman, dit soudain Ava en apparaissant entre nous.

Je mets un moment à détacher mes yeux de lui pour la regarder.

– Ou... oui mon ange ?

Je suis surprise que ma voix tremble autant. Je suis également étonnée par tous les autres sentiments qui me parcourent, notamment ceux qui, purement physiques, rendent la situation très gênante.

– Tu m'as dit qu'on allait partir à l'aventure aujourd'hui. Où on va ?

C'est vrai. IKEA. Je sens toujours le regard de Bram sur moi et je n'ose pas lever les yeux. Je pense que je ne suis pas encore prête à entendre la vérité.

– On va aller dans un magasin acheter un nouveau canapé.

Elle semble déconcertée en regardant notre canapé.

– Mais je l'aime bien moi, celui-là, dit-elle et sa lèvre inférieure se met à trembler. C'est mon château.

Mon cœur se brise et je m'accroupis devant elle pour la prendre dans mes bras.

– Je sais Ava, mais là où nous allons, nous allons trouver un plus beau canapé. Peut-être même deux. Et tu sais quoi ?

– Quoi ? demande-t-elle doucement.

– Il y a une pièce magique qui s'appelle la pièce des balles. Tu te souviens de ce film qu'on a vu où le petit garçon se cachait sous des balles ?

Malheureusement, je crois que je parle de *Trafic* qu'elle n'a certainement pas regardé avec moi, mais elle n'a pas besoin de le savoir.

– C'est tellement amusant. Quand j'étais petite, j'aimais ça autant que Noël.

Maintenant, elle me regarde comme si j'étais complètement dingue.

– C'est vrai, dit Bram, et elle regarde dans sa direction. Tu vas vivre une aventure très amusante. Tu es prête, petite mère ?

Comme elle adore Bram, ses yeux s'illuminent et elle sourit en hochant la tête avec vigueur. Je pourrais être jalouse de lui si je ne ressentais pas en même temps toute une palette de sensations, spécialement dans mon utérus. C'est comme si on me donnait un coup de coude, *–Hé, Nicola, c'est le bon.* Et je me dis que je devrais être très prudente avec toutes ces émotions.

Il me regarde avec une sorte d'excitation langoureuse.

–Est-ce que tu es prête ?

Je prends une profonde respiration et lui adresse un sourire.

–Donne-moi le temps d'enfiler quelque chose et de me brosser les cheveux.

–Tu es parfaite comme ça, Bébé, dit-il, en regardant ostensiblement mes seins.

Je baisse les yeux sur ma poitrine et je les vois qui tendent le tissu léger de mon haut, comme s'ils cherchaient à le transpercer. Merde.

Je les couvre de mes mains et cours dans ma chambre, en souhaitant faire marche arrière jusqu'au moment où je me suis levée, et en même temps assez curieusement excitée par la tournure qu'ont prise les événements.

* * *

En entrant sur le parking d'IKEA, je suis étonnée de voir qu'il n'est pas complet. Mais bien que nous soyons dimanche, il est encore tôt. Je jette un coup d'œil à l'horloge sur le tableau de bord de la Mercedes. Il est 9 heures 50, dix minutes avant l'ouverture. Je me demande si la maturité, ça va ressembler à ça, à passer mon temps à essayer d'être la première arrivée pour faire de bonnes affaires. Alors, je regarde Bram, dont la main est encore posée sur le levier de vitesse, et pendant une fraction de seconde je l'imagine avec les cheveux gris et des rides autour des yeux. Je nous imagine plus vieux, tous les deux, et Ava adolescente à l'arrière.

Mon cœur gonfle à cette idée, je ressens une vraie plénitude. Puis il tressaute, comme si c'était quelque chose d'impossible à envisager, et je me sens gênée d'avoir pensé cela, même l'espace d'une seconde. Bon Dieu, qu'est-ce qui m'arrive ?

– Allons-y, dis-je rapidement en ouvrant la portière et en sortant de la voiture.

Je me rends compte que ce départ brusque surprend Bram, mais je dois m'éclaircir les idées et me concentrer sur le but de notre virée. Canapé, canapé, canapé. Mobilier suédois. Grands bassins remplis de balles. Hot-dogs à un dollar.

Mais quand nous arrivons aux portes d'entrée, après que j'ai libéré Ava de son siège rehausseur et vérifié que j'avais bien pris des tranches de pommes, un peu de jus de fruit, le stylo à insuline et le doseur de glucose, au cas où, le magasin est ouvert. C'est tout de même encore relativement calme et, heureusement, le bassin à balles n'est pas complet. Le personnel de la garderie mesure Ava pour s'assurer qu'elle est assez grande, puis nous la laissons, ce qui nous donne une heure pour arpenter le magasin avant de la récupérer pour déjeuner.

Je l'observe un moment, elle s'approche prudemment du bord du bassin et regarde les enfants qui sont déjà dedans. Elle est toute timide avec les autres enfants, mais il faut dire qu'elle n'en voit pas souvent. En fait, je n'ai pas d'amis qui ont des enfants, ça arrive quand vous avez le vôtre très jeune. Un enfant, un garçon bien plus grand, nage dans les balles et s'arrête juste devant elle. Il sourit en montrant sa bouche édentée et lui lance une balle sur la tête. Avant même de savoir ce que je fais, je suis prête à m'élancer pour aller récupérer Ava et dire ses quatre vérités à ce petit vaurien. Mais Bram me retient par le bras.

– Doucement, Maman, murmure-t-il à mon oreille.

Je me laisse faire, et nous voyons Ava ramasser la balle et la lancer sur le petit garçon. Elle l'atteint en pleine poitrine. Elle lui fait la moue et se dirige de l'autre côté du bassin, où une petite fille aux nattes rousses rebondit jusqu'à elle.

– Il n'est pas très différent de toi, je murmure quand ma fréquence cardiaque redevient normale.

Bram a toujours la main sur mon biceps, il la fait glisser le long de mon bras, ses doigts avancent sur ma peau, je pense qu'il va me prendre par la main. Mais, soudain, il les retire.

– Et Ava sait très bien comment s'y prendre avec les garçons comme moi, exactement comme sa mère. On y va ?

Je sais que nous n'arriverons à rien si je reste plantée devant la salle de jeux. Je regarde comment d'autres mères déposent leurs mômes en courant avant de se ruer vers le magasin. J'ai tellement l'habitude d'être tout le temps avec Ava que c'est difficile pour moi de la laisser. Mais c'est une bonne chose pour elle, comme pour moi. Il faut le faire.

Je fais un petit sourire à Bram, puis nous grimpons le grand escalier qui mène aux salles d'exposition.

– Bon, réfléchit Bram alors que la visite commence par le salon. C'est tout à fait ce qu'il nous faut. Quel genre de canapé tu cherches ?

Je hausse les épaules, en face d'un énorme sofa modulable.

– Je ne sais pas. Un truc pas cher. Un petit qui ne se déchire pas facilement.

Bram se jette sur le sofa et étend ses jambes en posant ses pieds sur la table basse, comme chez lui.

– Je suis désolé de t'enlever tes illusions, mais les meubles IKEA ne sont pas réputés pour leur solidité. Pour leur prix, oui.

Mais je ne l'écoute pas. Mes yeux sont fixés sur ses chaussettes. Les mêmes horreurs brun et jaune avec le monstre du Loch Ness.

– Bon, je fais en désignant ses chaussettes, c'est la deuxième fois que je te vois porter ces horreurs. C'est quoi ces trucs ?

Il regarde ses chevilles, l'air étonné.

– Oh, celles-là ? Mes chaussettes porte-bonheur.

Mais dans son sourire, je décèle une certaine rudesse. Je n'ai pas l'habitude et même si j'ai immédiatement envie de décortiquer la chose pour tenter de comprendre, je sais qu'il ne vaut mieux pas. Je suis la reine de l'évitement, et ce regard-là me dit qu'il me donnerait du fil à retordre.

Au lieu de ça, je poursuis :

– Des porte-bonheur, vraiment ? C'est les trucs les plus moches que j'aie jamais vus. Ça ne va vraiment pas avec le reste de ta tenue.

Le regard sombre disparaît, remplacé par une ironie sincère :

– Tu t'intéresses à ce que je porte ?

– C'était mon boulot, tu sais. Je veux dire, j'habillais des mannequins, mais je m'assurais qu'ils soient les plus branchés de tout San Francisco.

– Je veux bien le croire. Pour une fille sans grands moyens, tu te débrouilles merveilleusement bien pour être sublime.

Il se lève et me laisse en plan, abasourdie par ce compliment. Croyez-le ou non, ça a plus d'importance pour moi que ce qu'il imagine. J'ai eu un blog de mode il y a quelques années, quand tout allait bien et que c'était rentable, et à l'époque, j'étais tellement fière de mes tenues. Mais, à présent, cela n'a plus la même importance.

Non, je rature ça. Ce n'est pas ça qui n'est pas important. C'est juste que pour moi, c'est devenu comme la Super Glue avec laquelle j'ai rafistolé ma table de cuisine. Je pourrais faire attention à la façon dont je m'habille, mais à l'intérieur, je ne suis plus qu'une épave.

Sauf aujourd'hui, où j'ai fait des efforts. J'ai mis une vieille paire de boots Alexander McQueen, un jean skinny Old Navy (que j'ai acheté 4 $ en soldes) et une marinière rayée Petit Bateau. Elle est un peu défraîchie mais elle met toujours ma poitrine en valeur. Soyons franche, c'est pour ça que je l'ai mise, et à la façon dont Bram regarde cette partie de mon anatomie, je pense qu'il apprécie l'effort.

– Merci, lui dis-je en cherchant maladroitement comment répondre par une plaisanterie. Tu n'es pas mal non plus, tu sais, à part tes chaussettes !

Il éclate de rire.

Nous continuons notre tour. Jusqu'à présent, aucun des canapés que j'ai vus ne correspond à ce que je cherche, et je commence à en avoir assez de m'asseoir et de me relever pour les essayer.

Ensuite, nous traversons une zone où de nombreux fauteuils sont exposés, et quelque chose attire mon attention. C'est une petite causeuse au tissu jaune vif et aux pieds métalliques. Je me précipite dessus et je regarde le prix sur l'étiquette. Cent dollars. Je pourrais en acheter deux, elles iraient très bien chez moi et elles semblent faciles à réunir.

– Sérieusement, ça ? Comment vas-tu pouvoir m'inviter ? Je vais exploser ce truc si je m'assieds dedans.

– Essaie-le.

Je l'exhorte en le regardant plonger sa grande carcasse dans le sofa.

Il grimace.

– C'est le canapé le plus inconfortable où j'ai jamais posé mon cul.

Je m'assieds à côté de lui. C'est étroit. Vraiment étroit. Ma jambe est compressée contre la sienne et son odeur de mâle, merveilleusement sexy, me chatouille les narines. Mais à part ça, il a raison. L'assise est assez dure. Mais le prix me va.

– J'ai plein de coussins, je pourrais l'arranger.

J'essaie de me relever, mais je dois bander mes abdos pour sortir de ce fichu sofa. Bram ne m'est d'aucune aide. Il m'attrape par le col et me tire à nouveau vers lui.

– Tu sais, si nous étions en couple, dit-il en passant son bras le long du dossier juste au-dessus de mes épaules, ça serait le parfait canapé pour nous. On ne se lèverait plus jamais. Nous serions obligés de rester assis l'un contre l'autre pour toujours.

– Dieu merci, ça n'est pas le cas.

Il passe son bras autour de mes épaules, sa main m'attire à lui.

– On n'est pas si mal, dit-il d'une voix un peu rauque, qu'en dis-tu ?

– Je n'y crois pas, tu me fais des avances chez IKEA, je plaisante en essayant de me relever.

Je ne vais pas très loin. Je suppose que je n'y suis pas vraiment allée à fond.

Il ôte son bras et rejette la tête en arrière, l'air incrédule.

– Tu penses que je te fais des avances ? Oh, mon cœur, tu n'as encore rien vu. Mes avances vont te chauffer, te couper le souffle, te faire gémir mon nom. Tu ne plaisanteras plus.

Je n'ose pas admettre qu'être si près l'un de l'autre a quelque chose de très intense.

– Du coup, ça m'aurait donné une nouvelle idée de devise ?

Il me fait un grand sourire. Je remarque pour la première fois sa dent du bas un peu de travers qui ajoute un charme supplémentaire à son visage trop parfait.

– « Badam, Badam, merci Bram », en voilà une bonne.

Je secoue la tête.

– Tu es vraiment trop.

– Je suis trop, répète-t-il en réussissant, je ne sais pas trop comment, à se relever. Mais je crois que tu peux très bien faire avec.

Il me tend la main, et quand je l'attrape, la mienne me paraît si petite et si délicate dans la sienne. Il m'aide à me relever.

– Merci, je lui dis en me rajustant devant ce mini-canapé qui nous a presque engloutis. Au fait, tu es tout le temps tellement bronzé, c'est du faux ou bien tu t'arranges pour voyager en permanence dans des pays chauds ?

Cette question semble le ravir.

– Eh bien, Nicola, je suis enchanté que tu aies remarqué mon bronzage. D'abord, c'était mes chaussettes, maintenant ma couleur de peau. Je commence à me dire que tu t'intéresses à moi, et pas uniquement parce que je suis ton propriétaire.

Je me déhanche en croisant les bras.

– Tu te fiches de moi ?

– J'ai quelques endroits favoris où le soleil brille tout le temps, contrairement à cette ville toute grise. (Il fait une pause en me fixant droit dans les yeux.) Et je serais ravi de vous y emmener, toi et Ava, un de ces jours.

Wouah. Je suis habituée à sa générosité et tout ça, mais un voyage, ça signifie tout autre chose.

– Et Linden et Steph ? je demande prudemment.

Il hausse vaguement une épaule.

– Ils peuvent venir eux aussi. Mais ça foutrait en l'air tous mes plans séduction.

Je ne peux m'empêcher d'éclater de rire.

– Tes plans séduction ?

Il me pousse un peu du doigt.

– Attends de voir ça.

Ensuite il se dirige vers un des comptoirs, prend un petit crayon et une fiche sur laquelle il note la référence du canapé pour le retrouver dans l'entrepôt. Il me fait signe.

– J'ai pris les références de ton horrible petit canapé.

– Merci.

Nous continuons notre chemin. Bram se retourne pour regarder un beau futon. Je lui donne un coup de coude pour rigoler.

– Je suis décidée, je ne peux pas me permettre d'acheter ce futon, et le canapé jaune est mignon. Et pas cher.

– Ça va être une vraie galère à monter.

Je le rassure avec un clin d'œil.

– Je suis une pro, et j'ai un voisin qui a l'air de ne pas être trop manche.

Lorsque nous arrivons au rayon salle de bains, Bram m'attrape par la main et me tire sur le côté.

– J'ai un défi pour toi.

– Un défi ?

Je sais que Linden et Steph s'étaient embrassés la première fois à l'occasion d'un défi, mais je ne crois pas que Bram ait ça en tête. Les défis sont dangereux, généralement gênants, et bon, assez puérils. Je crois que j'ai eu mon dernier défi à l'âge de onze ans, il s'agissait de traire une vache en pleine nuit.

– Oui, dit-il d'un air très excité soudain. Tu t'installes sur les toilettes là-bas et tu fais semblant de lire un magazine. Quand quelqu'un entre dans la salle de bains, tu lui hurles de sortir parce que, putain, tu veux qu'on respecte ton intimité.

– Quoi ? C'est une fausse salle de bains, pas question que je fasse ça.

– Mais tu n'auras même pas à baisser ton pantalon, fait-il en riant bêtement. Les gens seront tellement choqués qu'ils ne le remarqueront même pas.

– Heu, non, je lui dis en reculant.

– Tu n'es vraiment pas marrante.

Je m'arrête et me mets à lui tourner autour, le doigt pointé vers son visage. Une vague de colère soudaine m'envahit.

– Tu sais, tu m'as déjà dit une fois que je n'étais pas drôle, et c'est resté gravé dans ma mémoire. Je suis marrante, je ne suis pas une simple idiote. Je sais rigoler, mais je ne suis pas une fille facile. Je...

Il lève les mains et écarquille les yeux.

– Wouah, doucement. Je ne disais pas ça du tout. Tu n'es pas une fille facile et tu n'es évidemment pas stupide, ok ? C'était juste une blague. Je te balance des vannes, tu me balances des vannes, tu vois... c'est juste pour rire.

J'ai du mal à respirer. J'essaie de respirer profondément et mon rythme cardiaque redevient normal. Je ne sais pas pourquoi j'ai surréagi comme ça.

– Hé, dit-il gentiment en attrapant mon menton entre ses doigts pour me faire lever les yeux. (La dernière fois qu'il m'a regardée comme ça, c'était la nuit du mariage. Des bribes de sensations me reviennent en mémoire.) Je sais que parfois je peux être insensible. Il n'y a rien de personnel. (J'essaie de détourner les yeux, mais il me tient.) Tu es drôle, Nicola. C'est marrant d'être avec toi, que tu le penses ou pas. Et tu es la fille la plus mignonne que j'aie jamais vue, celle qui est capable de choisir pour son apart le canapé le plus petit, le plus merdeux et le plus cheap qui soit. Si ça, ce n'est pas marrant, je ne sais pas ce que c'est.

Voilà qu'à présent il est trop gentil, ses compliments me mettent mal à l'aise. Il a trop l'air de croire à ce qu'il raconte.

– Je crois que je préfère quand tu es un pauvre type.

– D'accord, je peux faire ça aussi. Tu sais quel est ton problème, mon cœur ?

– Quoi ? je demande, tout en ayant peur de la réponse.

– Tu ne baises absolument pas assez, dit-il en baissant d'une octave. (Il se penche vers moi.) Et je suis celui qui peut faire pencher la balance du bon côté.

Je plisse les paupières et déglutis un bon coup. Je n'ai pas de réponse, parce que je sais que c'est la vérité. Mais je ne veux pas que lui le sache.

Je lui jette un regard navré, en essayant d'ignorer ce qu'il a insinué.

– Ça y est, tu te crois si important, hein ? Tu ne peux donc pas retenir ton ego ?

Il secoue lentement la tête en me dévisageant.

– J'ai une bonne raison d'avoir un ego. Un jour ou l'autre, tu découvriras pourquoi.

Une bouffée de chaleur m'envahit et passe de ma poitrine jusqu'à la racine de mes cheveux. J'ai le souffle coupé, je chancelle presque, je suis comme prisonnière d'une force hypnotique au beau milieu des meubles suédois.

– Dans tes rêves, je lui dis, mais mes mots sortent de ma bouche comme un pauvre chuintement.

Il se contente de sourire.

– Désolée, je marmonne en tentant de changer de sujet, d'avoir surréagi. J'ai visiblement quelques problèmes perso à régler.

– On en a tous, non ? Allons libérer ta fille de la mare aux canards.

Il me prend la main et m'entraîne derrière lui. Il ne me lâche plus jusqu'à ce que nous soyons arrivés.

Chapitre 10

Nicola

Le reste de notre virée à IKEA s'est déroulé sans incident notoire. Heureusement, après que nous avons récupéré Ava, Bram s'est abstenu de faire la moindre allusion sexuelle. Encore que ce soit difficile d'appeler allusion ses diverses sorties. Il a été beaucoup trop explicite pour ça.

Quand j'arrive chez moi, je suis très tendue. Je crois que j'ai besoin d'être seule un moment pour rassembler mes idées. Je me suis vraiment bien amusée aujourd'hui, et ça m'a fait réfléchir. Bram m'a fait réfléchir. J'ai l'impression que plus je passe de temps avec mon beau voisin, plus mes bonnes résolutions s'effritent. Mais peut-être que ça en vaut la peine.

– Bon, lui dis-je une fois qu'il a déposé chez moi les énormes cartons contenant mes canapés, merci beaucoup de nous avoir accompagnées.

–Je suis prêt à tout pour mes deux filles préférées, répond-il en regardant Ava.

Elle éclate de rire et court vers sa chambre, comme prise d'un accès soudain de timidité.

–Et je suis sérieux, ajoute-t-il se tournant vers moi. Tu es certaine que tu n'as pas besoin que je t'aide à monter tes canapés ?

–J'en suis certaine.

–Très bien. Appelle-moi si tu as besoin de quoi que ce soit.

Il m'adresse un sourire splendide avant de quitter les lieux. Il referme ma porte derrière lui. Je n'ose plus respirer, avant de l'entendre refermer la sienne.

Je m'écroule dans mon vieux canapé. Tout à coup, je suis triste de devoir m'en séparer. Contrairement aux nouveaux, il est doux, moelleux, confortable. Bien sûr, il tombe en morceaux, mais je l'ai transporté partout avec moi au fil de mes errances. Je l'avais acheté sur le site d'Anthropologie. Je me souviens que Phil était furieux quand on nous l'a livré. Il disait qu'il se sentait rejeté, que notre appartement devenait bien trop féminin. J'aurai dû m'en rendre compte à l'époque. Ce n'était peut-être pas les meubles qui le repoussaient, mais moi tout simplement.

Je n'ai pas envie d'abandonner ce canapé. J'ai envie de le garder avec moi, bien en sécurité.

–Maman, me demande Ava d'une petite voix chantante, en grimpant à mes côtés.

–Qu'est ce qu'il y a, mon ange ?

–Est-ce que Bram est mon père ?

Je manque de m'étrangler.

–Quoi ? Ton père ? Non, C'est Phil, ton père.

Elle secoue la tête.

–Mais je ne me souviens pas de lui, je ne l'ai jamais vu, Phil.

Elle prononce son nom comme si elle avait un mauvais goût dans la bouche.

– Je vois Bram. C'est Bram qui devrait être mon papa.

Quelque chose se brise en moi.

– Ça ne fonctionne pas exactement comme ça.

– Pourquoi ? Il ne nous aime pas ?

Oh, Seigneur. Je lui passe la main dans les cheveux.

– Je crois qu'il nous aime bien. Peut-être que tu peux demander à saint Nicolas de te l'offrir ? j'ajoute en plaisantant, pour parler d'autre chose.

Elle sourit.

– Ok, je vais faire ça. Il reste combien de mois avant Noël ?

Merde. Elle n'a visiblement pas compris que je plaisantais. Je sais que je ne fais que repousser l'inévitable, mais j'ai franchement l'impression qu'avec Noël, tout ça va se transformer en un film calamiteux de Hallmark[6]. Toute cette mièvrerie me fait frémir. Le son d'une basse s'élève alors de l'appartement voisin. Bram s'est remis à écouter du trip hop anglais des années 90.

Je l'imagine très bien adolescent en Écosse, prendre de l'ecstasy et hanter les clubs underground. Je parie qu'il avait une crête, qu'il portait un collier de perles et des survêtements Adidas. La prochaine fois, je vais lui demander à quoi il ressemblait à cette époque.

Non, me dis-je en moi-même, sors-le toi de la tête. Maintenant.

Et je m'écoute, parce que je me trompe rarement. J'attrape mon téléphone et j'envoie un texto à Steph.

Je sais que c'est dimanche, mais j'ai besoin d'une soirée entre filles. Salement. Et pas au Lion.

Elle me répond immédiatement.

---

6. Chaîne de TV appartenant à une marque célèbre de cartes de vœux qui diffuse des soaps à l'eau de rose.

Fait. Je préviens Kayla. On va s'occuper de toi. Qui s'occupe d'Ava ?

Bonne question.

Je vais trouver quelqu'un.

J'appelle ma mère, mais elle n'est pas libre, elle doit aller faire un ménage très tôt demain matin. Du coup, j'appelle Lisa. Elle a un dîner, elle n'est pas libre non plus.

Et merde. Pouvoir compter sur deux personnes seulement pour faire du baby-sitting, ce n'est vraiment pas suffisant, surtout comme ça, à la dernière minute. Peut-être que je vais devoir abandonner l'idée de sortir me dévergonder, ce qui serait vraiment dommage parce que plus je m'imagine en train de danser et de picoler sans contrainte, plus j'en ai envie. J'en ai besoin, vraiment besoin.

J'envoie un message à Steph :

Je ne trouve personne.

Et Bram ? me répond-elle illico.

Quoi, Bram ? Je veux immédiatement évacuer cette idée. D'abord, cette soirée, c'est avant tout l'occasion pour moi de me sortir Bram de la tête. S'il s'occupe d'Ava, je vais m'inquiéter pour elle et, du coup, je vais forcément penser à lui toute la nuit. Et je ne sais pas si je peux lui faire confiance pour s'occuper d'un enfant, surtout la mienne, qui est diabétique.

Et puis, je ne veux plus avoir à lui demander de me rendre service. Voilà qui clôt le débat.

Je ne crois pas, je vais trouver quelqu'un d'autre, je réponds à Steph. Même si nous savons pertinemment, l'une et l'autre, qu'il n'y a personne d'autre à qui demander. Enfin, il y aurait peut-être Linden, mais il serait pire encore que Bram dans le genre irresponsable.

Je me cale dans mon canapé et me mets à passer en revue la liste de mes contacts téléphoniques pendant qu'Ava joue à la poupée à mes pieds. Je m'arrête sur Penny, la petite amie de James. Je suis sur le point de lui envoyer un message Facebook quand j'entends la voix de Bram m'appeler derrière ma porte.

– Nicola ?

Super. Je repose mon téléphone pour aller lui ouvrir. Il est là, l'air impatient de me proposer son aide.

– Oui ?

– Je viens de recevoir un message de Steph, je serais ravi de garder Ava ce soir.

Steph ? Quelle plaie !

Je lui demande, incrédule :

– C'est elle qui t'a appelé ?

Je me rue vers mon téléphone, prête à lui envoyer une bordée d'injures en lettres capitales.

– En effet, dit-il en s'appuyant contre le chambranle. Elle m'a dit que tu n'oserais jamais le demander mais que tu avais envie de sortir entre filles ce soir et que tu ne trouvais pas de baby-sitter. Alors, me voilà.

Je ne sais pas quoi dire. C'est Ava qui répond à ma place.

– Bram ! hurle-t-elle, comme s'il n'était pas là à peine dix minutes plus tôt.

Elle fait le tour du canapé en courant et se jette sur lui en lui enserrant les jambes. C'est tellement mignon que ça me donne la nausée. Et en me rappelant ce qu'elle m'a dit plus tôt au sujet de Bram, je crois bien que je ne vais pas y couper.

– C'est saint Nicolas qui t'a envoyé ? lui demande-t-elle.

Oh Mon Dieu. S'il te plaît, tais-toi.

– Bon, dis-je rapidement. (Et fort. Si fort que je fais sursauter Bram et Ava.) Bon ça serait super, Bram, si ça ne te pose pas de problème. (Je baisse le ton.) Je sais que je t'en demande beaucoup, mais il y a quelques détails que je dois voir avec toi, euh, la concernant.

–Pour le diabète ! hurle Ava en cavalant autour de nous. Elle a parfaitement compris ce que j'essayais de lui cacher. « La maladie spéciale ! »

–Voilà la bonne attitude à avoir, remarque Bram en s'adressant à elle. Puis, en me souriant, il poursuit : Allez Maman, montre-moi toutes les ficelles.

–Si tu continues à m'appeler Maman, ça va devenir vraiment bizarre.

Il hoche la tête.

–C'est vrai. Je ne voudrais pas commettre cette erreur quand je vais te prendre par-derrière.

Je sursaute et je bouche les oreilles d'Ava. Elle se met à se tortiller en se tordant de rire.

J'avertis :

–Surveille ton langage.

–Plus c'est crade, meilleur c'est, répond-il, ravi. Et tout ce qu'elle comprend, c'est que nous parlons de la moquette. Et d'ailleurs, concernant la moquette...

Ses yeux glissent sur mon jean.

Je lui réponds fermement :

–Bram, si tu veux m'aider, ferme-la et viens voir.

Il me suit dans la cuisine où je range le kit d'insuline et tout le nécessaire dans une trousse spéciale.

–J'ai besoin que tu fasses vraiment attention. C'est très sérieux. Ok ?

Il acquiesce, mais sans abandonner son sourire narquois.

–Tu t'es déjà occupé d'enfants ?

Son petit sourire s'évanouit.

–Bien sûr.

–Oh, vraiment ?

Il me regarde en fronçant les sourcils et en plissant légèrement les paupières.

–Je ne suis pas aussi incompétent que tu le penses, dit-il sur un ton qui me prend au dépourvu.

C'est le ton sur lequel il avait répondu à ma question au sujet de ses chaussettes ridicules.

– J'espère que c'est vrai, dis-je avec désinvolture, en tentant d'oublier son soudain changement d'attitude.

Et maintenant que j'ai obtenu toute son attention, je lui explique les bases.

– Voilà son appareil de contrôle de glycémie.

– C'est le fuseau, s'écrie Ava en nous observant. C'est le fuseau qui a piqué le doigt de la Belle au Bois Dormant.

– Vraiment ? lui demande Bram d'un air très sérieux.

Pfff ! Je crois que je préfère encore quand il joue les gais lurons. Parce que quand Bram McGregor est sérieux, il ne l'est pas à moitié.

– On lui fait juste une minuscule piqûre au bout du doigt.

Je lui montre l'appareil, la bande test, je le mets en marche et j'attrape la main d'Ava. Je lui pique rapidement le bout du doigt avec douceur. Elle secoue la main comme si elle avait mal. C'est probablement le cas, mais elle est habituée à présent et elle sourit à Bram comme une grande fille.

– Ensuite, on regarde le résultat. Ça affiche 170, ce qui est bien pour elle. Il faudra le faire une fois avant qu'elle aille se coucher. Et ça devra indiquer entre 100 et 180.

Je retire la bande test et je la jette à la poubelle.

– Ensuite tu jettes la bande.

– Et qu'est-ce qui arrive si ça affiche autre chose ?

– Tu dois adapter son régime alimentaire. Mais ne t'inquiète pas pour ça. C'est juste un truc, une adaptation à faire sur le long terme. Je lui fais le test environ six fois par jour, parfois plus souvent. Elle a trois piqûres d'insuline par jour, le matin, à midi et le soir avant de se coucher. Je lui en ai fait une tout à l'heure dans les toilettes d'IKEA, mais ce soir, avant de partir, je lui en ferai une autre et je te montrerai, au cas où.

Je me rends compte subitement que je suis hors d'haleine. Je pose une main sur ma poitrine.

Bram pose une des siennes sur ma joue en me regardant avec attention. Je me calme un peu en sentant la chaleur de sa peau sur la mienne. J'étais sur le point de faire une petite crise de panique.

– C'est bon, tout va bien, me dit-il d'un ton apaisant, je vais y arriver.

– Désolée, c'est toujours difficile pour moi de la quitter. Je me dis toujours que je la laisse à la merci de quelqu'un d'autre.

– Et c'est le cas, répond-il en s'avançant encore, une main toujours posée sur ma joue et l'autre me caressant les cheveux. Mais je sais aussi que tu vas sortir, que tu vas t'amuser et qu'ensuite tu vas rentrer. Et elle ira bien, elle sera endormie, et moi j'en aurai profité pour mater tous tes albums photos.

À ces mots, je ne peux m'empêcher de sourire.

* * *

Quand dix-neuf heures sonnent, je suis toute pomponnée, j'ai enfilé une robe fourreau noire digne de *Mad Men*, avec un rouge à lèvres rouge vif et un chignon années 60.

Ava, assise au bord de mon lit, balance ses jambes pendant que je dessine un dernier trait d'eye-liner.

– Maman, tu ressembles à une princesse. Non, une reine.

– Merci ma puce ! Maintenant, tu vas être sage avec Bram, n'est-ce pas ? je lui demande en souriant.

– Promis, répond-elle, et je sais que c'est la vérité.

Une des qualités d'Ava, c'est que c'est une enfant facile. Elle est polie et bien élevée, et quand par hasard elle pique une petite crise de colère, elle s'arrête très vite et sait en tirer les leçons. Je n'étais pas du tout comme ça quand j'étais petite, et je me demande bien comment elle a fait pour devenir si gentille, vu les circonstances. Mais il est vrai que tant qu'un enfant a de quoi manger, un toit sur la tête et une mère qui l'aime, il ne désire pas grand-chose de plus. Sauf peut-être quelques *Petits Poneys* dernière génération, mais Noël est fait pour ça. Et pour bien d'autres choses aussi, apparemment.

Bram arrive peu après avec un bol de pop-corn, ce qui est vraiment gentil. En me voyant, il manque le faire tomber. Je devrais peut-être avoir honte d'avoir voulu déclencher ce genre de réaction chez lui, mais je l'assume totalement.

– Tu es belle à croquer ! dit-il avec cette voix gutturale, un peu enrouée, qui vous fait serrer les cuisses.

Sur ses lèvres, le mot belle semble plein de promesses.

– C'est bien ce que je cherche, je réponds, sans même chercher à le reprendre.

– Alors comme ça, tu veux te choper un type ?

– Je n'ai jamais parlé de choper qui que ce soit.

Et qu'est-ce que ça peut bien te faire ? Je veux dire, est-ce que tu t'en soucies le moins du monde ?

– Ma belle, quand tu sors fringuée comme une putain de star de cinéma, du genre de celles que les mômes punaisent sur les murs de leur chambre pour pouvoir se branler dans une chaussette, c'est que tu vas te faire un mec. Tu ne le sais pas encore, mais (et il me fait signe du doigt), tu envoies des sacrées ondes qui annoncent la couleur.

– Envoyer des ondes et passer à l'acte sont deux choses différentes.

– Oh, je le sais parfaitement. Mais je te préviens, prépare-toi à être draguée à mort.

– Pfff ! Si je peux m'en sortir avec toi, je pourrai m'en sortir avec n'importe qui.

Il a un petit sourire.

– Là-dessus, tu as certainement raison.

Après lui avoir montré comment faire sa piqûre d'insuline à Ava au cas où (Dieu nous en préserve), je quitte les lieux et je descends rejoindre Steph et Kayla qui m'attendent dans un Uber. La dernière vision que j'ai d'eux, c'est Bram qui tient la porte et Ava qui fait du trampoline sur le canapé derrière lui. S'il casse ce soir, j'ai bien peur d'avoir à passer mon lundi à faire la queue devant le comptoir de montage d'IKEA.

– Nicola, tu es super-bandante ! me lance Seph quand je me glisse sur la banquette arrière de la Prius.

– Ouais (Kayla se penche pour mieux regarder), je confirme !

Et elle lève les deux pouces.

Elles ne sont pas mal non plus, avec leurs jeans moulants, leurs hauts sexy et leurs talons aiguilles vertigineux. Je m'aperçois que Steph porte des Rodarte, ce qui me rend un peu jalouse.

– Je suis si contente que tu aies décidé de sortir, dit Kayla un peu plus tard, alors que nous arrivons devant le premier bar, le Barlett Hall, juste à côté d'Union Square. Moi aussi, j'avais besoin de passer une soirée entre filles. Je propose que nous nous choisissions des pseudos et des boulots bidon. Je m'appelle Lorraine Moneypenny, je suis dompteuse de colombes pour le Cirque du Soleil. Vous savez, celles qu'on voit sur les cintres, dans tous leurs spectacles. Et nous allons demander aux mecs des photos de leur queue. On va allumer des mecs normaux pour voir comment ils réagissent.

Elle s'arrête en nous lançant un sourire coquin.

– Est-ce que je vous ai déjà dit que vous étiez les deux meilleures rabatteuses qu'une fille puisse espérer ?

– Hé, attends un instant, lui répond Steph en lui attrapant le bras. Ce soir, c'est la soirée de Nicola, pas la tienne. Et je connais ma copine par cœur. Si elle dit qu'elle a besoin d'une soirée entre filles, c'est qu'elle en a réellement besoin. Cette jeune femme a besoin de faire l'amour. Il lui faut du sexe, pas des photos de sexe.

Et toutes deux me dévisagent en attendant que je réfute ce que Steph vient de dire. Mais je ne le fais pas.

Je me contente de hocher la tête.

– Ouais. Il faut que je baise le plus vite possible.

Le chauffeur Uber sourit dans sa barbe en ralentissant devant le bar.

– Est-ce que ça a un rapport avec le fait que tu habites à côté de Bram ? me taquine Kayla.

– Oui, ça a complètement rapport avec ce voisinage, je gémis si fort qu'elles prennent l'air choqué. Si je ne baise pas très vite, je fais finir dans son lit. Et nous savons toutes que c'est une très mauvaise idée. Même notre chauffeur Uber le sait, pas vrai ?

Le chauffeur Uber nous jette un coup d'œil dans son rétroviseur.

– Parfois les mauvaises idées sont les meilleures.

– Même quand il se trouve que le gars en question est mon voisin et mon propriétaire ?

Le type siffle entre dents.

– Oh, merde. Alors là, bonne chance, Mam'zelle.

Je me retourne vers les filles.

– Vous comprenez pourquoi il faut que je me fasse quelqu'un ?

Steph demande à Kayla :

– Tu crois que tu peux jouer les rabatteuses ce soir ?

Kayla prend un air très sérieux, comme si elle allait engager le combat :

– On *va* te dégotter quelqu'un, ma chérie.

Notre premier bar n'est pas vraiment idéal pour ça, mais c'est un bon début. Nous sifflons toutes les trois une tournée de bière en bonne compagnie, et après avoir éclusé ma Kolsch, j'ai un peu la tête qui tourne. Mais je me sens super bien. Je n'ai pensé à Bram qu'une seule fois.

En fait, je lui ai envoyé un message pendant que j'étais aux toilettes, pour savoir comment allait Ava. Il m'a répondu qu'elle dormait, qu'il regardait un porno en attendant mon retour et qu'il espérait que je m'amusais bien. Je me doute que cette histoire de porno est une plaisanterie, mais une partie de moi se met à fantasmer sur le fait que ça n'en est pas une du tout. Je sais bien que je n'ai pas de films porno chez moi, j'ai juste un abonnement de base au câble. Mais si, quand je vais rentrer tout à l'heure, complètement pompette et bien allumée, il est encore là prêt à y aller, qu'est-ce que je vais faire ?

Je crois que je connais la réponse, et c'est bien pour ça que je dois me choper quelqu'un d'autre ce soir.

– Bon les filles, il est temps de mettre les voiles.

Nous allons ensuite dans un bar appelé Dirty Habit[7], où l'ambiance est moins tamisée que ce que nous aimerions, ce qui ne nous empêche pas de boire quelques bières accompagnées de martinis, avant de nous retrouver dans un endroit improbable et bondé d'une foule plus interlope, à l'extérieur de Chinatown.

Là, les choses deviennent plus sérieuses. Nous sommes assises dans un box que nous avons réussi à récupérer, après avoir fait fuir un couple en les dévisageant méchamment pendant une bonne heure. Il y a un monde fou sur la piste de danse, on ne peut plus s'entendre,

7. En français, « sale habitude ».

du coup nous picolons en silence, au milieu d'un incroyable vacarme. Puis je décide d'arrêter, parce que ça commence à me coûter trop cher. Avant même que je m'en rende compte, un type arrive devant nous, il chuchote quelque chose à l'oreille de Kayla. Il est assez beau garçon. Un sportif aux larges épaules et aux cheveux blond cendré coupés court. Un sourire agréable. Des yeux vifs. Jeune. Il porte un sweat-shirt des Giants. Un joli garçon qui, après ce que Kayla lui a raconté, me regarde avec intérêt.

Je pensais qu'elle ne ferait pas une bonne rabatteuse, mais elle semble réellement intéressée par notre « projet # bites » (hachtag indispensable), comme elle l'a baptisé elle-même. J'ai remarqué qu'elle a mis le mot au pluriel. Je suppose qu'elle pourrait bien s'en dégoter une pour elle aussi. Steph, elle, en a déjà une à la maison.

Bon, je crois bien que je suis saoule. Le type se penche vers moi et me demande quelque chose. Je ne comprends pas quoi, alors je me contente de hocher la tête. Il m'offre sa main et me mène jusqu'à la piste de danse. Je jette un coup d'œil aux filles par-dessus son épaule pour voir Kayla articuler « des bites ! »

– Comment t'appelles-tu ? me demande le type en passant son bras autour de ma taille pour m'attirer à lui.

– Toute à toi, lui dis-je avec un petit sourire malicieux.

Je n'arrive pas à croire que j'ai pu dire ça.

Une seconde plus tard, le type m'embrasse. Il a un goût de bière et sa langue est trop molle, mais tant pis. L'alcool, la musique, cette sensation d'anonymat sur la piste de danse. Je peux être n'importe qui, lui aussi.

Pourtant, malgré tous mes efforts, il ne peut pas être Bram.

La chose suivante dont je me souviens, c'est que nous sommes dans un taxi. Steph est là. J'aperçois aussi Kayla.

Elle semble être en main, elle est assise sur les genoux d'un type. Moi, je suis sur ceux du type des Giants. Puis nous nous retrouvons dans un autre bar. Le Woodbury ou quelque chose comme ça. À l'intérieur, il y a deux bars. Nous nous installons à celui qui sert les bières et les shots. Je m'enfile une série de shots. Bientôt, ils ne me brûlent même plus. Je flirte encore avec le type des Giants. Il m'emmène dans les toilettes pour handicapés, un endroit idéal pour une partie de jambes en l'air bien glauque. Il soulève ma jupe en me demandant si je prends la pilule. Je la prends bien sûr, depuis que j'ai accouché, mais je lui mens. Je ne sais pas pourquoi, mais je lui mens.

– Tu devrais, tu ne veux pas tomber enceinte ? dit-il en fourrageant dans ma culotte.

Je regarde les toilettes autour de moi et je m'arrête devant mon reflet. On dirait quelqu'un d'autre. Qui est bourrée et qui fait comme si elle n'avait pas peur. Cette fille dans le miroir me brise le cœur.

Je lève les yeux sur le type qui me sourit et je lui lance :

– De toute façon, ça n'a pas d'importance, j'ai déjà un enfant. Ava. Tu veux voir sa photo ?

Ça l'arrête net. Il lâche ma culotte, j'écarte les jambes pour l'empêcher de glisser sur le sol pas très net. Je la remonte pendant qu'il me dévisage, l'air affolé. Il est jeune, trop jeune pour supporter la vérité.

– Écoute, euh, bégaye-t-il en se passant nerveusement une main dans les cheveux, je ne fricote pas avec les mères de famille. Je n'ai que vingt-quatre ans et...

– Ça va, je lui réponds en rabattant ma robe.

Je suis trop saoule pour garder une contenance, alors je me contente de lui donner une petite tape sur l'épaule.

– Merci quand même pour la partie de pelotage, c'était sympa.

–Oui. Je ne me suis pas rendu compte. Tu as l'air tellement jeune et tu es tellement bandante... dit-il d'un air penaud

Je le remercie, puis j'ouvre la porte et je retourne au bar.

–Que s'est-il passé, tu as conclu ? me demande Kayla lorsque je les rejoins, elle et Steph.

Je remarque alors que son Playmobil n'est plus là.

–Non, mais tout va bien. J'ai juste... merdé. Buvons un coup.

Nous commandons une autre tournée de bières et de shots de Jameson et nous nous remettons à boire jusqu'à ce que tout redevienne flou. Quand la réalité commence à vaguement refaire surface, je me retrouve dans le hall d'entrée de mon immeuble, les bras passés sur les épaules de Steph et Kayla. Nous montons les escaliers et me voilà devant ma porte. Je titube en tentant d'avoir l'air le plus sobre possible. La porte s'ouvre avant même que Steph n'ait frappé. Je suppose que nous avons fait beaucoup de bruit en rigolant bêtement dans le hall d'entrée.

Bram nous regarde l'une après l'autre, et Dieu, qu'il a l'air triste !

Steph lui dit en le repoussant de la main :

–On l'a ramenée à la maison, ta mission est terminée.

–Non, dis-je pendant qu'elles me traînent à l'intérieur, il peut rester.

Je sais que les trois échangent des regards par-dessus ma tête.

–Je vais m'assurer qu'elle va bien se coucher, explique Bram. Je n'en profiterai pas, je le jure.

–Croix de bois, croix de fer ?

Argh ! Steph et ses foutues « croix de bois, croix de fer » ! Elle ne serait même pas mariée avec Linden sans elles.

–Tu n'en profites pas pour t'amuser avec elle, alors.

–Tant mieux, parce que moi je ne suis pas drôle ! je hurle en m'effondrant dans le canapé.

Et soudain tout se met à tourner.

Elle se penche sur le canapé et me tapote le crâne.

– Tu veux qu'on te déshabille, puisque Bram ne peut pas le faire ?

– Personne ne me déshabille, sauf moi ! je crie en lançant mon poing en l'air.

– Bon, ben amuse-toi bien, dit Steph à Bram. Mais rappelle-toi, elle est intouchable. Ne me force pas à te faire casser la gueule par ton propre frère.

Bram répond, moqueur,

– La dernière fois qu'il a essayé, je lui ai filé une bonne rouste. Demande-lui donc un peu ce qui s'est passé le 16 janvier 2005 et pourquoi il ne mangera plus jamais de pudding.

– Je suis très sérieuse, menace Steph, et je l'entends sortir avec Kayla et refermer la porte d'entrée derrière elles.

Moi, je ferme les yeux. Je dérive un instant. Le tangage s'est arrêté, je sens une brise merveilleusement fraîche sur ma peau.

– Je ne suis pas censé te toucher, s'écrie soudain Bram d'une voix brusque.

J'ouvre les yeux, il est accroupi à côté de moi, sourcils froncés. Son visage est à moitié caché dans la pénombre, la seule source de lumière dans la pièce est située derrière son dos.

– Ça va, tu peux me toucher, je te dis que ça va.

– Et si je t'apportais un truc pour dormir ? Tu as une chemise de nuit préférée ? Je te vois tout le temps dans cette chemise que tes tétons essaient désespérément de transpercer.

– Non, pas la chemise aux tétons.

Il fait mine de se lever. Je l'attrape mollement par sa chemise.

– Ne pars pas, je suis bien ici.

– Tu ne dois pas être très confortable.

– Je suis ivre. Tout est confortable. Sauf que je voudrais un cheeseburger. Je le mangerais et je m'en servirais comme oreiller. Ou peut-être le contraire.

– Je vois.

Je hausse les sourcils.

– Tu veux juste te glisser dans ma culotte.

– Oh, mais j'ai déjà été dans ta culotte.

– Mensonges.

– J'en ai enfilé une sur ma tête et j'ai dansé avec, dans tout l'appartement.

– Tu as fait ça ? je demande, le plus sérieusement du monde.

Il m'attrape par les avant-bras.

– Allez. Si tu tiens à dormir tout habillée, parfait. Mais je t'emmène dans ton lit et je t'enlève tes chaussures.

– Tu peux aussi me brosser les dents ? J'aimerais bien qu'elles soient propres.

Je le laisse me tirer pour me mettre debout et je bascule à droite, en direction de la table basse. Heureusement pour mon crâne, il m'attrape dans ses bras, ses bras tellement efficaces, et il me serre contre lui.

– Tu as des bras efficaces.

– Tu as un cul ravissant, répond-il en me tirant et me poussant à moitié jusqu'à ma chambre.

– J'adore la façon dont tu prononces « cul », dis-je dans un fou rire, en imitant son accent. J'adore ta façon de parler en général.

– Tant mieux, parce que j'ai bien l'intention de beaucoup parler cul avec toi à l'avenir.

– Ouais, ouais. (J'essaie de le repousser légèrement.) Tu parles beaucoup mais tu n'agis pas vraiment.

– Tu es bourrée, murmure-t-il à mon oreille. Sans quoi, je t'aurais déjà sauté dessus. Et tu ne serais plus capable de marcher pendant plusieurs jours, et ça ne serait qu'un début, pourtant.

Il m'allonge sur le dos et entreprend de m'ôter mes chaussures.

– Ça semble être douloureux, je commente, alors que je sens tout mon corps se liquéfier.

Pendant un moment, je pense que je n'ai plus ni doigts, ni orteils, ni bras, ni jambes, je ne suis plus qu'un magma informe et tout mou.

– Un magma informe ? demande Bram.

– Tu lis dans mes pensées ! Je suis outrée par cette violation de mon intimité.

– Mais non, c'est toi qui viens de dire « magma informe », à voix haute.

Je respire un bon coup en essayant de protéger mes pensées contre ses pouvoirs télépathiques. Puis je lance à brûle-pourpoint :

– J'ai fait un truc. Avec quelqu'un, je veux dire.

– Ok, dit-il lentement, en posant mes chaussures par terre et en s'asseyant au bord du lit, et tu me dis ça pour quelle raison ?

– Parce que tu sais ce que je fais.

Sa respiration s'accélère un peu et je roule sur le côté pour pouvoir le regarder.

– J'ai laissé un type pratiquement faire l'amour avec moi dans les toilettes. Il avait vingt-quatre ans et c'était un fan des Giants.

Je vois sa pomme d'Adam bouger pendant qu'il déglutit.

– Comme la moitié des mecs dans cette ville.

– Mais je ne suis pas allée jusqu'au bout.

– Ah non ? Tu es une fan des Oakland A ?

– Je suis une fan des Giants, je corrige, soudain sur la défensive. Et puis ça n'était pas toi.

Il lève la tête pour étudier le magma informe sur le lit.

– Alors pourquoi est-ce que tu as décidé de faire l'amour avec lui, si tu savais que ce n'était pas moi ?

Frustrée, je lui réponds :

– Parce que.

Je me cache les yeux. Ma main sent la bière. Ça me donne envie de vomir.

– Je ne voulais pas que ce soit toi la dernière personne qui m'ait embrassée. Je voulais te gommer de mes lèvres.

Un silence lourd envahit la pièce. J'ai l'impression de m'enfoncer dans le lit de plus en plus profondément et je commence à paniquer. Je voudrais que le lit m'avale tout entière. Putain, je n'ai pas été bourrée comme ça depuis des décennies. Demain matin, je vais vraiment regretter.

– Je suis le dernier type que tu as embrassé ? demande-t-il d'une voix légère et incrédule.

– Oui. Au mariage.

– Mais pourquoi veux-tu effacer ce baiser ?

Il pose sa main sur ma jambe nue, juste sous l'ourlet de ma robe. Je meurs d'envie qu'elle remonte plus haut. J'aimerais avoir assez d'énergie pour réagir.

J'aimerais également m'évanouir.

C'est un vrai dilemme.

Je lui explique :

– Parce que...

Inutile de mentir à présent.

– Je t'ai vu plus tard, avec cette fille. Tu l'as sautée derrière les buissons, juste là où nous étions. Tu es un vrai trou du cul. Un trou du cul.

Je l'entends qui se lèche les lèvres. Ça semble très bruyant. Mon cœur fait beaucoup de bruit, un peu comme un marteau sur une cloison capitonnée.

Il finit par répondre :

– C'était mon deuxième choix. Tu m'avais tellement excité ce soir-là, ma belle, je ne savais plus quoi faire.

– Tu aurais pu rentrer chez toi et te branler.

– Tu sais très bien que ça ne remplace pas vraiment. Et surtout pas une femme comme toi.

Il se penche en avant et pose une main sur mon visage. Il laisse glisser ses doigts sur ma joue. Je ne peux m'empêcher de frissonner.

– Je n'avais d'yeux que pour toi cette nuit-là.

Quel menteur ! Il regardait tout ce qui bougeait. Je me retourne de l'autre côté, loin de lui, et la pièce se met à bourdonner. Je comprends que c'est dans ma tête.

– Je suis sérieux, Nicola, continue-t-il, d'une voix à la fois rocailleuse et douce.

Peu importe.

– Seule une imbécile tomberait dans le panneau aussi facilement, je murmure entre mes draps, en glissant lentement dans les bras de Morphée.

Un silence.

Je sens son poids quitter le lit, je sais qu'il s'est levé et qu'il me regarde.

– Même des filles intelligentes peuvent parfois agir comme des imbéciles.

Sa voix paraît un peu triste.

Je l'entends ensuite quitter la pièce. Je me dis qu'il est rentré chez lui et un poids disparaît soudain de ma poitrine. Mais il revient, pose un verre d'eau sur ma table de nuit et éteint la lumière.

– Ava dort profondément. Tout s'est bien passé. Son taux de sucre dans le sang était normal. Je suis sûr qu'elle va se réveiller en pleine forme et que toi, tu vas te sentir vraiment mal. Si tu as besoin de quoi que ce soit, tu sais où me trouver.

Puis il quitte la pièce et l'appartement, et je suis emportée par un tourbillon fait de bière, de honte et de regrets mêlés.

J'aurais aimé avoir le courage de l'ivrogne. J'aurais aimé le faire rester.

Chapitre 11

Nicola

– Maman, tu es morte ?
– Presque.
Je gémis, en tentant d'ouvrir les yeux et de me retourner en même temps. Je n'arrive ni à l'un ni à l'autre. La pièce bouge, j'ai l'impression d'avoir la tête remplie de sable mouvant. J'ai des crampes au ventre. J'ai peur de perdre l'équilibre si je me lève, mais si je ne le fais pas, j'ai peur de vomir sur ma fille.

Je n'arrive pas à croire qu'elle puisse me voir dans cet état. Je n'arrive pas à croire que j'aie pu être aussi stupide la nuit dernière.

La mémoire me revient peu à peu.

Bram.

Bram.

Bram qui m'a mise au lit.

Bram qui m'a dit qu'il n'avait d'yeux que pour moi.

Moi qui lui ai avoué que j'étais sortie avec quelqu'un d'autre pour l'oublier.

Merde.

Je crois vraiment que je vais vomir.

Je porte la main à ma bouche, je repousse mes couvertures et me rue à la salle de bains. J'arrive aux toilettes juste à temps. Quelque part, au plus profond de moi, une petite voix prie pour que Bram ne puisse pas m'entendre. Dieu merci, les salles de bains semblent bien insonorisées.

Une fois tout le contenu de mon estomac vidé, je tire la chasse à plusieurs reprises et me relève en chancelant. Le miroir me renvoie une image franchement glauque. Une vraie horreur.

J'ai encore un reste de chignon, complètement de travers et tout emmêlé. On dirait une dreadlock géante.

Mon eye-liner a coulé et j'ai du rouge à lèvres partout autour de la bouche, jusque sur le menton. J'ai l'air d'un clown effrayant. D'une horrible mère de famille.

– Tu es malade, Maman ? Tu as besoin d'une piqûre, toi aussi ?

– Non, ça va aller ma chérie, je lui réponds en me brossant rapidement les dents et en tentant de me démaquiller.

J'essaie de retrouver un semblant d'état normal, sans y parvenir. Je me déshabille, je prends une douche très chaude, j'enfile des jeans bien larges et une tunique grise confortable. Aujourd'hui, je ne peux pas supporter le moindre vêtement serré.

Il est sept heures et quart. Par chance, il n'est pas trop tard pour contrôler le diabète d'Ava. Je lui pique le doigt et je pousse un gros soupir de soulagement en constatant que ses taux sont normaux. Ensuite, je lui prépare un œuf et de l'avocat avec une petite tranche de pain complet grillé. C'est son régime habituel qui permet à son diabète de rester dans les clous. Quant à moi, je ne peux rien avaler ni même imaginer boire mon café. Du coup, je m'installe sur le canapé et je vide un pack entier de jus d'orange. Je me demande si Bram va se montrer. Je me demande si je lui plais toujours, après qu'il m'a vue dans cet état épouvantable la nuit dernière.

Même les filles intelligentes peuvent faire des conneries, ses mots résonnent dans ma tête. Même si je sais que ce n'est pas ce qu'il a voulu dire, en ce moment, c'est bien moi la conne.

Quand l'heure de déjeuner arrive enfin, je me sens tout juste capable d'avaler un bouillon de poulet aux nouilles, vous savez, ces trucs jaunes fluorescents en sachet qui ne contiennent pas de poulet du tout.

Ajoutez-y de la sauce soja, de la sauce pimentée, une giclée de sauce Worcestershire et un toast, ça vous requinque à tous les coups.

Sauf que non. Pas moi. Je me lamente, je regrette d'avoir bu comme un trou, d'avoir fait l'imbécile, et comme Bram ne se montre toujours pas, je commence à bombarder Steph et Kayla de textos groupés.

Steph m'assure que Bram a déjà été dans des états bien pires que le mien la nuit dernière, que pour lui c'est tout à fait habituel. Il ne peut donc en aucun cas jouer les types choqués.

Kayla, elle, trouve dommage que je sois tombée dans les pommes avant d'avoir pu en profiter, et quand je lui explique que c'était hors de question parce que j'étais trop bourrée, elle me répond que Bram est finalement plus classe que ce qu'elle croyait.

Mais aucune d'elles n'a de réponse à mes questions, alors quand je me sens un tout petit mieux, je décide d'aller frapper chez lui. J'attends.

Pas de réponse. Je colle mon oreille à la porte mais je n'entends aucun bruit, à part le ronronnement de son réfrigérateur.

C'est totalement débile d'en déduire qu'il me rejette, mais c'est pourtant ce que je fais. Je retourne chez moi et décide de m'occuper pour me changer les idées. Comme Ava s'ennuie et qu'il s'est mis à tomber une de ces pluies fines dont cette ville a le secret, j'essaie de lui vendre l'idée que l'assemblage d'un sofa IKEA est une aventure super-excitante.

Et ça marche. Ça marche à tous les coups. Nous ouvrons les cartons et nous nous mettons au travail. Mais quand je découvre sur les schémas explicatifs que le montage nécessite deux personnes, je me dis que j'aimerais bien que Bram soit chez lui. J'essaie quand même de faire tout ce que je peux, même si je me mélange les pinceaux et que ça serait tellement plus facile avec une visseuse électrique.

Je finis par en avoir assez, je laisse tomber. Ava aussi. Nous battons en retraite dans ma chambre et nous nous endormons toutes les deux sur mon lit. Elle adore faire la sieste avec moi. Je n'arrive pas à me souvenir de la dernière fois où je me suis autorisé ce luxe. Ce sont parfois les choses les plus simples qui vous procurent le plus de joie dans la vie. Cette joie toute simple qui vous fait vous sentir humaine.

Au bout d'à peine quinze minutes, je suis tirée des bras de Morphée par un toc-toc. Je me lève sans réveiller Ava, ferme la porte de ma chambre derrière moi et je traverse l'appartement.

Je suis crevée, et pourtant mon cœur se met à battre dans ma poitrine, prêt à sauter comme un bouchon de champagne. Le simple fait d'ouvrir une porte me met dans un tel état ? Eh oui. Bram est dans le couloir, il a l'air préoccupé.

Il me dévisage :

– Comment te sens-tu ? Tu as une tête de déterrée.

– Toujours le mot pour plaire, je lui réponds sèchement, mais mon cœur bat la chamade et je ne peux m'empêcher de sourire.

Il hausse les épaules,

– Tu m'as dit que tu aimais bien ça quand j'étais un enfoiré.

– Je parle beaucoup, c'est la première chose que tu devrais savoir à mon sujet.

– Oh, mais je sais beaucoup de choses sur toi. Je t'avais prévenue, j'ai regardé tous tes albums photos hier soir. Je me suis même dit que nous aurions pu sortir ensemble au lycée. C'est marrant, non ? Je t'ai vue avec tes cheveux courts et violets, et ton tee-shirt Lovage. Tu étais tout à fait mon genre de fille.

Il jette un coup d'œil derrière mon épaule.

– Bon, tu me laisses entrer ou quoi ?

Je recule en lui faisant signe.

– Tu vas voir, j'ai essayé d'assembler un de mes canapés. Mais, aujourd'hui, je n'y arrive pas. Il suffit d'une gueule de bois et de l'absence d'une visseuse électrique pour me transformer en pauvre chose.

Il lève un doigt :

– Attends.

Puis il fait demi-tour. J'en profite pour reluquer ses fesses fermes et haut perchées. Il est à nouveau en costume, il a dû faire des trucs importants dans la journée.

Il réapparaît bientôt avec une boîte à outils à la main.

– Je ne savais pas que tu étais bricoleur, j'ironise pendant qu'il commence à sortir différents outils.

– Je ne suis pas seulement un beau gosse, tu veux dire, sourit-il avec un clin d'œil.

Et il sort une visseuse sans fil qu'il teste à plusieurs reprises. Le bruit n'est pas très fort, mais j'ai quand même bien fait de fermer la porte de ma chambre.

Cela dit, c'est très sexy. Bram enlève sa veste de costume grise, remonte les manches de sa chemise noire. Je peux admirer tout mon saoul ses sublimes avant-bras pendant qu'il se met au travail.

Mater Bram en train de se masturber est la chose la plus bandante que j'aie vécue. Mais le regarder prendre les choses en main et se servir de ses outils comme un vrai mec vient juste en second. J'imagine qu'il faut être une vraie garce pour trouver ça séduisant, je reconnais bien volontiers que c'est le cas.

– Bon, dit Bram alors que je soulève un morceau du canapé pendant qu'il en assemble un autre, tu te souviens de quoi de la nuit dernière ?

Je gémis, je n'ai aucune envie de revivre ces moments-là.

– De tout. Du moins pendant la dernière moitié de la nuit.

– Tu m'as dit que tu étais sortie avec un supporter des Giants et que tu avais quasiment fait l'amour avec lui.

Je lui jette un regard en coin. Son visage, tout comme sa voix, est parfaitement inexpressif, mais une lueur sombre dans ses yeux le trahit.

– Je ne suis pas allée jusqu'au bout.

– Tu es sûre que tu ne l'as pas fait et que tu ne t'en souviens pas ?

– Allez, arrête, je siffle avant de baisser la voix. Non, je ne l'ai pas fait. Je n'ai pas totalement perdu la mémoire, les choses sont juste devenues un peu floues. Et, écoute, je suis désolée d'être rentrée dans un état pareil et que tu aies été obligé de prendre soin de moi.

– Mais je le voulais, dit-il tout simplement en mettant la visseuse sur pause pour me regarder droit dans les yeux. Je tenais à m'assurer que tu allais bien.

Gênée, je détourne le regard.

– Bon. Merci. Mais j'ai honte de m'être montrée dans un état pareil. Je suis venue te voir tout à l'heure et quand je me suis aperçue que tu n'étais pas là, je me suis dit que peut-être tu avais décidé de garder tes distances parce que j'étais une véritable épave.

Il secoue la tête lentement avec un sourire étonné.

– Tu plaisantes ? Sache, mon cœur, que j'en aurais de belles à te raconter. Mais je ne le ferai pas, parce qu'après, ce serait probablement toi qui voudrais garder tes distances. Et je ne pourrais pas le supporter. Ça a déjà assez duré. Tu sais Nicola... même si tu détestes l'état dans lequel tu étais la nuit dernière, même si à présent tu en paies le prix, tu étais vivante. Tu étais sauvage. Peut-être t'es-tu laissée embarquer dans une mauvaise direction, je veux dire que sans ça nous aurions pu terminer la nuit ensemble, à nous embrasser frénétiquement. Mais tu étais vraie, honnête, et je suis content d'avoir entendu tout ce que tu m'as dit. Maintenant, je comprends pourquoi tu es aussi coincée.

J'ai tellement de choses auxquelles réfléchir que je ne sais pas par où commencer. Je crois que le plus important, c'est qu'il ne pense pas de mal de moi, contrairement à moi. Ensuite, il y a sa réflexion sur nos baisers frénétiques. Rien que d'y penser, je tremble de désir. Je tente de repousser cette idée et je lui demande en hésitant :

– Alors, tout baigne entre nous ?

– Tout baigne, répond-il en baissant le regard sur ses mains. Et à l'avenir, tu n'es pas obligée de t'enfiler des shots à répétition ou quoi que ce soit d'autre pour te sentir sauvage et libre. Crois-moi, je sais de quoi je parle. J'ai perdu des années à ne pas me souvenir de mes nuits, tout ça pour tenter de m'échapper, d'oublier, d'être différent. Je n'ai jamais réussi à ressentir autre chose que de la culpabilité et des regrets, ces sentiments que j'essayais justement de fuir. Ça ne marche pas comme ça. Quoi que tu veuilles oublier, l'alcool ne fait que le nourrir et le renforcer. C'est comme ça. Bien sûr, j'ai pris du bon temps, mais il y a des limites à ne pas dépasser. Moi, je les ai laissées derrière moi à New York. J'espère que tu as compris quelles étaient tes limites la nuit dernière.

Je hoche la tête, impressionnée par cette version sage de Bram. Je n'aurais jamais cru qu'il puisse regretter d'avoir été un gros fêtard de la côte Est. Je pensais qu'il avait renoncé à tout ça à cause de ses parents. Je ne pensais pas que c'était un choix réfléchi, qu'il était heureux d'avoir fait.

– C'est pour ça que tu es venu t'installer ici ? Pour laisser tout ça derrière toi ?

– C'est une des raisons. Je voulais vraiment recommencer à zéro. Et quand Linden a été blessé, je me suis dit qu'il fallait que je me rapproche de la seule personne qui comptait vraiment pour moi. Et le truc le plus drôle, c'est que nous ne sommes même pas si proches que ça l'un de l'autre. Mais comparé à mes parents, c'est lui qui était le plus présent.

– Je pensais que c'était toi qui étais le plus proche de vos parents.

– Nan, dit-il en secouant la tête. Comme tu le sais, mon père était diplomate et ma mère faisait partie de la jet-set. Tout ce qu'ils désiraient, c'était que je suive les traces de mon père. Pas que je me fasse un nom, juste que je me glisse dans ses pas. Ils ne voulaient pas entendre parler d'autre chose. Du moins, c'est l'impression que me donnait mon père... et c'est celle qu'il me donne encore aujourd'hui. On aurait pu croire que le fait que j'acquière cet immeuble et que j'y investisse mon argent l'aurait rendu fier de moi, mais il n'en est rien.

Jamais je ne l'avais entendu parler si ouvertement de sa famille. J'ai envie qu'il continue, encore et encore. Très égoïstement, ça me fait du bien de savoir que les riches et les puissants ont eux aussi leurs problèmes. Et puis j'ai envie d'en apprendre le plus possible sur lui, en mettant de côté chaque nouveau fait, chaque révélation, pour y repenser plus tard. Ça me rappelle quand j'étais encore en primaire, ce garçon, Joey, dont j'étais amoureuse. Chaque détail que j'apprenais à son sujet, par exemple qu'il préférait le Pepsi au Coca ou que sa mère se prénommait Beth, valait de l'or pour moi.

– Je suppose que je mets en péril la rentabilité de ton investissement.

– Mais non.

Il se mord les lèvres. Du coup, j'ai envie de faire la même chose. C'est étonnant que je sois capable de ressentir du désir sexuel après ce qui s'est passé la nuit dernière, et dans mon état actuel pour le moins cotonneux, mais tout ce truc de bricoleur m'a vraiment excitée. Putain, j'en arrive à avoir envie de lui dans n'importe quelle situation. Bon, tant qu'il est de l'autre côté du canapé, tant que nos relations restent dans la limite d'un bon voisinage, je n'ai rien à craindre.

Alors, pourquoi est-ce que j'ai tellement peur ?

Il finit par laisser ses lèvres tranquilles et se met à froncer les sourcils comme s'il réfléchissait.

– Je peux te dire un truc, tu me promets que tu ne te moqueras pas de moi ? (Il se reprend.) Bon, d'accord, tu as le droit de rigoler, mais pas trop longtemps.

– Quoi ?

– Eh bien, tout le monde pense que j'ai investi dans cet immeuble pour gagner encore plus de fric. Mais ce n'est pas la vérité. C'est ce que je veux faire croire, mais j'ai d'autres ambitions.

J'attends la suite avec impatience.

– Tu connais Richard Branson ?

– Le type riche à millions ?

– Oui, je suppose qu'on peut le définir comme ça.

– Bon alors, de quoi s'agit-il ? Oh mon Dieu, tu ne veux pas aller dans l'espace par hasard ?

Il éclate de rire.

– Non, Seigneur Dieu, l'espace, c'est totalement flippant.

– Je suis bien d'accord. Personne ne peut t'y entendre hurler au secours.

– C'est vrai. Mais pour en revenir à Richard Branson, à vingt ans il a monté une boîte de vente de disques en ligne. À vingt-deux ans, il possédait Virgin Records. On connaît tous la suite de l'histoire. Il a investi, il a pris les bonnes décisions, il tente et apprend des choses nouvelles en permanence. Pour lui, rien d'impossible, pas même l'espace.

– Tu veux être le prochain Richard Branson ? C'est un projet super-ambitieux, mais qui n'a rien d'étonnant.

Très concentré, il semble tout à coup plonger dans un futur imaginaire.

– Ce n'est pas seulement ça. Branson a dit : « Rien ne sert de monter votre propre business sauf si vous le faites à partir d'un sentiment de frustration. » C'est ce que j'ai fait en achetant cet immeuble, pas parce que j'y ai vu une opportunité personnelle mais pour les autres, ce qui ne m'était jamais arrivé auparavant, poursuit-il en me scrutant de ses yeux bleu-gris. Dans cette ville, il existe un manque flagrant de logements abordables, surtout pour ceux qui sont dans le besoin. Je n'ai jamais vu une situation pareille. Même les classes moyennes ne trouvent pas de logements, alors que peuvent faire les pauvres, ceux qui se battent avec une famille à charge, ceux qui ont perdu leur emploi, leurs économies, bref qui n'ont rien ? Le Tenderloin ? Vivre dans les rues avec les camés au crack ? Partager des abris de fortune avec des truands et des toxicos ? Je ne le pense pas.

Il semble tout à coup développer un discours très élaboré. Il prend une profonde inspiration avant de poursuivre :

– J'ai décidé d'agir. C'est un processus à long terme parce qu'il faut obtenir le soutien de la municipalité. Il faut également réussir à intéresser des gens susceptibles d'aider un projet d'œuvre de charité. Ça prend un temps fou. Mais je suis prêt, j'ai déjà l'immeuble et j'ai tout mon temps.

– Que va-t-il se passer pour les gens qui habitent déjà ici ?

– La plupart sont déjà des gens dans le besoin. Ici, personne ne paie un loyer plein. Mais je ne sais pas combien de temps je vais pouvoir continuer sans l'aide de la ville. Voilà sur quoi je bosse en ce moment. Aujourd'hui, j'avais une réunion à la mairie à ce sujet.

C'est une des choses les plus généreuses que j'aie jamais entendues.

– Oh. Et tu espères que l'abattement fiscal que tu vas obtenir en me logeant te permettra de faire la même chose pour tous les autres ?

Il a un petit sourire,

– Un abattement fiscal ? Oh non, en fait je t'ai menti à ce sujet.

J'ouvre de grands yeux.

– Quoi ? Pourquoi ?

Il hausse les épaules,

– Parce que sans ça tu ne m'aurais pas cru à mon désintéressement. Et si je t'avais dit l'autre part de vérité, tu aurais pris tes jambes à ton cou.

– Quelle autre part de vérité ?

– Que je voulais t'apprivoiser.

– C'est pour ça que j'habite ici ? Parce que tu voulais m'apprivoiser ?

– J'ai déjà été capable de faire des trucs dingues pour une fille, mais encore rien de la sorte, répond-il comme s'il se parlait à lui-même. Mais oui, je voulais vraiment t'aider et j'espérais que tu me considérerais un peu mieux. Je voulais que tu découvres qui je suis réellement.

– La réalité, c'est que tu n'es qu'un petit gigolo arrogant, je précise, bien trop émue à mon goût par toute cette histoire, sans que ça soit désagréable pour autant.

– Mais un petit gigolo arrogant avec quand même quelques qualités appréciables, fait-il en désignant la visseuse, comme par exemple, celle d'être bricoleur.

– C'est vrai, tu es bricoleur, je lui réponds sans être encore tout à fait dans mon assiette.

Le vertige n'a pas complètement disparu. Ça doit être un reste de gueule de bois. Ça ne peut pas être parce que je viens d'apprendre que Bram a fait tout ça à cause de moi.

– Mais je ne vois toujours pas le rapport avec Branson.

– C'est un incroyable mécène. Il a fait beaucoup de bien grâce à son immense fortune. Voilà ce que je veux. L'argent et les moyens de faire le bien, les deux à la fois.

– Mais pourquoi garder le secret ? Je pense que tes parents seraient fiers de toi. Ton père est un diplomate. Il doit avoir des liens avec nombre d'organisations caritatives.

Sa bouche se tord dans un semblant de sourire.

– Même Linden n'est pas au courant. Personne ne l'est, à part la mairie et toi.

– Pourquoi ça ?

– Parce que les gens ont des idées préconçues. Ils te cantonnent dans un rôle. Quoi que tu fasses pour essayer de leur montrer qui tu es vraiment, ils n'arrivent pas à s'y faire. Pour eux, je serai toujours Bram le fêtard, le pilier de boîtes de nuit, le play-boy. Si je leur parle de mes projets, ils ne me prendront jamais au sérieux. Je pourrais faire ça pendant cinquante ans, je pourrais devenir le prochain Branson qu'ils me verraient toujours tel qu'ils m'imaginent.

Je ne peux m'empêcher d'être d'accord avec lui. Dès que je dis à quelqu'un que je suis mère célibataire, je suis enfermée dans un stéréotype sans aucune chance d'en sortir.

Pas avec Bram. Cette pensée me saute soudain aux yeux.

Il m'observe et quand nos regards se rencontrent, devant mon air étonné, il se racle la gorge.

– Le seul problème, c'est que Branson a quinze ans d'avance. J'ai perdu mes vingt ans et le début de mes trente ans dans l'alcool, la drogue et les femmes. Au lieu de prendre mon pied – tu sais bien que les femmes sont toujours mon point faible –, j'aurais pu faire tellement de choses, si j'avais eu plus tôt la tête sur les épaules.

– Tu sais ce qu'on dit, qu'il n'est jamais trop tard pour bien faire.

– En un sens, ce n'est pas faux. Il y a quelques années, j'ai eu une super-idée pour créer un site de média social composé uniquement de photos. Des photos personnelles. Tu sais, moi en train de sortir de l'eau, en train de courir sur la plage, en train d'enlever ma chemise. Je l'avais baptisé Insta-Bram.

Je le regarde avec attention, il doit plaisanter. « Insta-Bram ? »

Mais il reste totalement sérieux.

– Ça sonne bien, non ?

Et il se fend d'un large sourire, un sourire qui illumine tout son visage.

– Hé, il faut bien que de temps en temps je cultive un peu mon ego.

– Tu es vraiment naze, je fais en secouant la tête.

– Je suis le meilleur, tu veux dire.

Puis, en donnant une tape sur canapé, il continue :

– Allez, ce canapé ne va pas se monter tout seul.

Nous nous remettons donc au travail et quand nous sommes sur le point d'avoir réussi, je me rends compte que c'est sans doute le pire des achats que j'aie jamais fait.

Je commence vraiment à avoir envie de m'en débarrasser et de garder mon bon vieux sofa tout déchiré.

– Je vais avoir besoin de ton aide, dit la voix assourdie de Bram.

Il est enfoui jusqu'à la taille dans la grande housse de tissu qui est censée se tendre autour des montants pour les recouvrir. Il ressemble à un fantôme jaune canari. Il faut réussir à la zipper sur les carrés blancs qui doivent se trouver quelque part par là.

Je me glisse sous la housse jusqu'à Bram. On dirait l'intérieur d'une tente minuscule, juste assez grande pour nous deux. Nos visages sont baignés dans une lueur dorée.

– Voilà, dis-je en lui tendant la partie de la housse avec la tirette de la fermeture Éclair.

Je suis parfaitement consciente que nous sommes tout près l'un de l'autre. J'essaie de contrôler ma respiration et de parler calmement. Il commence à faire chaud là-dessous, je suis cernée par le parfum suave de sa peau.

Merde, merde, merde. Sors-toi de ce piège au plus vite.

Mais je ne le fais pas. Il remonte la fermeture Éclair, je maintiens la housse et nous nous efforçons de relier les deux morceaux de tissu entre eux. Il est hyper-concentré. Moi, j'essaie de l'aider du mieux que je peux, et aucun de nous n'arrive à respirer calmement. La fermeture Éclair glisse le long du tissu, et enfin les deux parties sont reliées l'une à l'autre. Nous poussons un soupir de soulagement puis il tire sur le tissu en le soulevant de façon à ce que nous soyons toujours sous cette tente, collés l'un à l'autre. Il me sourit. Je lui souris.

Et un éclair de danger traverse mes pupilles.

Ou peut-être de désir.

Mais c'est bien ça, le danger, pour moi.

Ce délicieux danger que je désire.

Pour une fois, seulement pour une fois, j'y suis prête.

Mais avant même que j'aie eu le temps d'y songer, son regard se voile, ivre de désir, il m'attrape le visage d'une main pendant que l'autre glisse dans mes cheveux et il m'embrasse.

Il m'embrasse.

Il m'embrasse.

Je pensais être prête à ça, mais j'avais tort.

Son baiser.

C'est mieux que dans mon souvenir. Ça me fait plus d'effet encore. Sa langue est insatiable, il la pousse dans ma bouche de façon parfaitement explicite, ses lèvres sont voraces. C'est humide, violent, et ça attise mon désir de plus en plus fort. Il tire sur mes cheveux, chaque coup me met les nerfs à vif. Je sens chaque partie de mon corps vivante, toutes semblent fondre du désir d'aller plus loin, plus loin dans ses gestes, avec lui, bien plus loin.

Il recule à peine, juste pour laisser échapper un gémissement, alors qu'avec son autre main, il me retient prisonnière. Son regard enfiévré plonge dans le mien, puis sur mes lèvres. Alors, je le tire par son col de chemise, j'attrape ses lèvres. Mon désir croît, croît, j'ai une envie folle de le serrer entre mes jambes, de sentir le moindre centimètre de sa peau, de sentir son désir. Je me mets à geindre. Je halète. Je l'embrasse avec le même abandon que celui qu'il me témoigne. Il ouvre grand sa bouche comme pour m'avaler tout entière. J'aimerais bien qu'il m'embrasse comme ça ailleurs, également.

Comme s'il lisait dans mes pensées, il m'attrape par la taille et me repousse en arrière jusqu'au sol, sur le rembourrage intérieur du canapé. Par chance, j'évite la table basse ou le cadre en bois. Si ça se trouve, je ne les aurais même pas remarqués. Au diable tous ces meubles. Ses mains fébriles soulèvent ma tunique, puis arrachent mon soutien-gorge. Mes tétons pointent à l'air libre.

– J'étais sûr que tu étais absolument parfaite, putain, fait-il en respirant avec peine.

Mes mamelons en deviennent encore plus sensibles, je laisse échapper un gémissement sourd.

– Écoute, mon cœur, si tu continues à gémir comme ça, j'ai bien peur d'éjaculer avant même de t'avoir pénétrée.

Nos bustes sont toujours à l'intérieur du tissu. Il fait glisser sa langue chaude sur mon ventre jusqu'à mon sein et mon téton. Il tourbillonne autour en le léchant, avant de lui donner un petit coup de dents. Je gémis à nouveau, incapable de me retenir, et je m'agrippe à ses cheveux épais comme à une bouée de sauvetage.

– J'ai l'impression de lécher un foutu bouton d'or, dit-il entre deux gémissements.

Je baisse les yeux sur mes seins humides qui se soulèvent sous sa langue dans la lumière jaune, à l'intérieur du tissu.

Il déboutonne mon jean et glisse ses doigts dans ma culotte. Je cherche à écarter les jambes pour lui faciliter l'accès, mais il baisse mon pantalon et me serre les cuisses l'une contre l'autre. Son doigt se fraye un chemin jusqu'à l'intérieur de ma chatte, je ferme les yeux pour mieux le sentir. Je succombe au plaisir. Il s'aperçoit que je mouille comme une folle et moi je suis presque gênée d'avoir envie de lui à ce point.

– Tu es une vraie fontaine, dit-il à voix basse, ce qui nous ramène immédiatement tous les deux à un stade primitif, animal. Oh Bébé, tu n'as pas idée à quel point j'ai envie maintenant, tout de suite, d'être à l'intérieur de toi.

Et à ces mots, il m'enfonce deux doigts. Je halète en contractant automatiquement mes muscles autour de lui.

– Seigneur, comme tu es avide, chuchote-t-il. Vraiment en manque, mais je suis sur le point de changer tout ça définitivement.

Seigneur, vas-y, je t'en prie.

Il me mordille la poitrine, plonge ses doigts plus profondément et je me cambre pour qu'il aille plus loin encore, plus fort. Je voudrais être toute nue, nue comme un ver, et qu'il me baise si fort que je n'aie plus jamais besoin d'autre chose.

– Maman ?

Oh merde !

– Bordel, je grince entre mes dents.

Bram retire immédiatement sa main et remonte ma fermeture Éclair dans la foulée. Nous échangeons un regard à la fois passionné et timide et une fois ma chemise remise en place, nous sortons la tête de sous le tissu du canapé.

Ava est debout à la porte de ma chambre, elle se frotte les yeux, l'air tout endormie. Heureusement, de là où elle est, elle n'a pas dû voir grand-chose.

– Salut ma puce, je lui dis en tentant de reprendre mon souffle.

Elle nous regarde, Bram et moi.

– Vous faites quoi ? Vous avez les cheveux tout emmêlés.

– On monte le canapé, j'explique en souriant trop. Bram est venu m'aider.

– Coucou, Bram.

Elle bâille et s'avance jusqu'au canapé où elle s'assied. Le canapé normal. Pas celui qui pousse les voisins à faire l'amour à l'intérieur. Je le regarde, il passe la main dans ses cheveux en rigolant. Mais qu'est-ce qui nous arrive ? Je suis encore tout excitée, mes seins sont lourds de désir, mon clito bat encore à l'endroit où son pouce appuyait. Seigneur, j'ai tellement envie qu'il continue. C'est peut-être mieux que nous ayons été interrompus. M'envoyer en l'air avec lui aurait été une très mauvaise idée, n'est-ce pas ? Je réalise que je me pose la question et que je n'ai pas la réponse. J'ai juste envie de me faire sauter par ce dieu du sexe écossais.

– Bon, merci beaucoup pour ton aide, je bégaye en me raclant la gorge.

Il hoche la tête en se levant lentement et en me relevant par la même occasion.

– De rien. Mais je n'ai pas terminé, tu sais. Je n'ai fait que commencer.

Je sais très bien de quoi il parle, mais je ne suis pas sûre de savoir comment lui demander de poursuivre, ni même si c'est une bonne idée.

– Eh bien, merci quand même. Tu sais, pour le canapé.

Il me lance un sourire coquin et passe ses doigts – ceux qui étaient dans ma chatte quelques instants plus tôt – sous son nez et se met à humer leur odeur.

– Je suis prêt à remettre ça quand tu veux, insiste-t-il.

Puis il se retourne et sort de chez moi. Je reste plantée avec un canapé presque monté, à me demander si mes jambes vont un jour s'arrêter de trembler.

Chapitre 12

Nicola

Je ne revois pas Bram de toute la soirée et quand je me réveille le lendemain matin, je me sens encore groggy des suites de ma cuite et j'ai soudain envie de sentir Bram en moi. C'est comme un rêve, un bon vieux rêve bien moite, sauf que je n'ai pas eu d'orgasme et que je me sens sexuellement frustrée.

Seigneur, les trucs qu'il m'a dits étaient tellement excitants. Aucun autre type n'a jamais été si explicite avec moi, et on n'en était qu'aux préliminaires. J'aimerais bien savoir jusqu'où ce langage ordurier nous aurait menés, aussi bien métaphoriquement que littéralement. Je voudrais qu'il revienne pour reprendre là où nous nous sommes arrêtés.

Mais la matinée s'étire et je suis coincée entre un canapé presque entièrement monté et un autre encore en carton, dont je ne peux absolument pas me dépatouiller.

J'ai presque envie de prendre l'objet le plus contondant que je possède, et de les fracasser tous les deux avec. Putain d'IKEA ! Mais ce n'est pas la faute du magasin (enfin pas vraiment), c'est la mienne. Je me suis laissé totalement embobiner par lui. Il a suffi d'une petite caresse, d'un petit avant-goût pour que je sois prête à lui en donner beaucoup plus. Bon, je dois reconnaître qu'il n'y avait rien de petit là-dedans. Sa langue était puissante et longue et ses doigts encore plus.

Nous sommes mardi, et je commence à bosser à quinze heures, du coup Linda ne peut pas venir. Heureusement ma mère est libre. Je me sens coupable de la faire venir si souvent. Mes horaires ne sont pas aussi réguliers que dans mes jobs précédents, mais c'est une battante et elle adore passer du temps avec sa petite fille.

– Bonjour chérie, lance-t-elle en entrant.

Elle s'arrête quand elle découvre le merdier d'IKEA, avant de se tourner vers Ava qui regarde la télé, vautrée sur les coussins du vieux canapé. Ava lui répond vaguement, comme si elle ne voulait pas dépenser trop d'énergie. D'ordinaire, cela m'angoisserait complètement, mais je viens juste de vérifier son taux de sucre dans le sang, et tout est parfait. Elle est juste un peu cafardeuse, comme sa maman.

Pourtant, ma mère me lance :

– Tu as bonne mine.

Comme si c'était étonnant, comme si habituellement j'avais la tête dans le cul. Hmmm, c'est peut-être bien le cas.

– Oh merci.

Je porte mon costume habituel de barmaid, débardeur et jeans noirs, mais elle me dévisage comme si je lui cachais quelque chose.

– Vraiment, dit-elle en me pinçant la joue, un truc qu'elle n'a plus fait depuis mon enfance. Quoi que tu fasses, continue comme ça. N'oublie pas que tu es encore jeune, tu sais, même si parfois tu te sens vieille à cause de cette petite coquine, poursuit-elle en désignant du doigt Ava, qui ne lui prête aucune attention.

– Ouais, ouais.

J'attrape ma veste de cuir qui date des Premiers Âges, puisque San Francisco a décidé cette semaine de faire chier son monde en affichant des moins un million de degrés au thermomètre. Je suis sur le point de sortir quand ma mère me demande :

– Dois-je m'attendre à une visite de Bram ?

Bien que j'aie déjà la main sur la poignée, je la lâche et je fais demi-tour.

– Maman, écoute, Bram est un garçon très chouette.

– Un gentleman, fait-elle avec un drôle de petit sourire.

– C'est vrai. Je veux dire, c'est vraiment un type bien. Et également, pas... Quoi qu'il en soit, je me fiche qu'il t'ait passé une bouilloire ou qu'il semble s'intéresser à moi. C'est juste mon voisin, voilà tout. Il ne sera jamais autre chose.

– Oh Nicola, fait-elle en baissant les bras.

Je la prends par la main.

– Je te connais, c'est pratiquement le premier garçon que tu rencontres depuis Phil, à part Ben, qui d'ailleurs n'est pas resté bien longtemps, mais franchement... Bram et moi ? C'est juste un ami. Je ne sais pas ce que me réserve l'avenir, mais pour l'instant, il me fait une faveur et j'essaie de rendre les choses les plus simples possible pour lui.

Je fais une pause.

– Tu comprends ce que je veux dire ? Et ne fais pas tes trucs habituels de mère en te mêlant de ce qui ne te regarde pas. Ça ne servira à rien, d'accord ? Ça risque juste de mettre en péril notre relation de locataire à propriétaire.

– Comment peux-tu croire que je pourrais faire ça ?

– Je le lis dans tes yeux, Maman. Je le lis aussi dans les miens, de temps en temps.

Elle lève les bras au ciel et va s'affaler à côté d'Ava dans le canapé.

– D'accord. J'ai compris. Une mère n'a pas le droit de s'amuser. Mais je te préviens, un jour ta fille sera en âge de sortir avec les garçons et cela va te concerner autant qu'elle. Sauf qu'elle ne te laissera pas faire.

– Quelle fabuleuse perspective !

– C'est vrai. C'est ce qui nous arrive à toutes, nous autres les mères. Le temps file, vous changez, mais l'amour reste le même. Tu seras toujours mon petit ange, et elle sera toujours le tien. Et chaque mère désire que son petit ange trouve un homme digne d'elle. Et même plus, quelqu'un qui la considère comme la huitième merveille du monde.

Elle me regarde en laissant retomber lourdement ses jambes sur le canapé.

– Si tu trouves un homme qui te regarde comme si tu étais une merveille, ne le lâche pas. C'est ce que j'avais trouvé avec ton père, je n'aurais jamais dû le laisser partir.

– Mais il faut que toi aussi tu trouves que cet homme est merveilleux. Ça marche dans les deux sens.

Elle hoche la tête.

– Oui, tu as raison. Ça doit marcher dans les deux sens, et quand tu y parviens, c'est une véritable alchimie. Ne la rejette sous aucun prétexte.

Je ne sais plus quoi dire. Je lui demande de m'appeler s'il y a un problème et je pars.

Je ne croise pas Bram dans les couloirs. Je ne sais pas ce que je lui aurais dit si ça avait été le cas. Je lui aurais probablement demandé de m'emmener et ça serait sans doute allé plus loin que ce que je voulais.

* * *

Malheureusement, je ne reste pas très longtemps au travail. La soirée est calme, et vers vingt heures, James me dit que je peux rentrer chez moi. C'est super d'obtenir des pourboires et quelques heures supplémentaires sur ma feuille de paye alors que je ne suis pas là. Il peut être un boss vraiment sympa, parfois. Mais je dois me taper les transports en commun bondés. En fait, je voulais juste être tranquille hors de chez moi. C'est plus facile d'oublier Bram quand je suis loin.

Je rentre dans le hall qui mène à mon appartement en enlevant déjà ma veste en cuir. Je suis sur le point d'introduire ma clé dans la serrure quand j'entends des rires.

Les rires de ma mère.

Les rires d'Ava.

Les rires de Bram.

Oh putain, non. Vite, je sors mon poudrier, je me repoudre en silence. Je suis un peu décoiffée, mais sinon ça va. Je respire un bon coup et j'ouvre la porte.

Bram, maman et Ava sont là, tous les trois assis sur le même canapé. Sauf que ce n'est pas mon vieux canapé, et ça n'est pas non plus l'horreur jaune. L'horreur jaune est rangée avec l'autre carton derrière ma porte d'entrée, là où je me tiens. Ils sont installés sur un canapé gris sombre très classe que je n'ai jamais vu auparavant.

Quand je ferme la porte derrière moi et que je m'avance pour le regarder de plus près, je me rends compte qu'il ressemble étrangement au futon que Bram avait repéré dans le magasin.

Oh mon Dieu, est-ce qu'il m'a acheté un autre putain de canapé ?

Mes yeux croisent les siens, et à la façon qu'il a de me sourire avec le bout de sa langue qui pointe, diabolique entre ses dents, je comprends que c'est exactement ce qui s'est passé.

– Tu rentres tôt, dit ma mère d'un air gêné, comme si je l'avais surprise en train de faire une bêtise.

Puis elle ajoute :

– Bram est arrivé avec ce nouveau canapé pour toi, n'est-ce pas adorable ?

– C'est très gentil de sa part, en effet, dis-je en avançant jusqu'au canapé pour en tâter le dossier.

Le tissu est doux et sec à la fois. Je l'adore, mais Seigneur, sa générosité commence vraiment à me mettre mal à l'aise. Je pense que c'est pour ça qu'il agit ainsi. Il peut aller se faire voir avec ses aspirations à devenir un nouveau Richard Branson. Je pense que le projet Nicola Price, a.k.a Eliza Doolittle est bien plus vraisemblable. Il prend un malin plaisir à m'embarrasser. Il est en train de se muer en bon vieux papa gâteau et je n'ai jamais souhaité en avoir un.

Je regarde Ava qui sourit à Bram comme s'il était un véritable héros.

– Tu le trouves comment ce canapé, mon ange ?

– Je l'aime beaucoup beaucoup, répond-elle.

D'accord, je suppose que ça règle l'affaire. Je demande alors à Bram ce qu'il a fait de mon ancien canapé. Je suis bizarrement triste de ne pas avoir pu lui dire au revoir.

– Une association caritative est venue le prendre pour le donner à un centre de réinsertion. Ne t'inquiète pas, il va servir à une bonne cause. Et demain, nous irons simplement rendre les autres canapés chez IKEA.

Oh, alors comme ça, nous avons des projets pour demain ? Je fais de mon mieux pour refréner le sourire idiot qui me monte aux lèvres.

– Bon, eh bien puisque tu es là, je vais y aller, dit maman en se levant. (Elle lance à Bram un regard enjôleur.) J'ai été ravie de discuter avec vous, Bram.

– C'était un plaisir, répond-il avec un accent très appuyé.

Super-sexy. Putain, il faut qu'il arrête avec cet accent.

Ma mère m'embrasse rapidement, dit au revoir à Ava et, une fois arrivée sur le seuil de ma porte, me fait un clin d'œil. Je fais celle qui n'a rien remarqué.

Mais dès qu'elle a refermé la porte, j'ai la sensation soudaine d'être enfermée avec Bram et je meurs d'envie que ma mère revienne, parce que je crève de peur en songeant à ce qui pourrait arriver ce soir.

Juste parce qu'il est là, il est assis sur mon canapé, mon nouveau canapé, et il me regarde si intensément que j'ai l'impression de fondre. Ce regard ne peut signifier qu'une seule chose.

Ava détourne alors mon attention :

– Maman, je peux rester avec vous pour regarder *Dora* ?

– Non mon cœur, je lui réponds, trop contente qu'elle pose la question. Il faut que tu ailles te coucher maintenant. Va te laver les dents. Est-ce que Mamy s'est servie du fuseau et a fait ta ouille-ouille ?

Elle hoche la tête et court vers la salle de bains.

– Tu sais ce qui sera chouette ? C'est quand elle va aller au jardin d'enfants à l'automne. Elle sera tellement crevée qu'elle ne pourra plus veiller aussi tard.

– Ce sera chouette et bien plus facile pour toi, surtout les jours où tu bosses. Tu crois que tu seras encore au Lion ?

Je hausse les épaules, heureuse de parler d'autre chose que de la gêne tangible qu'il y a entre nous.

– Pour être honnête, je vis au jour le jour. Mais ouais, je devrais continuer à chercher autre chose, n'est-ce pas ?

Il se met à tambouriner sur le dossier du canapé, lèvres closes.

– Être serveuse n'était pas ton premier choix, tu peux toujours tenter de trouver un job qui te plaise vraiment. Tu sais, le boulot de tes rêves.

Je hoche la tête,

– Je vais essayer.

En fait, ce qui me trotte dans la tête depuis un moment, c'est de me remettre à coudre, comme quand j'étais adolescente. Mais il va falloir que j'économise pour pouvoir m'acheter une machine à coudre. C'est drôle comme j'ai envie de redevenir ado quand Bram est dans les parages. J'ai envie de coudre, d'écouter du trip hop des années 90, j'ai envie de dénouer mes cheveux pour avoir l'air un peu plus sauvage et libre.

Pour la première fois depuis bien longtemps, je serais partante pour avoir un coup de cœur. Du moment que je récupère mon cœur ensuite. Quand vous êtes adolescente et que vous tombez amoureuse, vous pensez que c'est impossible de survivre à une rupture. Mais en fait, on survit toujours, et on retombe amoureuse de quelqu'un d'autre. Aucun garçon ne possède votre cœur très longtemps. Il est jeune, sauvage et très élastique. Mais à présent, j'ai peur que l'âge et l'expérience de la vie ne le tirent trop loin, trop fort, et qu'il ne retrouve jamais sa place initiale. Mais pourquoi est-ce que je pense à l'amour ? J'ai vraiment l'esprit mal placé.

– Tu n'aimes pas ce canapé ? me demande Bram alors que je vais à la cuisine me préparer un déca.

– Mais si ! je m'écrie en lui lançant un regard penaud par-dessus mon épaule. Désolée, simplement je suis surprise. Vraiment.

Je fixe le café en poudre que j'essaie de doser et je l'entends qui se lève. Je le sens qui s'avance vers moi. Ce type possède une telle force d'attraction, ou alors ce sont mes hormones et mon imagination dépravée, mais je jure que je sens chaque poil de mon corps qui se hérisse à son approche.

– C'est un très beau canapé, dis-je d'une voix douce, pour dire quelque chose. (Seigneur, quand je deviens nerveuse, je peux vraiment parler pour ne rien dire.) Il me semble qu'on l'avait vu chez IKEA, n'est-ce pas ? Tu aurais pu leur rendre le canapé jaune plus vite.

– Ouaip, dit-il, et sa voix ressemble à un grognement. (Il s'arrête juste derrière moi, je sens son haleine dans mon cou.) J'aurais pu, mais je voulais ton accord. J'ai prévenu le centre de réinsertion que tu changerais peut-être d'avis, du coup ils l'ont rangé en attendant.

Je déglutis.

– Ok. Hum, bon, non. C'est pour une bonne cause comme tu dis, et je suppose qu'on pourra retourner rendre les autres demain, ou un autre jour et...

Je m'arrête, parce que ses lèvres se sont posées sur la partie nue de mon cou, entre mes cheveux et mon épaule, et son baiser est si doux, si lent qu'il me coupe littéralement la respiration. Je deviens de la soie sauvage entre ses mains, et je dois m'accrocher au comptoir pour ne pas glisser par terre.

Mais lui aussi me retient. Il suffit qu'il pose ses mains larges et tièdes autour de ma taille pour que je me sente incroyablement délicate et totalement sienne. Je me penche en arrière, il appuie son pelvis contre mes fesses. Je sens son érection puissante qui se tend vers moi.

– Maman.

C'est Ava dans la salle de bains. Cette enfant tombe vraiment toujours au mauvais moment.

Je hausse mon épaule en essayant de repousser Bram.

– Je ne veux pas qu'elle se fasse des idées fausses.

Il ôte ses lèvres puis ses mains, mais je sens ses yeux rivés dans mon dos. Il s'éclaircit la voix.

– Il n'y a aucune fausse idée, Nicola, il n'y en a qu'une vraie.

Je me retourne pour lui faire face, mais il est déjà à mi-chemin entre la cuisine et la porte d'entrée.

Merde. Je lui ai fait peur si facilement ? Il a l'air crispé, je me demande si je l'ai blessé.

– Bonne nuit, dit-il.

Et hop, il disparaît. Oh non. Je fixe la porte qui se referme un moment, avant qu'Ava me tombe dessus.

– Maman, je pourrais avoir du dentifrice qui sent le Malabar ? J'en ai vu à la télé.

J'ébouriffe distraitement ses cheveux.

– Oui, quand tu auras fini ton tube.

Je n'avais jamais vu Bram d'humeur aussi changeante, mais je ne suis pas surprise. Derrière son air très cool, je soupçonne parfois son regard sombre qui dissimule quelque chose de plus secret.

Nous sommes donc tous pareils.

Plus tard, après avoir couché Ava, je me rends compte que je n'arrive pas à dormir. Je me tourne et me retourne, je fixe le plafond, je tire la couette sur mes épaules parce que le vent frais de la baie entre dans ma chambre. Je me masturbe silencieusement en pensant à Bram, Bram sur moi, en moi, autour de moi, mais ça ne sert à rien. C'est même pire quand je me rends compte que rien ne peut le remplacer.

Je finis par me lever. Je vais au salon et je me jette dans le canapé. Subitement, je lui suis vraiment reconnaissante. Non seulement il a du style mais il est fonctionnel sans être trop m'as-tu-vu. En plus, maintenant mes invités, c'est-à-dire ma mère, ont un endroit confortable où dormir quand ils restent pour la nuit. Et sa couleur gris sombre me rappelle un peu celle des yeux de Bram. Surtout quand ils deviennent tout foncés, comme plus tôt dans la soirée, comme si des gros nuages d'orage passaient dedans.

Je suis sur le point d'allumer la télé et de regarder un truc débile pour me changer les idées quand je jette un coup d'œil à mon téléphone. Minuit passé. Est-ce que Bram est encore réveillé à cette heure-ci ? Ça peut vous paraître dingue, mais j'ai envie d'aller écouter à sa porte. Juste pour voir s'il est debout. Juste pour...

Je ne veux pas le réveiller pour autant, surtout après son départ si brusque. Après tout ce qu'il a fait pour moi, je ne veux surtout pas lui taper sur les nerfs. Enfin peut-être juste un peu, parce que c'est amusant. Peut-être que je commence à comprendre pourquoi il aime tellement me faire tourner en bourrique.

Je soupire en fixant mon téléphone. Ce baiser, un baiser tout simple dans le cou, a suffi pour me donner envie de m'offrir à lui, m'offrir à lui pour toujours.

La force de mon désir m'étonne. Subitement, je n'en avais plus rien à faire de mes sentiments, ni de notre relation, ni de rien d'autre. Pourtant, je le sais, je le sais, je ferais mieux de me servir de ma tête, c'est ce qui m'a permis d'éviter bien des ennuis ces dernières années. Mais j'ai envie de faire comme si tout allait être pour le mieux. Comme si m'offrir à Bram, même pour une nuit seulement, allait combler tous mes manques. Je ramasse mon téléphone et je lui envoie un texto.

Tu es réveillé ?

J'attends en regardant fixement mes mains qui tremblent un peu et en souhaitant pouvoir annuler cet envoi. J'attends, il n'y a pas de réponse. Il le lira sans doute demain matin en se réveillant et il faudra que j'invente une excuse quelconque.

C'est alors que j'entends sa porte qui se ferme, puis un toc-toc discret à la mienne.

– Nicola, chuchote-t-il.

Je me lève et je vais entrouvrir la porte. Il est debout dans le couloir, en léger pyjama noir. Très léger. Je ne peux pas m'empêcher de jeter un regard à son entrejambe.

– Salut, dis-je doucement, en relevant les yeux. (Mon pouls s'accélère.) Je t'ai réveillé ?

– Je suis réveillé depuis longtemps répond-il, la main sur l'encadrement de la porte.

– Tu faisais quoi ?

Un lourd silence s'installe entre nous.

Il se lèche les lèvres.

– Je pensais à toi.

Avant que je trouve quelque chose à lui répondre, ses yeux se remplissent d'une lueur sauvage et il fait irruption chez moi, comme un homme qui aurait sous les yeux l'objet de son désir, et qui va tout faire pour l'obtenir.

Et ce qu'il désire, c'est moi.

Chapitre 13

Bram

Je n'ai pas pu attendre une seconde de plus. Le peu de patience qui me restait quand j'avais quitté Nicola a cédé, j'étais tendu comme un élastique.

J'attrape son visage entre mes deux mains, ce putain de visage tellement parfait et tellement doux. Je l'embrasse plus sauvagement, plus violemment, plus désespérément que jamais. Ma langue se faufile dans sa bouche douce comme de la soie, j'en conquiers chaque centimètre. Sa peau est comme le paradis, les nuages, elle vous supplie de la prendre, de la pénétrer, de la posséder.

Elle laisse échapper un petit gémissement. Ses mains sont plaquées sur ma poitrine nue, elles essaient de me repousser, mais je ne peux plus attendre. Pendant que je l'embrasse, je referme rapidement la porte derrière moi, en silence, pour ne pas réveiller Ava. Je ne veux surtout pas la réveiller, je veux que rien ne puisse nous interrompre. Cette nuit, je vais baiser Nicola, je vais la baiser à fond, tellement fort qu'elle n'aura pas d'autre choix que d'accepter notre part animale.

Je l'attrape sans ménagement et je la jette sur mon épaule en grognant, comme un véritable homme des cavernes, un chasseur qui rapporte sa proie chez lui. Je l'emmène dans la chambre, je la jette sur le lit. Elle rebondit, je ferme bien la porte derrière moi, puis je sors une capote de ma poche que je jette à côté d'elle et je baisse mon pantalon.

Elle a le souffle coupé. Elle ouvre des yeux immenses en découvrant pour la première fois mon énorme érection. C'est exactement la réaction que je souhaitais. En fait, elle a l'air presque intimidée, ce qui n'est pas mauvais du tout pour mon ego.

– Nous n'avons pas le temps pour les préliminaires, je l'avertis d'un ton rogue en grimpant sur le lit puis en rampant jusqu'à elle. (Ma queue dure comme du béton se balance entre nous deux.) Mais je vais quand même te faire mouiller.

Je la repousse sur le lit et je grimpe sur elle. Mes deux mains entourent son visage. Je fais glisser mon pouce sur ses lèvres et je l'enfonce entre ses dents.

– Ce n'est pas uniquement ce soir que je ne peux pas dormir à cause de toi, je lui dis pour qu'elle comprenne à quel point je l'ai dans la peau. C'est chaque nuit. C'est tout le temps.

J'enlève mon pouce et je presse mon corps contre le sien pour qu'elle sente à quel point je bande. Je suis prêt. Elle écarquille les yeux, mais elle ne semble pas avoir peur. C'est comme si son corps s'était déjà préparé et que son esprit luttait pour rattraper son retard.

Elle est pleine de désir, alors même qu'elle ne sait pas ce qui va se passer.

J'attrape la pochette de la capote. J'ai le cœur qui bat en lui écartant les jambes avec mon genou. Je respire profondément l'odeur qui monte déjà d'elle. Elle est douce et musquée, c'est le plus enivrant des parfums.

Vite, je m'assieds sur les talons et je déchire le sachet du préservatif. J'enfile ma queue dans le gant de latex. Je regarde le visage de Nicola, ses yeux sont fixés sur moi, et je me dis que ça vaut vraiment la peine de me restreindre sur la bière et de faire des heures supplémentaires à la salle de sport. Je prends vraiment soin de mon corps et elle semble être incapable d'en détacher ses yeux.

Une fois la capote enfilée, j'essuie la sueur qui perle de mes sourcils – Seigneur, je crève de chaud, ma peau me brûle – et je me baisse vers elle en portant tout mon poids sur une main, pour pouvoir glisser l'autre entre ses jambes ouvertes.

– Je veux juste vérifier que tu es prête, je lui murmure.

Ma bouche et mes dents tombent sur son lobe d'oreille, tellement délicat, et tirent légèrement dessus. Je remonte la main jusqu'à sa chatte et je souris contre sa joue. Non seulement elle est aussi charnue et soyeuse qu'auparavant mais elle est complètement trempée.

Putain, je devrais peut-être changer d'avis et la laper jusqu'à la dernière goutte mais je sais que si je fais ça, je vais éjaculer en un rien de temps. Il n'existe rien de plus sexy que de lécher chaque goutte de l'intimité d'une femme. Tout homme digne de ce nom, quand il combine ce plaisir avec celui qu'il offre à une femme, est prêt à perdre contrôle. La rendre folle vous rend fou.

– Tu es tellement mouillée, je lui dis en introduisant deux doigts dans son sexe étroit.

La façon qu'elle a de les serrer en elle, de s'y agripper, me fait révulser les yeux un instant. Putain, tout ça simplement avec deux doigts.

Elle halète et se cambre en arrière. Ses seins blancs se dressent devant moi. Je passe la langue autour de ses tétons durs comme de la pierre. Ils répondent à chacune de mes caresses, elle se met à gémir fort. J'enfonce mes doigts un peu plus profondément, ses gémissements augmentent encore. Elle me fait penser à un banquet de fête, un putain de buffet, et je ne sais pas par quel plat commencer, ils ont tous l'air plus délicieux les uns que les autres.

Je ne peux plus attendre. Je prends ma bite dans ma main et je la positionne à l'entrée de ses lèvres. Ses yeux papillonnent pendant que je caresse sa fente luisante avec mon gland. C'est dément comme sensation.

Retenant son souffle, elle s'écrie alors :

– Oh, Seigneur, entre !

– Impatiente ? J'aime ça.

Elle réfléchit un instant.

– C'est juste... ça fait si longtemps. J'ai l'impression d'être vierge à nouveau.

Un sourire idiot me mange tout le visage.

– Tu as raison. J'irai doucement.

Et même si je n'ai aucune envie d'aller doucement – merde, chacun de mes neurones crève d'envie de plonger au plus profond d'elle et de la pénétrer jusqu'à ce que sa tête heurte la tête du lit –, je fais comme j'ai dit. Je me fraye doucement un chemin en elle. Non, en fait, je dois forcer un peu parce qu'elle est incroyablement étroite, comme un foutu petit étau qui enserre chaque millimètre de ma queue.

– C'est un vrai test de volonté, dis-je en me regardant faire.

Mon gland a disparu dans ce petit rêve rose et tendre. Ça glisse si bien, c'est surréaliste.

– Doucement, dit-elle dans un soupir.

Elle se rallonge, j'attends un peu qu'elle se détende pour continuer. Elle est tellement sexy, tellement mouillée, que je me mets à trembler en m'enfonçant en elle. Je fais une pause, pour moi cette fois, et je respire à fond, par saccades.

– Est-ce que je te fais mal ? demande-t-elle, inquiète.

Je lui réponds d'une voix de gorge :

– Non, pas du tout, juste à ma volonté, ma douce.

Elle se met à sourire et elle se détend, mais ça n'est pas suffisant.

– Ouvre-toi, je ne suis qu'à mi-chemin. Je veux entrer en entier.

– Merde, je croyais que j'étais ouverte.

Je secoue la tête en faisant tomber des gouttes de sueur sur ses seins.

Elle prend une profonde inspiration, mais je sais comment accélérer le processus. Je pose mon pouce sur son clitoris et je me mets à le masser. Elle mouille. Je continue jusqu'à se que je la sente s'ouvrir un peu plus. Elle se met à haleter, elle agrippe mes fesses et y enfonce ses doigts pour contrôler ma vitesse. Mais elle me tire toujours vers elle. Je retiens mon souffle, j'oublie d'expirer, saisi par cette plongée vertigineuse. J'ai l'impression d'être un conquistador qui pose le pied sur une terre vierge. Elle s'étale sous moi, si douce, si luxuriante, comme le paradis terrestre. Elle remonte ses genoux plus haut, elle s'ouvre plus largement et finalement je la pénètre complètement, mes couilles battent contre elle, je me sens prêt à défaillir. Elle halète, mais s'accroche furieusement à moi.

Je me mets à gémir fort, je suis incapable de me taire. Malgré ma réputation d'homme à femmes, je crains de ne pas pouvoir faire très bonne impression cette fois-ci. Mon désir est trop aiguisé, trop fort, trop tout. Je me retire doucement, je regarde mon sexe qui luit et je replonge en elle. Tout mon corps frissonne.

Mais même si je sais que ça va être dingue, je ne veux pas jouir avant elle. Je me contrôle, je saisis ses cuisses et je la hisse vers moi. Je la retiens d'une main, mes doigts fouillent sa chatte, je glisse l'autre main vers son clitoris.

Elle gémit, fort, puis elle réussit à attraper un oreiller pour se le plaquer sur la bouche afin d'assourdir ses cris. Je dois dire que c'est super-excitant de la voir regarder mon sexe quand je la lutine, mais ça l'est aussi quand elle ne peut plus rien voir.

– Ne te retiens pas, Bébé, je chuchote entre deux souffles. Moi je ne peux pas. Pas cette fois.

Mon bassin fait des mouvements de va-et-vient, je plonge et replonge en elle, depuis le bout de mon gland jusqu'au dernier centimètre de ma bite. Mon rythme s'accélère encore, je ne vais pas pouvoir me retenir beaucoup plus longtemps. Son sexe est tellement serré, tellement avide, j'ai l'impression d'être défoncé, comme si j'emmenais ma queue dans un voyage sexuel sans retour. Mes doigts se déchaînent. Ses gémissements assourdis se font plus audibles, je la baise de plus en plus fort. Elle se cambre, ses tétons roses pointent, je comprends qu'elle va bientôt jouir.

– Merde, oh Seigneur ! crie-t-elle.

Je me mets à la baiser de toutes mes forces en secouant le lit, en secouant ses seins, je ne me rends compte de rien, mais quand je la sens qui se contracte autour de mon sexe, je comprends qu'elle est perdue dans la spirale du plaisir.

Je prends une profonde inspiration et je pousse un cri sourd lorsque mes muscles se détendent enfin et que la jouissance parcourt ma colonne vertébrale en excitant la moindre de mes terminaisons nerveuses. Je la baise tellement fort que j'ai l'impression que je vais faire traverser le mur à son lit, jusque dans mon appartement, et soudain je suis chauffé à blanc, sauvage, défait.

Je jouis si violemment que j'ai peur que mon sperme déchire la capote. Mes spasmes font trembler le lit, bien que j'aie ralenti mes coups de reins. À travers la béatitude électrique qui m'a envahi, j'entends Nicola qui continue à gémir et haleter sous l'oreiller, en faisant des bruits insensés. J'ai dû faire les mêmes, c'est difficile à dire quand il devient impossible de contrôler son corps, quand on ne se rend plus vraiment compte de ce qui se passe. On est à des milliers de kilomètres au-dessus de la Terre, et on n'a pas la moindre idée de quand on va redescendre.

Mes bras commencent à trembler, alors je me baisse lentement, je m'allonge sur elle. Ma poitrine trempée de sueur écrase la sienne. C'est tellement animal, cette sensation, nous ne sommes plus qu'instinct et désir. Ce serait idiot de dire que nous sommes âme contre âme, mais c'est pourtant presque ça.

– Désolé, je n'ai pas pu me retenir. Tu es une vraie bombe, de la putain de kryptonite.

Elle me regarde intensément, son visage est écarlate et rayonnant, elle a le regard vague, comme si elle était dans un rêve. Elle est plus belle que jamais. Je veux qu'elle reste comme ça tout le temps.

– Je ne peux même pas... fait-elle d'une voix chantante, aérienne.

– La prochaine fois, ce sera différent, je lui dis en écartant ses cheveux humides de son visage.

Elle est complètement ébouriffée, ce qui ajoute à son look de déesse frénétique quand elle secoue la tête en poursuivant :

– Seigneur, j'espère que non. C'était... c'était... je n'ai pas de mots pour le dire.

– Oh, mais ça sera tout aussi extraordinaire, je la rassure en l'embrassant doucement sur les lèvres.

Elle a un goût de sel. J'inspire profondément et l'odeur de son sexe, celle d'avant et celle d'après, me fait presque bander à nouveau. Si je ne devais pas enlever ma capote, je crois que je resterais en elle pour toujours. Mais je ne le fais pas. C'est plus correct.

Je me retire en maintenant la capote pour être sûr de ne pas lui renverser de sperme dessus. Je me lève et je vais me nettoyer à la salle de bains.

Je la retrouve blottie sous les couvertures remontées jusqu'à sa poitrine. Dans la lueur de la lampe de chevet, elle semble repue. Parfait.

– Je peux entrer ? je lui demande.

Je ne sais pas si elle voulait de moi simplement pour faire l'amour ou pour plus que ça. J'espère que c'est pour plus que ça. Elle me sourit paresseusement et m'ouvre les couvertures. Intérieurement, je soupire de soulagement et je la rejoins.

Je ne suis pas très câlin, mais là, nu dans un lit avec elle, je m'en voudrais de ne pas toucher le moindre centimètre carré de sa peau si douce. C'est une foutue déesse avec ses taches de rousseur, ses lèvres roses et boudeuses, sa peau diaphane, et elle ne s'en rend même pas compte. Ce qui ajoute encore à son sex-appeal.

Je la prends dans mes bras et j'embrasse son épaule, encore tiède et humide. Mes doigts se perdent dans ses cheveux tout décoiffés. Je ne sais pas quoi lui dire, je n'ai jamais été spécialiste des confidences sur l'oreiller. Je veux juste la prendre dans mes bras et m'endormir avant de me réveiller dans quelques heures pour remettre ça.

Mais je la sens légèrement tendue, hésitante. Elle se passe la main sur les lèvres, comme si quelque chose la tarabustait, et je crois savoir ce que c'est.

Je fais courir mes doigts le long de son petit nez adorable, jusqu'à ses lèvres délicieuses.

– Tu sais, contrairement à ce qu'on raconte, ça veut vraiment dire quelque chose pour moi.

Elle avale sa salive et tourne la tête.

– Ouais ?

Je le savais. Ma réputation me poursuivra toujours.

– Ouais.

Je l'embrasse dans le cou et je murmure à son oreille.

– Et je ne baise jamais deux femmes à la fois. C'est toi que je baise à présent et je vais continuer comme ça aussi longtemps que tu voudras bien de ma queue. Je sais que tu as dit qu'il fallait être idiote pour vouloir faire partie de mes conquêtes, mais je n'ai d'yeux que pour toi. Ça n'aurait aucun sens de baiser quelqu'un d'autre, si c'est pour penser à toi tout le temps.

Elle hoche la tête.

– Ok. Eh bien, tu n'as pas à t'en faire pour ça avec moi.

– N'en sois pas si sûre. Je t'ai vue au boulot. J'ai vu la façon dont les mecs te regardent, exactement comme toi tu le fais. Mais tant que je serai le seul qui réussisse à te conquérir, je serai heureux. Et je ferai tout ce que je peux pour te rendre heureuse.

Elle sourit doucement.

– Tu es presque tendre, quand tu dis ça.

– Donne-moi juste cinq minutes et la tendresse sera la dernière chose à laquelle tu penseras.

Mais à peine quelques minutes plus tard, nous sommes tous les deux endormis.

Chapitre 14

Nicola

– Seigneur, tu as tellement bon goût, ma douce.

J'entends les paroles confuses de Bram tandis que je sens sa langue qui glisse entre mes cuisses. Je sursaute, mais ses mains saisissent mes hanches et me plaquent sur place. Je lève la tête en ouvrant grand les yeux et je vois sa chevelure épaisse qui descend pendant que sa langue se glisse dans ma fente et la lèche lentement.

–Jésus, je murmure en me laissant retomber sur le lit.

Quelle façon de se réveiller ! C'est l'aube, dehors le ciel est gris-bleu, bien qu'il n'y ait aucun nuage ni aucun brouillard en vue. Je suis étonnée que nous soyons déjà réveillés. J'ai l'impression qu'on a baisé toute la nuit, mais bien que j'aie mal et que ma chatte et mes lèvres soient à vif, je me sens étonnamment vivante. J'ai l'esprit très clair, mes nerfs fusent, ma peau semble sentir chaque atome d'air. C'est un cliché pas possible de prétendre que je me sens comme une femme toute neuve, pourtant c'est la vérité.

Bram grogne et sa langue plonge à l'intérieur de moi. Je me cambre pour qu'il rentre plus profondément, j'ouvre grand les jambes pour lui faire la place. Ses mains s'agrippent à mes hanches, et un de ses doigts glisse le long de mon clitoris et se met à le caresser.

Seigneur, je vais jouir n'importe quand, mais j'ai envie que ça dure encore et encore. Est-ce que je pourrais me réveiller comme ça, tous les jours qui me restent à vivre ? La nuit dernière, c'était trop dingue pour pouvoir mettre des mots dessus, encore un cliché, mais vrai. Je n'ai jamais eu un mec qui me désire autant, je pouvais quasiment sentir son besoin primal, animal, qui répondait au mien. Et Bram nu, merveilleusement, nu de façon exquise, avait tout d'une bête. Je ne savais pas s'il allait me faire mal ou pas, mais vu la façon tellement douce, absolument délicieuse, dont il m'a pénétrée, je n'ai senti qu'un petit pincement intérieur, puis ce sentiment incroyable d'être totalement remplie, comme si je l'avais attendu toute ma vie durant. Mon seul problème, c'est que maintenant sa queue me manque un peu. Je voudrais qu'il entre en moi, entièrement, pas uniquement avec ses doigts et sa langue. Je veux qu'il secoue encore une fois mon lit, que mes seins tressautent pendant qu'il me saute. Je veux cette sauvagerie, cette dureté, ce petit sourire satisfait qu'il a quand il sait exactement quoi faire pour me faire hurler, même si je hurle dans mes oreillers pour ne pas réveiller Ava. Et il me lèche avec une telle gourmandise, comme si j'étais un foutu Kim cône, que je suis sur le point de perdre les pédales.

J'attrape l'oreiller sous ma tête et je le plaque sur mon visage pendant qu'il me fait grimper aux rideaux.

Toutes les tensions dans mon corps se relâchent soudain et je surfe sur les vagues d'une jouissance inconnue qui fait tressauter mes membres.

Putain de merde. Pim, pam, poum, merci Bram.

Quand mes spasmes commencent à diminuer, il soulève la tête.

– C'est comme ça que j'aime réveiller ma femme.

Je lui jette un regard. J'ai la tête qui tourne, mon corps semble flotter.

– Et si moi j'avais envie de te réveiller en te faisant une petite pipe ?

– Pas de problème, dit-il en rampant vers moi.

Sa queue dure comme de l'acier frotte contre ma chatte humide et je me surprends à espérer avoir assez de préservatifs dans ma table de chevet. Cet idiot n'en a apporté qu'un hier soir. Je me demande bien à quoi il pensait.

Je suis sur le point d'en attraper un, car bien que je prenne la pilule religieusement, une capote n'est pas un luxe avec un tombeur comme Bram, quand j'entends un bruit de pas derrière la porte, puis quelqu'un qui essaie de l'ouvrir.

– Maman, la porte est fermée ! hurle Ava. Laisse-moi entrer.

Bram et moi échangeons un regard, et je me rends compte qu'il n'a pas d'autres vêtements que son pyjama. Je me jette hors du lit, j'enfile mon peignoir et je lui lance son bas de pyjama. J'entrouvre la porte et je me glisse dehors en lui cachant Bram.

– Salut mon ange, je lui dis, dos contre la porte en prenant soin de la maintenir fermée. Tu t'es réveillée tôt aujourd'hui.

– Pourquoi tu avais fermé ta porte ?

– Oh, c'est une erreur.

La porte s'ouvre et Bram apparaît. Dieu merci, il ne bande plus.

– Bram ? Tu habites ici maintenant ?

Bram me lance un sourire complice et s'accroupit à sa hauteur.

– Non ma puce, j'habite toujours à côté. J'ai juste passé la nuit ici.

– Ok, dit joyeusement Ava, puis elle part à la salle de bains.

Je sais qu'elle est trop jeune pour avoir la moindre idée de ce que font les adultes ensemble dans ce genre de situation. Heureusement, elle est bien trop innocente pour avoir ce genre de pensée. Mais après Phil, j'ai toujours fait très attention aux hommes que je ramenais à la maison. Il n'y en a pas eu beaucoup, mais je suis sortie avec un type qui s'appelait Ben à peu près au moment où Linden et Steph ont commencé à être ensemble. Il était gentil, c'est la raison pour laquelle j'étais avec lui, mais il n'y avait pas d'étincelles entre nous. Ava l'aimait beaucoup, et plus il passait de temps avec nous, plus elle s'attachait à lui. Quand nous avons rompu, ça a brisé son petit cœur. Depuis que je sais qu'elle veut Bram comme papa-cadeau de Noël, je suis quasiment sûre qu'elle va s'attacher à lui. Quant à moi... je ne sais pas. Je le regarde flâner dans la cuisine, j'ai les yeux rivés sur les mouvements de ses hanches étroites, de sa taille fine et de ses muscles dorsaux. Je regrette de ne pas leur avoir laissé des traces de griffures la nuit dernière, mais ce sera pour la prochaine fois.

Pourvu que ce ne soit pas qu'un coup d'un soir, je pense, soudain inquiète qu'il puisse changer d'avis. Je sais qu'il m'a dit la nuit dernière qu'il voulait baiser uniquement avec moi, mais malgré tous mes efforts, je n'arrive pas à savoir où cela va nous mener.

Ensuite, je me dis que je ne devrais pas chercher à trop analyser. Ce n'est pas « amusant ». Ce n'est ni sauvage ni libéré. Je vais simplement apprécier la balade et m'intéresser à la suite des événements.

– Bon, dit Bram en mettant en route le café. (J'adore qu'il soit tellement à l'aise chez moi, alors qu'il y a quelques semaines seulement ça me dérangeait vraiment.) C'est quand ton prochain service ? Est-ce qu'on a le temps d'aller chez IKEA aujourd'hui ?

– IKEA. Les boules ! hurle Ava.

J'éclate de rire,

– Oui Ava, les boules.

– J'adore les boules !

– Exactement comme ta maman, dit Bram en se mordant les lèvres pour s'empêcher de rire.

– Hé, restons corrects, il y a des enfants.

– Des boules ! Bram-a-lama-ding-dong ! se met à hurler Ava.

Elle repart dans sa chambre en courant et je l'entends sauter sur son lit.

– Je ne sais pas d'où elle tient toute son énergie, je soupire, en allant chercher son médicament et l'indicateur de glycémie.

En fait, elle va super-bien depuis qu'elle a été diagnostiquée.

Je passe devant lui en coup de vent pour atteindre le placard. Il m'attrape par la taille et m'attire à lui.

– Comment vas-tu ? (Il baisse la voix.) J'ai l'impression que tu as apprécié la manière dont je t'ai réveillée.

Je ne peux m'empêcher de sourire. Il maintient sa pression et plonge son regard dans le mien.

– C'est vrai, c'est meilleur que le café. En parlant de café, tu as intérêt à te dépêcher, sans ça je vais t'arracher les yeux.

– Ah, tu es du genre à être invivable tant que tu n'as pas avalé ta troisième tasse. C'est bon à savoir. Il faut réveiller Nicola avec une petite partie de jambes en l'air et un café dans la foulée.

– On dirait le paradis sur terre.

– Le paradis peut être encore amélioré, dit-il en m'embrassant langoureusement dans le cou, puis en remontant jusqu'à mon menton.

– Quant à moi, je crois que j'ai trouvé mon paradis ici-bas.

Je renverse la tête en arrière en fermant les yeux et cette brûlure entre mes jambes réapparaît, et à nouveau le désir monte en moi. Impossible pourtant de faire quoi que ce soit avec Ava dans nos pattes. À moins qu'IKEA ait un baisodrome, nous allons devoir nous retenir jusqu'à ce qu'il fasse nuit.

Il me serre contre lui en respirant profondément.

– Ah, mon cœur, tu sens si bon. C'est dingue comme c'est enivrant.

– Bon alors, pour aujourd'hui ? je lui demande en tentant de le garder concentré.

Il recule.

– Oui. Tu es libre ?

– Aujourd'hui je ne travaille pas. Je suis toute à toi.

– Bien. Même si tu n'étais pas libre, j'avais l'intention que tu sois à moi de toute façon. Tu te souviens des trucs que je t'ai dits, que tu étais en manque ? Eh bien, ça va prendre un certain temps et nécessiter beaucoup de pratique pour te remettre à niveau. Mais tu peux t'en sortir, n'est-ce pas, Bébé ?

Voilà qui sonne comme une proposition que je ne peux plus refuser.

* * *

Bien que ce soit déjà l'après-midi quand nous arrivons à Emeryville, c'est un jour de semaine, IKEA n'est pas aussi bondé que ce que je craignais. Pour être honnête, je suis assez contente d'y retourner. C'est comme si la première fois, nous étions tous les deux des personnes totalement différentes. Maintenant, nous sommes là, et bien que nous ne soyons pas vraiment ensemble, à présent je sais ce que ça fait d'avoir son sexe en moi, du coup je n'ai plus à me poser la question.

Malheureusement, comme nous ne sommes pas les premiers arrivés, il y a un peu d'attente pour pouvoir déposer Ava aux jeux de la garderie. Nous passons le plus clair de notre temps à faire la queue au comptoir des retours-marchandise pour rendre les canapés. Apparemment, ça ne leur pose aucun problème de les reprendre, et je suis sûre que celui qui est déjà monté va finir dans le coin des « bonnes affaires », là où certains clients chanceux cherchent désespérément le Saint Graal du mobilier, c'est-à-dire le meuble IKEA déjà monté.

Quand Ava peut enfin entrer à la garderie, nous avons pratiquement terminé et nous sommes prêts à repartir à la maison. Bram me rappelle alors combien Ava était excitée à l'idée d'y aller et je ne peux pas lui refuser ça, du coup nous décidons de faire un petit tour dans le magasin pour la laisser jouer pendant une heure.

Nous lui disons au revoir et Bram me serre contre lui, ses doigts enserrent mon poignet, son pouce caresse doucement ma peau. Il murmure à mon oreille :

– Tu te souviens de notre défi de l'autre fois ?

Je lui lance un regard froid.

– C'était il y a quelques jours seulement, alors oui, je m'en souviens. Et c'est toujours non. Tu peux encore me dire que je ne suis pas marrante, mais je refuse de m'asseoir sur des toilettes d'exposition pour faire semblant de couler un bronze.

Il sourit :

– Non, ce n'était pas tout à fait ça. Mais c'est un défi. Et tu aimeras ça si tu me fais confiance.

Je plisse les yeux.

– Je ne sais pas...

– Viens avec moi, dit-il, et il m'entraîne dans les escaliers, vers la partie showroom.

Nous traversons à grands pas les couloirs, nous doublons des couples qui se vautrent sur les canapés et des femmes méticuleuses qui testent les butées des tiroirs.

Bram reluque ma jupe en tulle.

– J'aime bien que tu portes ça.

Je la regarde et j'apprécie le contraste avec mes boots Zara.

– Merci, je trouve que ça fait un peu ballerine punk.

– Non, je veux dire que je suis content que tu portes une jupe.

– Pourquoi ? je demande, quand soudain il me pousse dans un des appartements d'exposition. Il me fait passer derrière une porte coulissante en bois, et nous nous retrouvons dans une des salles de bains.

– Non, mais qu'est-ce que je viens de te dire ? je lui rétorque fermement.

– Relax, ce n'est pas ce que tu crois, et d'un mouvement rapide il m'attrape par les hanches, me soulève et me juche sur le lavabo.

Je me tortille, même si je suis hors de la vue de la plupart des clients. Mais quiconque entrera dans cet appartement et tournera après la porte tombera droit sur moi.

Bram remonte ma jupe jusqu'à la taille et baisse ma culotte. Le courant d'air frais sur ma chatte me fait frissonner, tout comme la porcelaine froide sous mes fesses. Avec un grand sourire, il prend position entre mes jambes.

– Sérieusement, non, nous allons nous faire prendre et nous allons être jetés dehors.

– Mais quelle façon agréable d'être foutu dehors ! répond-il.

Je sens ses poils qui me chatouillent et la chaleur de sa langue. Je ne sais pas quoi faire. Comment puis-je me décontracter et apprécier en sachant que nous pouvons être découverts d'une minute à l'autre ? Ce n'est pas du tout agréable, c'est stressant, c'est dangereux.

Mais putain, que c'est bon !

J'attrape ses cheveux et je me penche en arrière, ma tête heurte le miroir pendant que sa langue et ses lèvres me dévorent.

Je laisse échapper un gémissement, mais je m'en fiche. Le son se perd dans le brouhaha du magasin. À quelques mètres de nous, des gens examinent cet appartement, choisissent leur mobilier et juste derrière une cloison amovible, ma chatte est exposée à leurs regards.

Contrairement à ce matin, Bram ne prend pas tout son temps. Sa bouche est chaude et vorace et quand sa langue commence à faire des allers-retours dans ma chatte, je me mets à geindre à nouveau, je pousse un cri guttural cette fois, en me sentant libertine et délurée. Alors, lorsqu'il me met un doigt et commence à titiller mon point G pendant que ses lèvres tètent mon clito, je suis fichue.

– Putain, je crie.

Trop fort. Mais Bram continue jusqu'à ce que mes jambes arrêtent de trembler. Pendant quelques secondes merveilleuses, j'ai l'impression d'être hors du temps et de l'espace, dans la septième dimension où les orgasmes que Bram déclenche vous expédient.

– Wouah, je trouve le moyen de dire, en relevant la tête.

Je m'attends à voir Bram, mais c'est autre chose que je découvre. Il est face à moi et me regarde d'un air inquiet, probablement parce qu'on dirait que j'ai vu un fantôme. Il y a un couple d'un certain âge juste derrière lui qui nous observe, bouche bée. La femme pousse un cri, l'homme lui couvre les yeux avec sa main et la tire hors de notre vue. Bram bondit, me fait descendre et vérifie que je suis correctement couverte.

– Oh merde, oh merde, oh merde, je jure, en ajustant ma jupe. (Je l'attrape par la chemise.) Qu'est-ce qu'on fait ?

– C'est le genre à appeler la sécurité, répond-il.

Et bien que je pète de trouille, je discerne une lueur d'amusement dans ses yeux. Je ne suis pas certaine d'apprécier. Je n'ai aucune envie d'encourager ce genre de jeu à nouveau.

– Je suppose qu'il vaut mieux fuir ?

En me retournant, je me cogne contre le faux mur de la salle de bains derrière nous.

– Tu veux casser ce mur pour que nous passions au travers ?

Il m'attrape la main et il l'embrasse.

– Je compte jusqu'à trois et on court, d'accord ? Un, deux, trois !

Sans réfléchir, mes jambes obéissent, il me tire derrière lui et nous jaillissons de cette salle de bains et de cet appartement bidon. Quelques personnes nous dévisagent en se demandant ce qui arrive, mais le plus inquiétant, c'est que le couple âgé est en train de parler avec un vendeur IKEA en nous montrant du doigt.

– Avance ! me crie Bram.

Mes jambes continuent à avancer alors que le reste de mon corps est comme tétanisé par la panique. Nous galopons à travers les couloirs, jusqu'aux escaliers.

J'entends un « Hé ! », quelqu'un crie, mais nous ne regardons pas en arrière, nous continuons à courir. Nous descendons les marches quatre à quatre, puis nous nous ruons à la garderie.

Ça ne fait pas encore une heure, mais Ava joue non loin de l'entrée. Je l'appelle, je lui fais des grands signes de la main en essayant de ne pas paraître complètement dingue. Elle est assez gentille pour courir vers nous sans rechigner.

– Vous êtes déjà là ?

– Ma chérie, on doit y aller tout de suite. Tu veux bien courir avec nous ? On fait semblant d'être poursuivis par des dinosaures ?

Elle acquiesce, elle est toujours partante quand il s'agit de dinosaures.

– Quel genre de dinosaures ?

– Les méchants.

J'attrape sa main et nous sortons du magasin à petites foulées, en évitant quiconque voudrait nous arrêter. Bien entendu, nous nous perdons dans le parking, un vrai labyrinthe, mais finalement nous retrouvons la Mercedes, nous nous jetons à l'intérieur et nous démarrons.

Je continue à regarder le bâtiment bleu et jaune qui s'éloigne derrière nous en imaginant que des vendeurs IKEA en colère nous poursuivent avec des fourches et des torches. C'est seulement quand nous arrivons sur l'autoroute que j'éclate d'un rire nerveux. Je n'y peux rien. Des larmes jaillissent de mes yeux, je tremble de partout, je hurle de rire comme une folle.

Bram me regarde d'un air choqué, comme si j'avais perdu la tête, puis il éclate de rire avec moi. Bientôt Ava s'y met aussi, même si elle ne comprend pas pourquoi. Peut-être parce qu'elle n'a pas vu sa maman rire aux éclats depuis très longtemps ? Peut-être est-elle contaminée par le virus de la démence qui nous a déjà touchés, Bram et moi ? Peut-être est-elle simplement heureuse que sa mère soit sauvage et libre.

Nous rions pendant tout le chemin du retour.

Chapitre 15

Nicola

Le truc, quand vous passez la nuit avec le beau-frère de votre meilleure copine, c'est que vous ne savez pas vraiment comment aborder le sujet avec elle et vous n'êtes même pas certaine de devoir lui en parler. Mais comme il s'agit de Bram et moi, il est pratiquement impossible de ne pas vendre la mèche. Je crève d'envie d'en parler à quelqu'un.

Quand nous sommes rentrés d'IKEA, Bram a cuisiné un poulet aux légumes absolument délicieux. Ava et moi avons adoré. Puis nous avons passé la soirée tous les trois devant *1001 pattes*[8]. Après avoir couché Ava, Bram et moi avons passé la nuit à baiser comme des fous. Bien qu'il m'ait déjà fait jouir chez IKEA et que du même coup j'aie réalisé mon fantasme secret de faire l'amour en public, je suis encore plus excitée par lui qu'auparavant.

---

8. Film d'animation des studios Pixar.

Mais maintenant, nous sommes le lendemain. Bram est parti à ses rendez-vous et Lisa vient s'occuper d'Ava parce que je travaille. Si je ne raconte pas à quelqu'un, même à Steph, ce qui s'est passé pendant ces dernières quarante-huit heures, je vais devenir dingue.

Je ne sais pas, répond Steph au texto que je lui ai envoyé pour lui demander qu'on se voie, je suis complètement crevée, j'avais prévu une soirée pyjama devant Netlix.

Je lui réponds :

J'ai besoin de te parler. Il faut que je te raconte qui a baisé à IKEA.

Une pause. Puis :

CQD[9]. Qui a baisé à IKEA ? Le magasin ??

Viens au bar ce soir et je te le dirai. Eh oui, le magasin.

OMG[10]. C'était toi ? OMG. AVEC BRAM ???

On se voit ce soir.

D'accord. Grrrr, quelle salope !!!!!! Dis-le moiiiiiii.

Plus tard.

MERDE.

Voilà comment j'ai réussi à convaincre Steph de me rejoindre pendant mon service au Lion. Heureusement, c'est calme, mais pas assez toutefois pour qu'on me dise de rentrer chez moi. Du coup, Steph s'est assise au bar, ce qui me facilite la tâche.

– Allez, crache le morceau !

Elle frappe sa deuxième bière sur le comptoir. Elle avait envie de rester chez elle à regarder Netflix.

– D'accord, je lui dis en me sentant rougir.

Elle lève la main,

– Attends, je connais la réponse. Regarde ton visage, on dirait une tomate géante. Ça te trahira toujours.

---

9. C'est quoi ce délire ?
10. Oh my God : Oh mon Dieu.

Je soupire et je me penche vers elle en baissant la voix. Bien qu'il y ait très peu de monde autour de nous, je ne veux pas que ça tombe dans n'importe quelles oreilles.

Je ne suis pas du genre à me vanter de mes conquêtes, pourtant c'est exactement ce que je suis sur le point de faire.

– J'ai baisé avec Bram.

– Quoi ? s'écrie-t-elle.

James la regarde depuis l'autre extrémité du bar.

– Steph, ferme-la, je la préviens en me penchant par-dessus le comptoir pour lui attraper le bras. Je croyais que tu avais compris en voyant mon visage rouge tomate.

– Ouais, mais te l'entendre dire, c'est autre chose ! s'exclame-t-elle en se tortillant sur son siège. Bon, bon, donne-moi les détails, je veux tout savoir, tout. Il en a une grosse ? Comme Linden ?

Je savais qu'elle allait tôt ou tard mettre Linden sur le tapis.

– Du calme. Bon, tout a commencé chez IKEA.

– Ce bon vieux IKEA, sourit Steph en frappant du poing sur le comptoir.

– Ouais, il m'a chopée là-bas, tu sais lorsque nous sommes allés acheter un nouveau canapé.

– Ouais... Et vous avez fait l'amour sur le canapé !

– Non. Enfin attends, tout allait bien, il flirtait avec moi, c'est tout. Tu sais à quel point il est rentre-dedans.

– Comme Linden, murmure-t-elle, soudain rêveuse, en appuyant son menton sur sa main.

– Non, pas comme Linden. Enfin, quoi qu'il en soit, plus tard à la maison, il est venu m'aider à monter le canapé. Je ne me souviens plus si c'est moi qui lui ai demandé ou pas. Ah oui, j'avais besoin d'une visseuse ! Bref, pendant qu'Ava fait la sieste dans ma chambre, nous bavardons... et... tu sais, il n'est pas du tout comme je croyais.

Je ne veux pas divulguer les choses qu'il m'a confiées sur son projet caritatif, mais je poursuis :

– Et je pense qu'il n'est pas du tout comme tu crois. Ou même Linden. Il est beaucoup plus profond que ça.

Elle fait la moue.

– Bram ? Profond ? Allez, le seul moment où il est profond, c'est quand il tente de compter le nombre de femmes qu'il a séduites.

Je dois admettre que je suis un peu sur la défensive.

– Ça n'est pas vrai du tout. Enfin oui, il y a des femmes... enfin il y avait...

– Il y avait ?

– Mais je m'avance un peu.

– Tu t'avances beaucoup.

– Enfin bon, on était en pleine conversation et... Seigneur, je ne sais pas. J'ai juste... je sais que c'est stupide de ma part, mais ma vieille, tu sais tout ce temps où on a flirté et tous ces sous-entendus, j'avais juste envie de voir comment c'était avec lui. Tu comprends ? Je ne pensais plus qu'à ça en le regardant, en écoutant ce fichu accent...

Elle soupire fort,

– Ah ouais, cet accent...

– Il me faisait ressentir des trucs que je n'avais plus ressentis depuis très longtemps.

Elle me regarde fixement, en faisant une petite moue.

– Comment se fait-il que tu ne m'en aies jamais parlé ? Je croyais que tu détestais Bram ?

– C'est vrai. Mais il m'a fait changer d'avis. Je crois que je m'imaginais que c'était stupide de tomber amoureuse de quelqu'un comme lui.

– Oh, ma chérie, allez, qui n'a pas eu d'histoire avec Bram ? Il est Bramtastique.

– Seigneur, tu es aussi mauvaise que lui !

Elle répond en haussant les épaules.

– Mais si, tu lui as interdit de lever les yeux sur moi, tu nous as menacées Kayla et moi en prétendant que nous allions détruire l'équilibre de notre groupe. Tu n'y es pas allée de main morte. Je ne voulais pas que tu sois en colère contre moi ou que tu me fasses la leçon.

– Je sais, mais j'ai dit ça uniquement parce que je tiens à toi, je voulais juste te mettre en garde. Mais pour être honnête, tu es rayonnante. Je ne t'ai pas vue comme ça depuis bien longtemps. Et je sais que tu fais attention... n'est-ce pas ?

J'acquiesce d'un signe de tête,

– Je ne suis pas en train de tomber amoureuse de lui, si c'est ce que tu veux dire.

– Bon. Non pas que je ne veuille pas que tu tombes amoureuse, mais je suis très circonspecte face à un bourreau des cœurs comme lui.

Elle fait une pause en m'observant attentivement.

– Mais à côté de ça... Tu as fait l'amour avec Bram... mon beau-frère.

– Ouaip.

– Alors comme ça, vous étiez en train de monter le canapé, et quoi, il t'a sauté dessus ?

Je me mets rire.

– C'est un peu ça. Nous étions sous la housse du canapé. Tu sais comment c'est IKEA, il faut tout monter soi-même. Nous étions en train de fermer la fermeture Éclair qui relie les coussins au tissu, et... je ne sais pas. On s'est regardés d'une certaine façon et l'instant d'après il était en train de m'embrasser et de me peloter. Je suis tombée par terre, il m'a relevé ma jupe et il a... c'était torride !

– Et... et...

Je hausse les épaules.

– Et Ava nous a interrompus.

– Quelle petite emmerdeuse !

– Steph ! je l'avertis. C'est de ma fille dont tu parles. Et ok, c'est une emmerdeuse.

– Mais dis-moi à quel moment tu as vu sa queue ?

– Je t'ai dit que j'avais passé la nuit avec lui.

– Hashtag bite.

– Et bon, quand nous étions en train de faire les imbéciles sous ce tissu, il m'a caressée.

– C'est génial ! Donne-moi une autre bière.

Je sors une bouteille d'Anchor Steam, je la décapsule et je la lui tends. Je lui raconte toute la suite, y compris comment je lui ai envoyé un SMS pour lui demander s'il était réveillé.

– Alors, c'est toi qui as pris le contrôle. Je ne pense pas t'avoir jamais vue faire ça. Tu sais, avec un mec.

Elle a raison.

– Oui, c'est moi qui ai fait le premier pas. Mais quand il est entré, c'est lui qui a tout contrôlé, de A à Z. Et c'était chouette. Il est un peu rude, tu sais, et il parle de façon très crue. Du moins avec moi. Mais je ne crois pas qu'il soit aussi vulgaire que Linden.

– Attends un peu et tu verras.

– Enfin...

– Et tu as joui ?

– Plutôt, oui. Et à chaque fois ensuite.

– Et que vient faire IKEA là-dedans ?

Je ne peux m'empêcher d'avoir un sourire coquin en détournant le regard. Le souvenir de ce moment reste gravé dans mon esprit.

– Nous sommes retournés rendre les canapés. Pendant qu'Ava était à la garderie, il m'a entraînée dans une des salles de bains d'exposition...

– Non... dit-elle en écarquillant les yeux.

Je hoche la tête,

– Si. Il m'a assise sur un lavabo et m'a fait jouir.

– En plein magasin !

– Ouaip.

– Avec du monde autour ?

– Oui. Je ne les avais pas vus avant qu'on ait terminé. Mais ensuite nous nous sommes fait prendre.

– Vous vous êtes fait pincer ? hurle-t-elle.

Fort. Assez fort pour que James s'avance dans notre direction.

– Steph, baisse d'un ton ! je siffle entre mes dents.

– Qu'est-ce qui se passe, les filles ? demande James, d'un air curieux.

– Rien, je m'empresse de lui répondre.

– Rien du tout, ajoute Steph. Sauf que Nicola est une exhibitionniste secrète.

– Steph !

James me dévisage du haut en bas.

– Tu en es sûre ?

– Elle est capable de se mettre à danser sur le comptoir, poursuit Steph.

– Tu peux faire tout ce que tu veux, du moment que ça nous amène des clients, dit-il en nous regardant l'une après l'autre, tout en essayant de deviner ce qui se passe.

Mais comme nous restons impassibles, il finit par repartir.

– Et maintenant, je t'en supplie, ne raconte à personne ce qui s'est passé.

– Je ne dirai rien, sauf, bien sûr, à Linden.

– Non ! je lance en lui donnant un coup dans le bras. Surtout pas à lui ! Je ne veux pas que Bram pense que j'ai ouvert ma grande gueule.

– Oh, et tu ne penses pas qu'il est en train de faire exactement la même chose en ce moment ? Raconter les points qu'il a marqués avec l'impénétrable Reine des Glaces ?

– « Reine des Glaces » ? Ça me blesse presque autant que « pas marrante ».

– Tu sais, c'est comme ça qu'ils appellent toutes les filles qui ne cèdent pas à leurs avances dès la première fois. Tu es leur baleine blanche.

– Super, une baleine, maintenant.

– Je parle de Moby Dick, idiote. Je te garantis que Linden sera déjà au courant quand je vais rentrer à la maison. Et ça ne sera pas à cause de moi.

Elle me jette un regard.

– Et tu sais, c'est agréable de partager. Ça te fera du bien. En plus, moi je ne te cache pas comment est Linden au pieu.

– Je sais. Et je n'ai pas besoin non plus que tu me répètes ce que vous avez fait avec les plugs anaux que vous avez achetés à Castro[11].

Elle hausse les épaules.

– Je te parie que Bram est lui aussi adepte de ce genre de joujoux. Et quand il va te prendre et utiliser tous ses nouveaux jouets, je te garantis que tu vas m'appeler pour cracher ta Valda.

– J'espère que tu parles au sens figuré, je lui réponds sèchement.

Après ça, Steph ne tarde pas à s'en aller, avec cet air tout émoustillé que je lui connais bien. J'aimerais mieux ne pas comprendre ce qu'il signifie, mais je le lui ai vu trop souvent quand elle pense à Linden.

Je termine mon service dans seulement dix minutes lorsque je reçois un texto.

Tu es toujours au boulot ?

Je ne peux m'empêcher d'avoir un petit frisson, à cause d'un simple texto. J'ai vraiment l'impression d'être retournée au lycée.

---

11. Quartier gay de San Francisco.

Ouaip, mais j'ai presque fini.

Je viens te chercher. Je ne peux plus attendre. Ai pensé à toi toute la journée.

Ça y est, je souris aux anges. J'avais oublié comme c'était chouette de flirter par SMS.

D'accord, si tu veux.

À tout de suite.

Peu de temps après, je me retrouve dehors dans le brouillard. Je serre bien ma veste contre moi et Bram ne tarde pas à arriver dans sa Mercedes.

– Monte, Beauté, me dit-il après avoir baissé sa vitre.

Il est tellement beau dans son costume que je dois me pincer pour croire que c'est moi qu'il est venu chercher.

Je me glisse dans la Mercedes.

– Brrr, on se gèle, dis-je en me frottant les bras.

Il se penche et remonte un peu le chauffage.

– Tu sais, on pourrait croire que le fait d'avoir grandi en Écosse, le trou le plus humide du monde, m'aurait préparé à vivre à San Francisco, mais je ne sais pas comment vous faites. Vos saisons sont complètement bizarres.

– Ne m'en parle pas, dis-je en tremblant toujours. Le fait de porter une jupe n'arrange rien.

Il pose sa main chaude et large sur ma cuisse et la serre.

– Tu es glacée, note-t-il. Tu aurais mieux fait de boire quelques scotchs en m'attendant.

Je lui réponds que je n'ai pas attendu bien longtemps. Puis la voiture quitte l'avenue Van Ness pour se diriger vers le parc du Golden Gate.

– Où allons-nous ?

Il ne répond pas, il sourit dans l'obscurité et remonte sa main plus haut sur mes cuisses.

Je me tortille, les poils de son bras me chatouillent. En même temps, je ne peux pas m'empêcher d'écarter les jambes pour lui donner un meilleur accès.

– Où allons-nous ? je demande de nouveau, le souffle court, alors que ses doigts glissent sous mon slip et se frayent un chemin entre mes lèvres.

Je sais que je suis déjà trempée. Mon corps réagit de façon quasi immédiate à cet homme. Même sa façon de prononcer le mot « baise » me fait de l'effet.

– Je t'emmène faire un petit tour en voiture, répond-il, avec une nuance légèrement enrouée, pleine de sous-entendus dans la voix.

Tout ça est encore si nouveau pour moi. J'essaie de ne pas penser à mes petites angoisses, du genre est-ce que j'ai une haleine de hyène après le boulot, est-ce que j'ai bien mis un soutien-gorge et une culotte coordonnés, est-ce que je vais être à la hauteur ? La voiture s'emballe, ses vibrations me traversent, je m'allonge dans mon siège et je ferme les yeux.

Je suis déjà sur le point de jouir. Ses doigts sont habiles et mon corps, lui, est insatiable, mais il tourne en direction du parc. Dans d'autres circonstances, je me serais dit qu'il m'amenait là pour me tuer. Ou j'aurais eu peur de rencontrer les bandes de racailles et toute cette société secrète qui zone dans le parc à la nuit tombée. Mais je sais que non seulement Bram ne va me faire aucun mal mais que je suis parfaitement en sécurité avec lui, où que nous soyons. Il sait très bien comment faire attention.

– C'est un peu flippant, l'endroit idéal pour cacher un corps, lui dis-je.

– C'est l'endroit idéal pour baiser un corps, dit-il en garant la voiture et en coupant les phares.

Nous voilà enveloppés dans l'obscurité. Il se tourne vers moi. Je l'entends qui détache sa ceinture de sécurité.

– Je ne veux plus prendre le moindre risque après ce qui s'est passé à IKEA. Je vais m'asseoir à l'arrière et tu me rejoins.

Je n'essaie pas une seconde de discuter. Il sort de son siège, puis de la voiture. Il ouvre la portière arrière et s'assied sans mettre sa ceinture. Il ouvre sa fermeture Éclair. Dans la pâle lueur d'un réverbère, je peux apercevoir toute la longueur de son sexe.

Il semble toujours prêt.

– Alors tu viens me sucer ou quoi ?

Wouah. Bon. C'est d'abord sa queue qui fait son apparition, suivie de peu par les mots orduriers.

– J'arrive, en m'efforçant d'empêcher ma voix de trembler.

C'est amusant, mais c'est quand même un peu dur nerveusement. Je me sens un tantinet ridicule de jouer ce rôle de débauchée sexy, pourtant c'est apparemment exactement ce qu'il veut. J'ouvre la portière côté passager, je sors dans le froid et j'ouvre la portière arrière. Je suis sur le point d'entrer quand il m'ordonne :

– À poil.

– Quoi ? je demande en scrutant la voiture.

Ses yeux brillent de désir et de contrôle.

– J'ai dit à poil. Déshabille-toi complètement. Ensuite, entre dans la voiture et suce-moi.

Je tressaille. Je ne sais pas s'il joue un rôle ou pas, mais il semble être froid et dominateur, rien à voir avec le Bram joyeux et souriant avec qui j'ai fait l'amour. Pour être honnête, il me met les nerfs en pelote.

– Bram.

– Fais ce que j'ai dit.

Je soupire et j'entreprends d'enlever ma veste.

– Doucement, dit-il.

– Il fait un froid de canard.

– Vas-y doucement et je te promets que moi aussi je le ferai doucement.

Bon, je ne peux tout de même pas faire la fine bouche face une telle récompense.

J'enlève donc lentement ma veste de cuir et je la jette sur le sol de la banquette arrière. Puis c'est au tour de mon débardeur. Je me retrouve en soutien-gorge.

– Tu as une poitrine de rêve. Maintenant le jean.

Je retire mes bottes et mes chaussettes, puis je fais glisser mon jean par terre. Je suis maintenant en soutien-gorge et en slip, debout sur le bord de la route. Aucune voiture n'est passée par là pour l'instant, mais ça ne veut pas dire qu'il n'y en aura pas. Le froid pince, j'ai la chair de poule et l'herbe sous mes pieds est humide et fraîche. J'ai l'impression de renaître lentement.

Je baisse les yeux. Mon soutien-gorge et mon slip sont dépareillés. Vous pensez que j'aurais quand même pu suivre les règles élémentaires que je connaissais par cœur quand j'étais plus jeune, à savoir de toujours vérifier que ses sous-vêtements sont bien coordonnés avant de sortir avec un garçon, ainsi que d'avoir toujours des chewing-gums à la menthe sur soi, de ne pas mettre trop de gloss et de s'être fait un gommage complet, même si vous n'avez aucune chance parce que vous avez vos règles.

– Tu es une véritable déesse, tu sais ça ? dit-il. (Sa voix est si grave et tellement enjôleuse que s'il m'ordonnait d'aller courir le long de la route, je le ferais sans hésiter.) Enlève le haut.

Je passe les mains derrière mon dos et je me dégrafe. Mes seins jaillissent, lourds de désir. La brise les caresse et fait durcir un peu plus encore mes mamelons. On dirait que même la nature s'amuse à m'exciter.

– Maintenant ton slip.

Je le fais glisser le long de mes jambes tout en exécutant une petite danse sexy, en roulant des hanches, comme si j'y prenais vraiment du plaisir. Je me surprends à me dire que mon corps possède une âme en propre et qu'il a soif du sexe de Bram en permanence.

– C'est ça, tu es une bonne fille, murmure-t-il. Maintenant, tu peux entrer dans la voiture. Doucement.

Il est temps, parce qu'au loin j'aperçois la lumière de deux phares qui approchent. Je me baisse en cachant mes seins avec mes mains jusqu'à ce que la voiture soit passée et je lance un regard timide à Bram.

– Ils sont partis. Ramène tes fesses par ici.

Je me glisse à l'intérieur. La banquette me réchauffe les fesses. Je ferme la portière. L'arrière de sa voiture est exigu et il prend presque toute la place.

Il se caresse avec son pouce et je vois son sexe luire, puis il recule et agrippe la base de sa queue.

– Lèche-moi, juste avec ta langue. De bas en haut. Doucement.

J'essaie d'être autant à l'aise que possible à l'arrière de cette voiture. J'ai pleinement conscience de mes vergetures, de ma cellulite et de chacun de mes bourrelets bien que nous soyons dans l'obscurité. Je penche ma tête vers lui. Je pose ma langue à la base de son sexe, là où est sa main, et je le lèche tout du long. Je sens chacune de ses contractions, chacune de ses veines, chacune de ses turgescences. Il est chaud au toucher, il sent bon le savon. Lorsque j'atteins le sommet, le goût salé du précum me frappe, je m'aperçois que j'aime ça. En fait, je ne m'en aperçois qu'après m'être mise à gémir de plaisir.

– Tu aimes ça, hein mon cœur ? Tu aimes le goût de mon foutre ?

Je hoche la tête et je le lèche à nouveau, en descendant cette fois-ci.

Il se met à gémir et écrase sa queue contre ma langue.

– Tu sais ce qu'on dit, que plus c'est mal, meilleur goût ça a.

Je lui lance un regard provocant et je fais une pause avant de lui répondre :

– Et je sais que tu représentes le mal pour moi.

– Très très mal, et pourtant, oh, si bon.

Je le lèche entièrement, du haut en bas et tout autour.

– Maintenant, pose tes lèvres sur mon gland et suce-le. Doucement.

Je fais ce qu'il m'a demandé, mais sa main m'attrape la nuque. Il me tourne un peu la tête de côté.

– N'aie pas peur de me regarder pendant que tu le fais.

Merde. Regarder, ça n'a jamais été vraiment mon truc, surtout pendant l'amour, mais si ça l'excite, je veux le lire sur son visage. Je le regarde lascivement, il m'observe, lui aussi. Son regard est intense, primal, dévorant. Il finit par fermer les yeux en rejetant sa tête en arrière.

– Putain, tu es tellement bonne.

Je m'arrête, j'essuie mes lèvres avec le dos de ma main.

– Tu veux que je continue ?

Il secoue la tête en respirant lourdement.

– Non, répond-il d'une voix enrouée. Je veux que tu te retournes et que tu te mettes à quatre pattes. Tes fesses face à moi.

J'hésite, mais il se redresse et me regarde. Ses yeux brillent d'un tel désir que je me mets immédiatement à mouiller. Il lui suffit d'un regard, d'un geste suggestif, et je suis toute à lui.

– Absolument parfaite, dit-il.

Sa voix est devenue carrément gutturale, j'en perçois presque les vibrations. Je ne suis plus qu'une boule de nerfs et d'envie, je le sens bouger derrière moi et poser une main sur chacune de mes fesses.

– Tellement appétissante !

Aïe ! Il vient de me mordre, non.

– Désolé, dit-il, bien qu'il n'ait pas l'air désolé le moins du monde, c'est déjà bien difficile de ne pas te dévorer en entier. Mais je ne peux pas me retenir plus longtemps.

Il se met à me masser, à pétrir ma peau, je sens sa langue monter et descendre le long de chacune de mes fesses. Je frissonne, j'ai tellement envie qu'il aille plus bas.

Au lieu de ça, il m'écarte les fesses et je tressaille, je n'étais pas prête à ça.

– Détends-toi, murmure-t-il. Tu vas voir, c'est très agréable.

Pour lui, peut-être. Mas je n'arrive pas à me détendre, pas en sentant son doigt humide glisser le long de ma fente et explorer cet endroit qui ne devrait jamais l'être.

– Relax, Nicola, fais-moi confiance, dit-il encore.

Je déglutis, je ne suis pas sûre d'être capable de supporter des caresses anales, même s'il en parle tout le temps. Mais ses doigts descendent plus bas et glissent entre mes lèvres en les caressant.

– Tu es tellement mouillée, dit-il en titillant rapidement mon clito avant d'enfoncer ses doigts en moi. Tu es archi-prête.

Je l'entends bouger, puis c'est le bruit d'un étui de capote qu'on déchire. Son gland gonflé glisse entre mes fesses, de haut en bas. Il pousse rapidement au mauvais endroit, mais avant que j'aie eu le temps de protester, il descend encore et j'entends un petit rire. Il me teste.

Il m'attrape par les hanches et me déplace d'avant en arrière sur son sexe. Il fait entrer le bout de son gland et il pousse d'une main entre mes omoplates, afin de faire remonter mon cul pour avoir un meilleur angle d'attaque.

Bram pousse un gémissement de bête en s'enfonçant, et je ne peux que lui répondre de la même manière. Dans cette position, je me sens tellement parfaitement dilatée autour de sa queue. Je savoure chaque seconde où il me pénètre.

Il commence à se retirer doucement, puis pousse à nouveau en me maintenant jusqu'à ce que je commence à glisser. Mes mains sont maintenant contre la portière de la voiture et ma tête s'écrase contre la vitre embuée pendant qu'il m'assène ses coups de boutoir. D'une main, il malaxe sauvagement mon clito, ce qui me rend folle. L'autre se plaque sur mes fesses. Il me caresse lentement la raie du cul, positionne son pouce devant mon trou, puis le pousse doucement à l'intérieur.

Je me tétanise presque face à cette intrusion, mais je me contracte automatiquement autour de son doigt. C'est sale, c'est tabou, mais mon corps est tellement excité qu'il en redemande. Plus il enfonce son pouce pendant que sa queue m'écartèle, plus je me sens sauvage et plus je me sens libre.

Je pourrais donc tout laisser aller, être n'importe quoi, n'importe qui. J'ai eu envie d'être bestiale. Et c'est ce qu'il m'a fait devenir. Je gémis à haute voix. J'ai envie de lui demander de me baiser encore plus fort.

– Tu aimes ça, hein ? grogne-t-il. Ça te fait mouiller encore plus et tu es déjà tellement contractée.

Il enfonce son pouce à fond. Je pousse un halètement. C'est tout à la fois si mal et si bon, et tellement excitant.

– Tu es prête à jouir.

Et juste à cet instant, son doigt appuie tout en glissant, et je me rends compte à quel point je mouille, combien chaque centimètre carré de mon corps ressent une véritable plénitude, et je jouis. Je jouis bruyamment.

L'orgasme me tord, et j'essaie de me retenir à la portière de la voiture, ou peut-être que j'essaie juste de tenir le coup en général, parce que j'ai l'impression d'être rejetée quelque part très loin d'ici, où il y a des étoiles et de la musique, et ma peau me brûle alors que mon désir s'apaise. Je me sens réduite à un pur esprit de lumière, et Bram me chevauche toujours. Il me laboure encore alors que mes muscles tressautent, qu'ils se contractent autour de lui.

– C'est trop sensible, j'essaie de lui dire tout en reprenant ma respiration.

Mais il ne s'arrête plus, on dirait qu'il fonctionne uniquement à l'instinct, celui de baiser et d'atteindre l'orgasme. Et d'une façon ou d'une autre, je ne sais pas laquelle, mon hypersensibilité s'évanouit tout à coup et bien que je sois déjà parfaitement comblée, je jouis à nouveau.

Cette fois-ci, Bram aussi. Cela semble violent, presque surréaliste, plus grand que nous deux. Ses cris, ses cris somptueux et affolés remplissent la voiture et je redescends d'un autre sommet, le plus haut de tous. Il plaque sa poitrine humide contre mon dos en sueur. Il embrasse le bas de ma colonne vertébrale tout en tentant de reprendre son souffle.

– Putain, c'était incroyable, jure-t-il en s'éclaircissant la voix.

– Tu parles, je réponds.

Je m'écarte de la portière et m'effondre presque sur place.

– Je n'avais encore jamais joui comme ça, deux fois de suite.

– Alors la prochaine fois, on essaiera d'atteindre le chiffre trois, répond-il en souriant contre moi.

Il pose sa main autour de ma taille puis se retire lentement. Je me sens toute vide sans lui.

Nous nous asseyons côte à côte sur la banquette arrière, dans l'air rempli du parfum chaud et musqué de nos deux corps. Je suis intégralement nue et trempée. Il a l'air à la fois vidé et tout échevelé.

– Préviens-moi si tu veux que je te raccompagne la prochaine fois, me dit-il en ouvrant la portière.

– Je n'y manquerai pas.

Je me rhabille rapidement et il nous ramène jusqu'à la maison sans autre arrêt intempestif. Quand nous arrivons enfin, nous disparaissons dans son appartement pour un dernier coup rapide. Je sais, je sais. Nous venions juste de baiser d'une façon incroyable et nous aurions mieux fait de nous en tenir là. Mais qu'est-ce que j'y peux si nous sommes accros au sexe? Et ce n'est pas sympa de ma part, parce que Lisa est à cheval sur les horaires, mais je n'y peux rien. Nous venions juste de quitter la voiture que ses mains étaient déjà sur moi pendant que nous montions les escaliers, et bien que notre partie de baise dans la voiture ait été voluptueuse et renversante comme jamais, j'avais déjà envie de remettre ça dans un lit bien confortable. Ce mec me rend insatiable. Quand j'étais avec Phil, je ne ressentais pas ce désir permanent. Même au début de notre relation, tout semblait être tellement sous contrôle. Il faut bien avouer aussi que mon attirance physique pour lui n'a jamais été délirante. Il était mignon, bien qu'un peu maigrichon, mais je crois que j'étais surtout attirée par son air indifférent et par son esprit que par autre chose. Il était loin de me faire me sentir la femme la plus sexy au monde. Si jamais je prenais un peu de poids, et à l'époque j'étais vraiment mince, il me faisait des remarques qui me rendaient malade pendant des jours.

Donc, même si le sexe avec Phil avait été appréciable, puisque nous avons fait Ava ensemble, ça n'a jamais été une telle osmose, une suite ininterrompue d'orgasmes. Pas comme avec Bram. Je me demande si c'est comme ça que le sexe est supposé être en général, ou si j'ai simplement été vernie de tomber sur lui. Je me dis que c'est sans doute la deuxième réponse qui est la bonne. Il est finalement grand temps de regagner mes pénates. Bram me dit qu'il va se rafraîchir un peu et qu'il me rejoindra quand Lisa sera partie et que je serai prête à me coucher.

– Désolée d'être en retard, j'ai raté mon bus, j'explique à Lisa en entrant.

Elle a l'air un peu embêtée mais répond simplement : « Ça ne fait rien. » Elle se lève.

– Ava a été un ange, comme toujours. Et ses taux étaient bons.

– C'est super, merci.

Elle me passe devant pour aller vers la porte, mais s'arrête et me fixe soudain d'un regard perspicace.

– Tu as l'air différente.

– Vraiment ?

J'ai vérifié mes cheveux et mon maquillage dans la voiture en rentrant de notre petit coin « spécial baise » et après notre dernier coup rapide, donc je ne pense pas qu'on puisse voir que je viens de faire l'amour.

– Tu es rouge comme une pivoine, commente-t-elle.

– Ça doit être la marche depuis l'arrêt de bus, je lui réponds, tout en voulant ajouter qu'il fait très froid dehors.

Mais je m'arrête avant d'en faire trop et d'éveiller ses soupçons. Non que je veuille absolument garder le secret. C'est juste que je ne sais pas encore ce que nous sommes l'un pour l'autre. Et faire l'amour avec son propriétaire n'est pas toujours très bien vu.

Elle ouvre la porte et jette un coup d'œil en direction de l'appartement de Bram.

– Tu sais, ton voisin fait l'amour vraiment bruyamment.

Je m'étrangle presque.

– Ah ouais ?

Elle hoche la tête avec gravité.

– Ouais. Je ne sais pas comment tu fais pour dormir avec ce boucan. C'est un vrai showman. Et quelle que soit la femme avec qui il est.

Je sens le rouge me monter aux joues.

– Bonne nuit, Lisa, et merci encore.

Je ne sais pas si elle se doute de quoi que ce soit concernant Bram et moi, mais je sais qu'à un moment donné, elle va en tirer les conclusions qui s'imposent. Je me dis alors que ce n'est pas parce que je suis dans l'appartement de Bram que je dois hurler son nom de toutes mes forces. La prochaine fois, je lui demanderai de me bâillonner, mais rien que d'y penser, ça me rend toute chose.

Quand Bram entre dans ma chambre, plus tard dans la nuit, je suis épuisée et lui aussi, semble-t-il. Il ne me pousse pas à faire l'amour, il se contente de m'entourer de ses bras puissants et de me serrer contre lui. C'est tellement agréable d'être dans les bras de quelqu'un, de se sentir désirée.

– Tu es bien ? murmure-t-il à mon oreille.

– Très bien. J'ai l'habitude qu'Ava me grimpe dessus et s'écroule sur moi comme un sac de pommes de terre. Mais comme ça, c'est très agréable.

– Bon, tant mieux, parce que je n'ai pas l'intention de te lâcher.

– Je ne savais pas que vous étiez tellement collant, M. McGregor.

– Oh, il y a sans doute encore deux ou trois choses que tu ignores à mon sujet, ma douce, murmure-t-il. Mais tu les apprendras en temps voulu. (Il embrasse mon lobe d'oreille.) En plus, ça n'est pas difficile de s'accrocher à toi. J'ai peur que si je te lâche ne serait-ce qu'une minute, tu me glisses entre les doigts. Et ensuite, qu'est-ce que je pourrai bien faire ?

– Te branler ?

– Ouais, mais on ne peut pas faire ça toute sa vie.

– Vraiment ? Pourtant, j'ai essayé.

– Il faut vraiment que tu me montres ta collection de godes un de ces jours.

– Seulement si tu me promets de bien te comporter avec eux.

– Nicola, je ne peux pas croire que tu puisses penser que je ferais quoi que ce soit qui puisse mettre en danger ta beauté virginale, dit-il avec une indignation feinte.

Je ris bêtement.

– Tais-toi. Qui aurait pu croire que tu étais un tel abruti ?

– Pas grand monde. Garde-le pour toi et je ne parlerai à personne de ta collection de godes.

– Ce sont juste quelques jouets, je rétorque en lui tapant le bras pour rire et en me lovant à nouveau contre lui.

C'est tellement, tellement bon d'être dans ses bras.

– D'ailleurs, je pense que tous mes amis s'en doutent. Steph dit que les mecs m'appellent la Reine des Glaces. Les Reines des Glaces ne font pas l'amour.

– Hmmm, ce n'est pas vrai. Elles baisent vraiment. Simplement, elles le font selon leurs propres règles. Ou alors peut-être que je devrais me féliciter d'avoir dit les mots qu'il fallait, bien que je n'aie jamais su lesquels c'étaient.

– Je dirais simplement que quoi que tu fasses...

– C'est pour toi, me coupe-t-il, encore et encore.

– ... Continue comme ça.

– Et cette nuit ?

Maintenant, je me sens un peu coupable.

– Je suis un peu fatiguée.

– Moi aussi, répond-il en tapotant son oreiller. Mais ça ne veut pas dire que je ne te réveillerai pas plus tard au milieu de la nuit, de la seule façon que je connaisse.

Je souris à cette idée et je me laisse gagner par un sentiment de paix absolue. Ce moment, aussi simple soit-il, est presque parfait. Il est parfait. Ma fille est dans sa chambre, elle réagit bien à l'insuline et à ses piqûres, en prenant la chose en vraie guerrière qu'elle est. J'ai un superbe appartement. J'ai l'opportunité de pouvoir vraiment remettre ma vie sur des rails, de recommencer et de devenir plus forte, et c'est exactement ce que je fais. Et maintenant, j'ai Bram, cet homme merveilleusement bestial qui m'ouvre l'esprit et fait jouir mon corps.

Je m'arrête un instant sur cette idée. Quand bien même il m'appartient à cet instant et que ses bras m'enlacent, qu'ils me calment et me réchauffent, malgré le vent nocturne qui rafraîchit la chambre par la fenêtre entrouverte, quand bien même je me le suis fait plus tôt dans la soirée, je ne sais absolument pas ce que l'avenir nous réserve.

Je ne sais même pas ce que nous représentons l'un pour l'autre. Il m'a dit qu'il ne draguerait ni ne ferait l'amour avec personne d'autre que moi, et je le crois, puisque moi-même je n'y songe pas une seconde.

Mais qu'est-ce que ça signifie ? Sommes-nous en couple ? A-t-il seulement des relations de couple, ou bien suis-je simplement pour lui une sorte de partenaire sexuelle monogame ? Je dois dire que ça m'est égal d'être juste une aventure pour lui, surtout si je suis la seule. Mais la vérité, la vérité vraie, c'est que je suis en train de tomber amoureuse. Ce n'est pas de l'amour, ça je le sais. Ça ne me prend pas la tête, ça ne me kidnappe pas mon cœur.

Mais ça occupe toutes mes pensées. Il entraîne mon corps à le désirer, lui seul, en permanence. Mon cœur bat plus vite quand il est là. Il me fait sourire comme une idiote quand j'entends prononcer son nom. Il me fait attendre impatiemment chaque jour qui s'annonce, parce que je sais qu'il en fera partie, et quand j'imagine ne pas voir son beau visage une seule journée, je ressens cette sensation étrange dans la poitrine, comme si mon cœur était en manque de lui.

Pourtant, je ne devrais pas impliquer mon cœur là-dedans, c'est bien trop risqué, c'est trop rapide. Je ne veux pas que l'amour s'immisce dans ma vie et vienne tout chambouler, pas maintenant que tout semble aller mieux. Je sais par expérience que l'amour est destructeur, qu'il met les cœurs en lambeaux et force les gens à en ramasser les morceaux. Même les plus belles histoires d'amour sont des contes violents.

J'ai besoin de savoir si Bram a déjà été amoureux. S'il a déjà emprunté ce chemin et a déjà eu le cœur brisé. S'il a déjà aimé quelqu'un assez sérieusement pour partager sa vie avec elle, s'il a déjà officialisé une relation. Je me demande s'il a déjà fait cette démarche ou s'il est même ouvert à cette idée.

– Tu as déjà été amoureux ?

Ma voix semble lointaine, comme dans un rêve. Je n'arrive pas à croire que je pose cette question à voix haute, mais pourtant je le fais.

Je le sens tressaillir à mes côtés, donc il ne dort pas. Parfois, je ne me rends pas compte du temps que je passe dans mes pensées. Des secondes ? Des minutes ? Je tourne la tête pour pouvoir croiser son regard dans la pénombre.

– Ne t'inquiète pas, je ne suis pas amoureuse de toi, je le rassure.

– Oh, c'est bien dommage, répond-il en s'éclaircissant la voix. (Puis il roule sur le dos et se met à fixer le plafond.) Oui, j'ai déjà été amoureux. Une seule fois. J'étais même très accro, mais... j'étais jeune. Il y a eu des problèmes. J'ai paniqué et j'ai tout foutu en l'air. J'ai merdé dans les grandes largeurs. J'ai vraiment été un pauvre imbécile. C'est vraiment la honte, tu sais. Parce que je pense que l'amour est le genre de chose qui doit te faire réfléchir et te faire sentir bien. C'est ça l'amour, non ? Une bonne chose ? Mais quand je repense à elle, à ce qui s'est passé, je n'éprouve que de la honte.

Sa poitrine monte et descend violemment, au rythme de sa respiration.

– Qu'est-ce que je ne donnerais pas, parfois, pour avoir la chance d'arranger les choses… d'agir correctement. Mais on a rarement une seconde chance, n'est-ce pas ?

Je sais que je ne devrais pas m'en faire, mais la façon dont il parle de cette femme me fait de la peine, elle me glace un peu.

– Comment s'appelle-t-elle ?

Il hésite un moment avant de répondre :

– Taylor.

Donc Taylor a vraiment compté pour lui. J'avais espéré que quoi que nous soyons l'un pour l'autre, ça aurait suffi à la lui faire oublier.

– C'est un joli nom, dis-je, tout en me sentant stupide de dire ça.

Il hésite un instant avant de répondre :

– C'était une chouette fille. Mais c'est du passé. Et toi ? Le père de ta fille ?

Je réfléchis un moment.

– Est-ce que j'étais amoureuse de Phil ? Tu sais quoi ? Je n'en sais rien. Je suppose. Peut-être était-ce juste un engouement. Ou de l'obstination ? Comme si j'avais décidé que j'allais l'aimer et que du coup je croyais l'aimer ? Est-ce possible ? Enfin, quoi qu'il en soit, ça a fini par me détruire, peut-être était-ce par amour ou juste par manque. Je ne sais pas.

– Peut-être était-ce par amour, ou peut-être juste par manque, répète-t-il lentement. Ça me plaît. Ça fait sens pour moi. Parce que, parfois, on sait simplement ce qu'on a perdu et ce qu'on ressent à cause de cette perte.

– Ouais. (J'ai un poids sur la poitrine en me rappelant à quel point j'étais mal quand Phil est parti.) Je suppose que lorsque c'est une évidence, on le sait.

– C'est vrai.

Ses bras se raidissent autour de moi.

–Mais dis-moi, pourquoi éprouves-tu un tel besoin de philosopher dans l'obscurité ? Peut-être te faut-il une fessée pour te remettre les idées en place ?

Je rigole et je le repousse pendant qu'il essaie de m'embrasser dans le cou.

— Non, je suis sage.

–Tu es tout sauf sage, tu vas être punie.

Il me retourne comme une crêpe et me donne une claque sur les fesses pendant que sa bouche m'embrasse partout dans le cou et sur les épaules. Je ne peux m'empêcher de rire sous ses baisers qui dissipent mes inquiétudes.

Chapitre 16

Nicola

Les trois semaines suivantes passent en un éclair. Trois semaines inoubliables. J'ai un peu plus d'heures de travail, ce qui m'a permis d'acheter une machine à coudre et du tissu avec l'argent gagné en supplément, le temps commence à s'améliorer et Ava se passionne pour les insectes (Merci *1001 pattes* !) Mais avant tout, ces trois semaines ont été un festival de sexe, plein de nudité, de brume et de sueur.

Bram est insatiable, et plus il me fait l'amour par tous les moyens, plus je deviens insatiable, moi aussi. Chaque fois que nous sommes seuls un instant, il me prend, avec sa queue, sa langue, ses doigts, et je commence vraiment à ressembler à la déesse du sexe qu'il prétend que je suis.

J'en arrive même à me demander comment j'ai fait pour survivre si longtemps sans ça. Je comprends maintenant pourquoi le sexe est tellement important, il nous fait nous sentir plus vivants.

Et il nous connecte les uns aux autres. Ce n'est pas seulement un coup. Il ne s'agit pas seulement d'orgasmes, ou d'explorer le corps de l'autre, mais d'explorer nos âmes également. Je sais que c'est un peu ringard de penser ça, mais c'est la vérité. Plus je fais l'amour avec Bram, plus nous parlons ensemble, moins nous éprouvons le besoin de parler. Nous sentons l'autre d'une autre façon, grâce à ce courant intime qui fiche la trouille mais qui est tellement addictif.

Bien sûr, j'ignore s'il est sur la même longueur d'onde que moi. Je tombe en amour. Petit morceau par petit morceau. Je suis incroyablement en osmose avec lui. Mais, à certains moments, je le surprends quand même en train de me regarder et j'ai bien l'impression qu'il me trouve magique.

Je repense souvent à ce que m'a dit ma mère, de ne jamais le laisser fuir quand on a enfin trouvé l'amour. Dieu nous en préserve ! Je n'ai aucune intention de lâcher quoi que ce soit.

Ces dernières semaines, le seul hiatus c'est que moi j'ai été de plus en plus accaparée par mon boulot et que Bram l'a été de plus en plus par ses rendez-vous avec la mairie, les associations, les investisseurs. C'est super, son projet avance à grands pas, mais du coup nous ne nous voyons plus aussi souvent qu'avant. Il ne nous reste que nos nuits, et c'est probablement la raison pour laquelle nous nous cramponnons l'un à l'autre dans un brouillard nimbé de sexe.

Ce soir pourtant, nous sommes lundi et je ne vais pas au boulot. Bram aussi est libre, il a commandé des plats thaïs à emporter. Comme les plats à emporter sont ce qu'il y a de pire pour Ava, il a pris la peine de s'assurer qu'elle avait du riz cuit à la vapeur et des légumes sans glutamate, avec une petite sauce soja pour qu'elle ne se sente pas exclue.

Nous sommes installés tous les trois autour de ma table de cuisine et je m'évente la bouche avec la main, parce que je suis tombée sur un gros morceau de piment dans mon Pad Thaï. Bram m'observe d'un air amusé, peut-être même plus amusé qu'il ne devrait.

– Je regrette de ne pas avoir une langue en acier trempé, lui dis-je en avalant une gorgée de vin blanc pour calmer la brûlure.

– Même pour moi c'est fort, répond-il avec un petit sourire. (Il regarde Ava, puis moi.) Les filles, vous voulez entendre un truc drôle ?

– Oui, s'écrie Ava avec enthousiasme.

Comme il nous a posé la question à toutes les deux, je me dis que ça ne peut pas être cochon. Du coup, me voilà intriguée.

– Quoi ? je demande en reposant mes baguettes.

Il sourit tout seul, comme s'il était sur le point de sortir une bonne blague et qu'il riait déjà en pensant à la chute.

– Bram, qu'est-ce qu'il y a de drôle ?

– Bon, bon, dit-il en se mordant la lèvre.

Il est tellement beau que j'en oublie parfois comment je m'appelle. Il poursuit :

– Que diriez-vous de repartir à l'aventure ?

– On retourne à IKEA ? demande Ava.

– Nous n'irons plus jamais à IKEA, c'est devenu un gros mot dans cette maison, je lui explique.

Elle boude un peu, puis jette un regard plein d'espoir sur Bram.

– Nous n'allons certainement pas là, mais quelque part où Ava a sans doute rêvé d'aller. Je dois te prévenir, pourtant, ma puce, que tu vas devoir être courageuse.

Elle ouvre de grands yeux, puis elle hoche la tête, sérieuse.

–Je peux être courageuse. Avec les ouille-ouilles, je suis courageuse.

Il se penche vers elle et murmure :

–Là-bas, Il y a des insectes géants.

–Des insectes ! s'écrie-t-elle. Oh, je veux voir les insectes géants.

D'accord, je n'ai aucune idée de ce dont il parle, mais je n'ai aucune envie de rencontrer des insectes géants.

–Est-ce qu'on part camper ? je lui demande, en m'efforçant de ne pas frissonner.

–Non, mais avant que tu dises quoi que ce soit, sache que je t'ai obtenu un congé pour les quatre jours qui viennent.

–Tu as fait quoi ?

Il essaie de me calmer.

–Ne t'inquiète pas, j'en ai déjà parlé à James, il n'y a pas de problème.

–Ouais, mais je vais perdre de l'argent !

–Je t'ai dit de ne pas t'inquiéter.

Il s'avance, pose sa main sur la mienne et la serre.

–S'il te plaît, tu as mérité ce voyage. Vous l'avez mérité toutes les deux.

–Je ne suis pas sûre que quiconque ait mérité un voyage au pays des insectes géants.

–Même si ça se trouve, il fait une pause à... Disneyland ?

Oh mon Dieu. Il a osé prononcer le mot Disneyland devant Ava ? C'est comme s'il invoquait Beetlejuice, mais au lieu que ce soit Michael Keaton qui apparaisse, c'est Ava qui se transforme en enfant-fusée, comme si elle carburait au sucre en barre.

–Disneyland, hurle-t-elle. Disneyland.

Ça vous transperce les tympans. Je m'aperçois que Bram a l'air très content de lui.

–Je t'en prie, dis-moi que tu es sérieux, parce que maintenant, si tu ne l'emmènes pas à Disneyland...

–Je suis tout à fait sérieux. Et je suis content que tu sois d'accord.

–Mais bien sûr, je le suis. Qui ne rêve pas d'aller à Disneyland ?

Il hausse les épaules.

–Je suis certain que ce n'est pas le cas de la plupart des adultes. Tu n'as pas vu le sketch de Louis CK[12] ? Personnellement, je pense que ces gens-là ne savent pas s'amuser, mais je dois te dire, mon cœur, que je suis content que ça ne soit pas ton cas.

Il regarde Ava qui est pratiquement en train de sauter sur son siège.

– Et je n'imagine pas un meilleur endroit pour qu'Ava s'amuse, elle aussi.

J'essaie de me remettre à manger, mais j'ai l'appétit coupé. Je ne tiens plus en place, je suis presque aussi excitée que ma fille. Plus tard, pendant qu'Ava joue dans sa chambre et que nous débarrassons la table, je l'attrape par les poignets et je l'attire vers moi.

–Tu n'étais pas obligé de faire ça, lui dis-je, tout en me sentant un peu coupable.

–Je sais que je ne suis obligé à rien. (Il m'embrasse.) Mais j'en ai envie. J'ai hâte de te voir réagir comme une môme.

Et moi, d'être là-bas avec lui.

–Comment as-tu deviné que j'avais toujours rêvé d'aller à Disneyland avec... mon partenaire ?

Oups, j'ai failli dire autre chose, passons.

–La dernière fois que j'y suis allée, je devais avoir dix-huit ans, j'étais avec une copine, et partout autour de nous, il n'y avait que de jeunes couples. J'ai toujours désiré faire partie de ces couples-là.

---

12. Louis CK est un comédien américain qui a débuté sur les scènes de stand-up de New York. Il est le créateur, l'acteur, le producteur, le scénariste et le réalisateur de la série comique *Louie*, diffusée sur FX.

– Nous allons être ce couple-là, murmure-t-il en m'embrassant tendrement sur la bouche. Mais j'ai peut-être besoin de m'entraîner un peu avant.

Je me noie dans son baiser, je le laisse m'irriguer, je sens le désir envahir mon corps. J'en oublie presque que cinq minutes plus tôt, j'étais fleur bleue. Je me dérobe alors, en posant mes mains sur sa poitrine. Sous sa peau, je sens la puissance de ses pectoraux.

– Merci, lui dis-je doucement. Ava a toujours voulu y aller. Je n'ai jamais pu le lui offrir.

Il hoche la tête. Il le sait.

– Ce qui est bien c'est que comme elle a attendu, elle s'en souviendra mieux et appréciera plus encore.

– Et quand partons-nous ?

– Demain matin, à la première heure. Alors, bouge tes fesses et fais tes valises (il me pose la main dessus) ou tu vas avoir la fessée.

Je lui souris.

– Est-ce que je peux en avoir une quand même ?

Il m'attrape par les fesses et me soulève jusqu'à ce que j'entoure sa taille avec mes jambes. Puis il m'emmène dans la chambre à coucher et nous fermons la porte à clé, en espérant pouvoir passer au moins quelques minutes ensemble.

* * *

Quand Bram parle de première heure, il veut vraiment dire à l'aube. Il est 6h30 quand il frappe à ma porte. Ava se brosse les dents à la salle de bains avec son nouveau dentifrice Malabar, après que j'ai passé au moins dix minutes à la réveiller. Elle ne s'est levée que lorsque j'ai prononcé le mot magique, Disneyland. Mais je ne peux pas lui en vouloir. Vous vous souvenez de cette ancienne publicité avec les enfants en pyjama qui sautent sur leur lit au beau milieu de la nuit en hurlant : « Je suis trop content pour pouvoir dormir. » Eh bien, c'est à peu près ce qui s'est passé cette nuit. La maison Price a passé une nuit blanche. Je repousse mes cheveux encore humides après la douche, et je vais ouvrir la porte à Bram.

Je reste bouche bée.

C'est bien Bram, vêtu d'un jean, de bottes et d'un simple tee-shirt, avec un sac de marin en cuir à ses pieds. Mais c'est ce qu'il tient entre ses mains qui me laisse sans voix.

Oui, j'en fais pratiquement une syncope.

– C'est pour Ava ? je lui demande, le souffle coupé.

Il hoche fièrement la tête, avec peut-être un soupçon de timidité. Il a entre les mains une robe de princesse taille enfant, la rose de *La Belle au Bois Dormant*, qu'Aurore porte à la fin du film. Il y a même la couronne et le voile avec. Encore un peu et je m'évanouis sur place.

– J'espère que c'est sa taille. Ça devient difficile de trouver un magasin Disney.

– Je n'arrive pas à croire que tu aies fait ça. C'est le geste le plus gentil, le plus tendre, le plus mignon qu'on ait jamais fait pour elle.

Il se frotte les joues en répondant,

– Eh bien, je l'ai fait pour elle et pour toi également.

J'ai du mal à avaler ma salive, surprise par les larmes qui me piquent les yeux. Sans mentir, j'ai vraiment envie de pleurer. C'est dingue comme ce simple geste d'un romantisme un peu débile parvient à me bouleverser. Personne n'a jamais eu autant de considération pour ma fille.

Et voilà qu'une larme se met à rouler le long de ma joue.

– Oh, ma douce, murmure Bram en me serrant dans ses bras, ne pleure pas. Ce n'est rien. Je me suis juste dit qu'elle aimerait être habillée comme une princesse pendant notre virée.

– Mais tu t'es souvenu de *La Belle au Bois Dormant* et du fuseau et de l'aiguille et c'est tellement gentiiiilll.

Je m'effondre en larmes dans ses bras.

Il pose sa main sur ma nuque et me tient serrée contre lui.

– Je suis heureux que ça te plaise.

Je sais que ça paraît tout à fait ridicule. Comment peut-il comprendre ce que ça signifie pour moi ? Pendant toutes ces années, personne n'a agi de la sorte, personne n'a autant pensé à Ava et moi. C'est alors que je me rends compte à quel point je suis fatiguée, à quel point j'ai été mise de côté, à quel point je me suis moi-même oubliée. Ça fait tellement de bien que quelqu'un s'occupe de nous.

C'est alors qu'Ava sort de la salle de bains. Elle avance lentement vers nous, elle montre la robe du doigt.

– C'est quoi ? demande-t-elle, les yeux remplis d'espoir.

Bram s'accroupit devant elle.

– Qui est ta princesse préférée ?

– Aurore, dit-elle sans hésiter. Elle s'est piqué le doigt avec son fuseau, comme moi.

– C'est parce que tu es une princesse, toi aussi, assure-t-il en étalant devant elle la robe dans une cascade chatoyante de rose, de pourpre et d'or. Et voilà ta robe de princesse.

Sa bouche forme un O, elle écarquille les yeux de façon comique.

– Quoi ?

Elle me regarde, en suppliant presque pour que ce soit vrai. J'essuie une larme et je hoche la tête.

– Elle est à toi, mon ange.

Elle prend la robe avec précaution et l'examine.

– Elle doit être en barbe à papa, dit-elle, complètement éblouie.

– Tu peux aller la passer ou bien tu veux que je t'aide ? je lui demande, en sachant pertinemment qu'elle a besoin de moi pour l'enfiler.

– Je peux le faire toute seule !

Elle court vers sa chambre.

– Dis merci à Bram !

– Merci Bram !

Je l'entends crier de l'autre côté du mur de sa chambre.

Une demi-heure plus tard, nous voici tous les trois, avec Ava habillée en princesse, dans la voiture de Bram sur la route 101 et par chance les embouteillages sont de l'autre côté. Nous n'arrêtons pas de sourire, la journée s'annonce tellement pleine de promesses que j'en ai presque la tête qui tourne.

Six heures plus tard, après d'innombrables pauses pipi, quelques arrêts techniques et les interminables « quand est-ce qu'on arrive ? », nous quittons l'autoroute dans Katela Avenue. C'est un premier aperçu de Disneyland pour Ava. Je lui montre au loin le Matterhorn et Space Mountain, le Monorail et la grande roue, ainsi que les montagnes russes du California Screaming. Elle a l'air absolument terrifiée par ces manèges, mais je la rassure en affirmant qu'il y en a plein d'autres qui vont beaucoup l'amuser, si bien qu'elle commence à gigoter dans son siège.

Bram n'a pas mégoté sur les dépenses, il nous a réservé une suite au lodge Disney Grand Californian, situé en plein cœur du nouveau parc. Ce parc n'existait pas encore quand j'étais petite, c'est aussi amusant pour moi que pour Ava d'entrer dans cet hôtel où tout est nouveau pour nous. Et soyons réalistes, même si le parc avait existé quand j'étais plus jeune, il aurait été impossible de s'offrir cet hôtel. Même chose pour l'hôtel Disneyland. Bien qu'il soit maintenant un peu daté, ça coûtait déjà un bras, et quand j'étais petite, mes parents n'aimaient pas dépenser des fortunes en hôtels. Qu'est-ce que ça peut faire de dormir dans un Super 8[13] si vous passez la journée et la soirée dans le parc.

Mais ça compte pour Bram, et du coup, pour moi aussi. La literie est propre, fraîche, les lits sont confortables, la chambre est meublée avec goût dans le style des lodges de Yosemite Park ou des Mammoth lakes, nous avons une vue magnifique à travers les pins ponderosa sur le rocher en forme d'ours de la Grizzly River Rapids. Je suis vraiment épuisée, après ces six heures de route qui m'ont achevée, mais Ava a dormi pendant un bon moment et elle cavale partout dans la chambre, folle de joie.

– Pas de repos pour les braves, dis-je à Bram, en me sentant mal parce qu'il a dû conduire pendant tout le trajet.

– Je ne sais pas si tu as remarqué, mon cœur, mais j'ai beaucoup d'endurance.

C'est vrai. Je vais préparer un sac à Ava pour la journée, avec les bons biscuits, de l'eau, son kit d'insuline, un bob, une paire de chaussure de rechange et, bien entendu, de l'écran solaire. Et nous partons visiter le parc.

Comme nous sommes fatigués, nous décidons de nous cantonner au parc California Adventure pour la journée. Ava ne connaît pas la différence entre les deux parcs, en plus, elle découvre Bug's Land et devient hystérique des heures durant. Pendant ce temps, Bram et moi nous nous donnons la main en la regardant s'amuser dans les différents secteurs, en faisant comme si elle avait la taille d'un insecte et passant son temps à entrer et sortir des différentes fontaines. Quand le moment est venu de faire un tour de manège, elle m'attrape par la main et me pousse dans une boîte de plats à emporter chinoise qui tourne sur elle-même. Ce ne sont pas les manèges

13. Chaîne d'hôtels bas de gamme, du type Formule1.

dont j'ai toujours rêvé, mais elle passe un des plus beaux moments de sa vie.

Les deux premiers jours à Disneyland et à California Adventure se ressemblent beaucoup. Nous nous réveillons de bonne heure et nous partons dans les parcs, où nous accueille l'odeur des churros, du pop-corn et des cuisses de dinde, sur fond de musique. Nous faisons tous les manèges pour enfants qui, comme par hasard, ont les files d'attente les plus longues, puis nous engloutissons n'importe quoi. Nous réussissons à convaincre Ava de faire le Grizzly River Rapids avec nous, dont nous sortons complètement trempés. Finalement, c'est celle qui s'y amuse le plus. Heureusement, la chaleur de la Californie du Sud nous sèche en quelques minutes.

Bien entendu, elle rencontre tous ses personnages favoris, comme Bourriquet et La Belle au Bois Dormant. Bram et moi posons avec elle sur plusieurs photos. C'est Bram qui s'est porté volontaire, et Ava a l'air aux anges.

La vérité, c'est que je suis toujours un peu mal à l'aise avec tout ça, et je suis contente qu'il y ait aussi des photos où elle apparaît toute seule. Bien que je sois en train de tomber amoureuse – quelle femme digne de ce nom ne tomberait pas amoureuse de cet homme ? –, je ne sais pas ce que l'avenir nous réserve. Je ne supporterais pas de rompre, de me séparer de lui et de tomber sur ces photos. Si jamais ça arrive, j'aurai toujours la possibilité de les brûler, de prétendre qu'il n'a jamais existé, tout en ayant quand même des photos d'Ava.

J'ai l'impression que Bram comprend ce que je ressens, car il est à la fois très attentif et un peu en retrait. Mais je n'ai pas envie non plus de mettre sur le tapis le classique « de quoi s'agit-il, qui sommes-nous l'un pour l'autre », qui à tendance à foutre en l'air toute la spontanéité d'une relation.

Pourtant cette nuit-là, alors que nous sommes au lit après avoir fait l'amour lentement et passionnément, Bram dit :

– Je sais pourquoi tu sembles être hésitante.

Je me raidis en me demandant quel tour va prendre la conversation.

– Qu'est-ce que tu veux dire ?

– Oh, allez. Tu penses que je n'ai pas remarqué que tu as quasiment sursauté quand j'ai demandé à être sur les photos ?

Je prends une profonde respiration, j'aurais bien aimé qu'il n'en parle pas.

– Écoute, ça ne veut rien dire, alors ne le prends pas personnellement.

– Eh bien si, justement, je vais le prendre personnellement.

Il se retourne pour me regarder et appuie sa tête dans sa main.

– Tu ne veux pas de moi sur les photos parce que tu penses que je vais finir par te larguer, que tout ceci n'est qu'une simple aventure.

– Non, pas exactement. C'est juste que... Ok, il y a peut-être un peu de ça. Mais tu dois comprendre que je suis restée seule avec Ava pendant longtemps.

– Steph m'a dit que tu étais sortie avec quelqu'un entre Phil et... eh bien, nous.

Elle a dit ça ? Je me demande s'ils ont souvent parlé ensemble. Je pousse un soupir.

– Il s'appelait Ben. C'était un chic type et c'est tout. Nous n'étions pas vraiment en couple.

– Mais Ava l'aimait bien, n'est-ce pas ?

Je lui jette un regard intrigué.

– Qu'est-ce qui te fait croire ça ?

Il hausse son épaule libre.

– C'est parce que tu sembles craindre que ça arrive à nouveau, qu'Ava s'attache à moi et que toi aussi, avec ton fichu cœur en cage, tu t'attaches de plus en plus.

Je me mets à bouillir intérieurement.

– Mon cœur n'est pas en cage, je réponds, sur la défensive. En plus, Ava t'a aimé dès l'instant où nous sommes montées dans ta voiture. Les dégâts sont déjà faits, la concernant.

– Et te concernant toi ? demande-t-il d'un ton dur en me regardant plus fixement encore. Et comment peux-tu qualifier ce que nous vivons de dégâts ?

C'est clair, il ne comprend pas vraiment.

Je cherche mes mots.

– Parce que... parce que quand on s'ouvre à quelqu'un et qu'il vous quitte ensuite, il emporte une part de vous avec lui. C'est destructeur, tu ne vois pas ? Il enlève des briques et c'est l'édifice tout entier qui s'écroule.

Il se frotte rageusement le menton, en soupirant très fort.

– Putain, Nicola, les cœurs n'ont rien à voir avec des bâtiments !

Puis il rejette les couvertures, sort du lit et se met à arpenter la pièce, tout nu, mais cette fois mes yeux restent fixés sur son visage. Je ne pense pas une seconde à regarder son sexe.

Je lui réponds dans un sifflement, en m'asseyant sur le lit :

– Je suis désolée, je sais bien que le cœur n'a rien à voir avec ça, mais Seigneur, j'aimerais que tu te rendes compte de ce que j'ai vécu. Que tu comprennes juste ce que ça veut dire de tirer le bâton merdeux.

Il s'arrête et me jette un regard incrédule. Je regrette immédiatement d'avoir dit ça. Il est là, à me fixer, les sourcils froncés par la colère.

– Tu crois que tu es la seule à avoir tiré un bâton merdeux dans la vie ?

Il se penche sur le matelas en s'appuyant sur ses mains et me jette un regard froid.

– Pas une fois, pendant mon enfance, ma mère ne m'a dit qu'elle m'aimait. Mon père n'a jamais été fier de moi, quoi que je fasse. On m'a expédié en pension la plupart du temps, parce que personne dans ma famille ne savait quoi faire de moi. Tu veux parler de bâton merdeux, eh bien, moi je l'ai tiré. Je n'ai pas été désiré. Eh oui, j'avais du fric, et tout ce que je pouvais désirer à portée de main. Mais ça ne signifie absolument rien quand on n'a personne autour de soi qui vous dise qu'il vous aime.

J'ai la respiration coupée. Je vois son pouls battre le long de sa gorge et le désespoir dans ses yeux qui désirent tellement que je le comprenne, que je vois qui il est vraiment. Et je le fais. Pas exactement comme ça, mais je le fais. Il déglutit et détourne le regard un instant.

– Hé, poursuit-il à voix basse.

Il grimpe sur le matelas, au-dessus de moi, et ça me rappelle la première fois que nous avons fait l'amour. Mais au lieu d'un désir purement charnel, cette fois-ci, il y a autre chose en plus. Ce degré supplémentaire de compréhension mutuelle que je croyais être la seule à ressentir.

– Nicola, dit-il en posant ses mains autour de mon visage et en me regardant dans les yeux si intensément. Je sais que tu as été blessée. Mais moi aussi. Peut-être que nos cendres communes peuvent donner vie à quelque chose de beau.

Puis il m'embrasse avec une telle force, une telle passion, que j'ai l'impression qu'il me suce toute ma force vitale. Je ne désire rien d'autre que de faire naître quelque chose de beau avec lui. J'ai mes propres démons, et apparemment, il a aussi les siens. Il nous faut bien peu de temps pour passer aux choses plus intimes. Il me pénètre et une véritable frénésie désespérée succède à nos précédents ébats tendres et luxurieux. C'est comme s'il s'offrait à moi, en ayant peur que si je ne l'accepte pas tout de suite, il me perde à jamais. Mais il ne me perdra pas.

Parce que je suis profondément amoureuse de cet homme.

Et réaliser ça, c'est terrifiant. Parce qu'il a tort, totalement tort quand il prétend que les cœurs et les bâtiments sont deux choses différentes. C'est la même chose. Tous deux sont des structures qui nous sécurisent, qui nous protègent des éléments. Et dès qu'ils se mettent à vaciller, c'est tout le reste qui est en danger.

Un cœur peut très bien être condamné, tout comme un bâtiment. Un cœur peut être détruit par cette masse de forgeron que représente le rejet, par la violence aveugle d'une simple réflexion. Un cœur peut être mis en pièces et s'effondrer.

Mais même en sachant tout ça, je me dois d'avancer. Je dois saisir ma chance. Je dois faire confiance à Bram et à moi-même, en m'offrant à lui. M'ouvrir à l'amour et m'autoriser à tomber amoureuse pour la première fois de ma vie ne signifie pas forcément finir en mille morceaux.

Cette histoire peut atteindre les nuages et transpercer le ciel. Elle peut devenir le pont entre ma vie d'avant, la personne que j'étais et quelque chose de tellement mieux.

Je ne lui dis pas à quoi je pense. Je n'ose pas. Je garde ces sentiments pour moi, je t'aime, j'ai envie de toi, j'ai besoin de toi... Je garde aussi mes angoisses, tu vas me faire mal, me détruire, me condamner à mort. Je le laisse entrer en moi cette nuit. Profondément. Je veux qu'il découvre ces parties de moi tout seul, sans fanfare ni trompettes. Et quand il jouit, il a cette lueur magique dans les yeux, et je me dis qu'il sait peut-être. Peut-être comprend-il enfin ce qu'il représente pour moi.

Chapitre 17

Bram

– Hé, enfoiré ! s'écrie Linden lorsque je réponds au téléphone.

– Bonjour Linden, je réponds poliment.

Je suis en pleine réunion avec le conseil d'administration de l'Initiative Quartiers Déshérités de San Francisco, et bien que ce soit la pause-café, impossible pour moi de m'adresser à mon frère comme d'habitude.

– Ce n'est pas le bon moment, alors, frangin ? Je te rappelle plus tard.

– Qu'est-ce que tu veux ?

– Juste prendre de tes nouvelles, répond-il sur la défensive. Seigneur, ta propre famille ne peut pas savoir comment tu vas. Je ne t'ai pas parlé depuis que tu es rentré de ta virée à Disneyland. D'ailleurs, je te remercie bien. Maintenant, Steph me tanne pour savoir pourquoi je ne l'ai pas encore emmenée dans ce paradis sur terre.

Je ne sais pas comment tu as fait pour t'en sortir avec une môme dans tes bagages.

Je tressaille à cette remarque, comme chaque fois qu'on m'adresse un commentaire du même genre.

– Je l'ai fait pour Ava autant que pour Nicola.

– Ok, ok. Tu es un saint. Et je ne pensais pas te dire ça un jour. Tu dois vraiment l'avoir dans la peau. Ne me raconte pas que tu te transformes en Jerry Maguire et que tu deviens gaga de cette môme. Je n'arrive pas à imaginer qu'Ava puisse te dire combien pèse le cerveau humain.

Non, mais elle est tout à fait capable de me citer par leur nom un maximum de dinosaures du Jurassique. Je ne le dis pourtant pas à Linden. Je me refuse à lui fournir la moindre munition possible.

– Si ça peut te faire plaisir, lui dis-je en baissant la voix pour que les gens qui sirotent leur café en papotant à l'autre bout de la table ne puissent pas m'entendre, je suis dingue de Nicola. Elle est bandante, comme tu ne peux pas imaginer.

J'ai dû jeter ça en pâture à Linden pour qu'il ne puisse pas m'accuser d'être la victime d'une voleuse d'âmes.

– Tu m'étonnes. Sans ça, pourquoi serais-tu encore avec elle ?

Je respire lentement par le nez, en essayant de rester calme. Je savais bien que mon frère ne comprendrait pas ce que je ressens ni rien de ce que j'ai pu traverser jusque-là. Il me connaît si mal, comme la plupart des gens d'ailleurs, et récemment, j'ai eu le sentiment que tout ça risquait de déborder.

– Fais attention, Linden. Bientôt Stéphanie va te demander de lui faire des enfants, et ensuite, où diable crois-tu que tu vas aller ? Tu vas emmener tes petites merdes à Disney, et je vais bien rigoler.

Je fais une pause avant de poursuivre :

– Eh oui, des petites merdes, forcément, puisque toi tu étais un énorme étron quand tu étais petit, et que ce sera ton foutu karma.

Pour une fois, il reste muet.

– Je te renvoie la pareille, finit-il par répondre, même si je sais qu'aucune fille sensée ne voudra que tu sois le père de ses enfants.

Et voilà, en plein dans les gencives. Je respire à nouveau un bon coup et je me rappelle que Linden n'est au courant de rien.

De rien du tout.

Je lui demande, l'air de ne pas y toucher :

– Alors, c'est tout ce que tu souhaitais faire ? Échanger des vacheries avec moi ?

– Mais où es-tu en fait ?

– Occupé, je lui réponds sans entrer dans les détails.

Lui, comme le reste de ma famille, ne savent toujours rien de mes projets d'œuvre caritative, de mon immeuble et de mes idées. Personne ne sait à part Nicola, et ça me va très bien. Ce soir, il y a une soirée de gala organisée pour un collecteur de fonds qui attire pas mal de fortunes locales. Si Linden suivait les nouvelles ou la politique locale, il aurait pu être au courant. Dieu merci, son intérêt se cantonne aux vols d'hélicoptères, ce qui est déjà un exploit en soi.

– Je vois. Quand tu auras un moment et que tu ne seras pas en train de sauter ta mère de famille, passe me voir, nous pourrons écluser quelques bières. (Puis il y a un silence.) Parfois tu me manques, frangin. Pas seulement maintenant.

– D'accord, lui dis-je.

Puis j'ajoute, en chuchotant dans le téléphone :

– Enfoiré !

Je raccroche et je m'aperçois que les gens au bout de la table, M. Arterton et M. Bayswater, ont tout entendu.

Je m'excuse avec un sourire. « Un faux numéro. » Heureusement, le reste de la réunion se passe bien. Mon idée intéresse tout le monde. Mais personne n'a d'argent. C'est toujours la même histoire, partout où je frappe. Je suppose que les choses sont un peu plus faciles pour moi parce que j'ai déjà investi, j'ai acheté l'immeuble, ce qui représente une énorme partie des fonds nécessaires. Je n'ai donc pas à les chercher ailleurs. Mais j'ai besoin de rentrées d'argent pour pouvoir payer l'hypothèque, et c'est toujours à ce moment-là que les gens sont à court. Ils y croient, mais ils n'ont pas les moyens de me venir en aide. Je les quitte, particulièrement déprimé par toute cette affaire. Quand j'arrive à la maison et que je tombe sur madame Williams dans l'entrée, cette dame âgée handicapée au grand cœur, je me rappelle tout à coup pourquoi je me bats. Je veux lui venir en aide, j'ai l'impression d'être utile une fois dans ma vie. Peut-être est-ce en partie égoïste, je ne crois pas qu'on puisse gagner de l'argent sans l'être, mais mon but est généreux.

Et il y a Nicola. Elle ne travaille pas aujourd'hui, car nous avons cette soirée de gala, alors avant même de rentrer chez moi, je fais comme d'habitude, je passe chez elle. J'ai une clé à présent, bon, j'en ai toujours eu une, mais maintenant je l'utilise parce que je suis son amant, pas son propriétaire.

Amant. Ce n'est pas exactement le terme que je veux employer pour décrire ma relation avec elle, mais je ne sais pas comment le dire autrement. C'est marrant, mais amant semble plus approprié que petit copain, parce que ça a, euh, une connotation plus sérieuse. Mais Nicola semble un peu réticente depuis Disneyland, et je ne veux pas la forcer.

La vérité, c'est que je considère que nous sommes en couple. Je la considère comme ma petite amie, bien que je ne le dise pas pour ne pas la faire flipper. Cependant, il faudra bien qu'elle s'y fasse, tôt ou tard. Je sais que je n'ai pas été complètement honnête avec elle, et je sais que j'ai quelques cadavres dans le placard. Je le sais. Je pense que tout sortira en temps voulu, quand je serai prêt. Je veux d'abord établir la confiance, une bonne dose de confiance qui ne volera pas en éclats quand elle apprendra qui je suis réellement. Nous y sommes presque. Elle y est presque. Mais je ne suis pas certain de ce qu'il convient de faire pour qu'elle se laisse aller avec moi. Elle revient de loin, elle est devenue si ouverte, si libre et si éveillée sexuellement. Mais tant que je n'ai pas démoli ses défenses et ses peurs, je ne suis pas certain qu'elle me fasse confiance à 100%.

Cependant, quand j'ouvre la porte et que je pénètre dans son appartement, en sentant cette odeur si familière, un mélange de café, de jouets en plastique et de sa peau sucrée, j'ai l'espoir que la confiance soit là. Que ce soit le jour où elle va enfin lâcher et s'offrir à moi complètement. Et je ne veux pas dire physiquement, ça, je l'ai déjà obtenu. Je parle de son âme et de son cœur, les choses les plus précieuses.

– Salut, lance-t-elle vivement en me voyant.

Elle ne porte qu'une serviette de toilette, mais elle est déjà parfaitement coiffée et maquillée. Dommage, tout ça me donne envie de la jeter sur le lit, d'ouvrir sa serviette et de m'appliquer à foutre en l'air tous ces efforts. Pourtant, je ne le fais pas. J'ignore superbement la tension de mon sexe dans mon pantalon et j'avance vers elle, en l'attrapant par les épaules. Cette peau qui sort de la douche est tellement délicate entre mes mains, tellement addictive. Je l'embrasse dans le cou. Elle sent merveilleusement bon. Je pourrais mourir maintenant.

– Tu sens si bon, lui dis-je.

Elle se tortille un peu en riant. Je sais que ma barbe la chatouille, mais il n'y a pas que ça qui la fait rire.

– Ne t'emballe pas. Ça m'a pris des heures pour me coiffer et me maquiller.

Je recule pour mieux l'observer.

– Mais est-ce que tu ne ressembles pas toujours à ça ?

– Ha, ha ! Je dois encore m'habiller et mettre mes boucles d'oreilles. Mais je serai prête dans vingt minutes. Ava s'est endormie et Linda ne va plus tarder.

– Il te faut vingt minutes pour t'habiller ? je lui demande en m'asseyant à la table de la cuisine et en m'épluchant une banane.

Elle disparaît dans la chambre, tout en me parlant de loin :

– Tu me connais. Et tu sais que je veux être parfaite ce soir. Je crois que c'est la première fois que je vais à une soirée de gala.

Je lui réponds entre deux bouchées :

– Ce n'est pas vrai, tu as été au mariage de Linden. Et je sais que tu vas adorer ça. Mais devine où ça a lieu !

– Où ?

– Au même yacht-club, de l'autre côté du pont.

Je lève les yeux et je la vois debout dans l'embrasure de la porte de sa chambre à coucher, une robe longue dans les mains.

– Tu te moques de moi.

– Pas du tout.

Elle a l'air impressionnée.

– Wouah, c'est comme si on bouclait la boucle.

Nous verrons bien, me dis-je alors qu'elle disparaît à nouveau dans sa chambre.

Trente minutes plus tard, et pas vingt, nous sommes installés à l'arrière d'une voiture noire de la mairie et nous nous dirigeons vers le Golden Gate. Le soleil se couche sur l'océan Pacifique, illuminant le ciel à travers le brouillard et les nuages bas qui s'accrochent aux immeubles du centre-ville. C'est absolument splendide.

Et Nicola également. Elle porte une robe longue rouge et or. Elle a un décolleté vertigineux dans le dos qui est une véritable invitation à ce que je lui lèche toute la colonne vertébrale, avec un devant assez strict. Le tissu aussi fin qu'un préservatif roule comme de la soie entre mes doigts, j'en déduis qu'elle ne porte pas de culotte.

Je devine le contour de ses seins, pas étonnant donc que je bande pendant tout le trajet. Elle avait l'habitude de se plaindre de ne plus pouvoir sortir sans soutien-gorge sous prétexte qu'elle avait allaité, mais heureusement, elle s'est un peu libérée à ce sujet, pour mon plus grand bonheur. Moi, je trouve qu'elle a des seins sublimes. En fait, tout est sublime chez elle. Quand elle sort de la voiture et entre dans le club où tout le monde est sur son trente-et-un, avec les serveurs en smoking qui font la navette en proposant des canapés, des cocktails de crevettes au foie gras et aux truffes, il ne fait aucun doute qu'elle est la plus belle femme de la soirée.

Et dire qu'elle n'en a pas la moindre idée !

–Tu es tellement belle que ça devrait être interdit, je lui dis après que nous avons attrapé deux coupes de champagne en nous promenant lentement.

–Tu es tellement beau que ça rend les filles stupides, moi y compris, dit-elle en se montrant du doigt.

Je sais qu'elle plaisante, mais elle a pris l'habitude de le dire et de le croire si souvent au début de notre histoire, que ça sonne presque vrai.

Mais je l'ignore et nous continuons à faire notre tour. La vérité, c'est que dans ce genre de situation, je suis toujours un peu nerveux. Ça va à peu près dès que je connais quelqu'un, mais là, ça n'est pas le cas. J'ai payé l'entrée pour nous deux, et voilà que je ne sais pas qui aborder. J'ai cherché et j'ai déjà croisé beaucoup de monde, mais personne qui me soit familier. Ce n'est qu'un peu plus tard, après plusieurs discours sur le collecteur de fonds et sur le besoin urgent de faire évoluer San Francisco pour mieux y accueillir tous les milieux sociaux, tout en plaçant l'accent sur les emplois, que M. Bayswater que j'ai rencontré plus tôt dans la journée prend la parole. Ce n'est pas lui qui m'a invité, et je ne savais pas qu'il serait là, mais j'étais trop occupé à expliquer mon projet, et je n'ai sans doute pas écouté. Et pourtant, à ma grande surprise, il cite mon nom à la fin de son discours. Je marque un temps d'arrêt et Nicola me pousse du coude. Je déglutis, je redresse mon nœud papillon et je me lève pour me présenter, comme me l'a demandé M. Bayswater.

Heureusement, je n'ai pas besoin de prendre la parole, il mentionne simplement mon projet, explique ce que je tente de faire et passe à autre chose. Puis c'est la fin des discours. Une journaliste et son cameraman s'avancent vers moi.

– Vous êtes Bram McGregor ? me demande la femme, maquillée comme une voiture volée.

Quand je lui réponds que oui, que je suis celui dont a parlé M. Bayswater, elle me fourre son micro sous le nez et commence à m'interviewer.Je ne me rappelle pas lui en avoir donné l'autorisation, mais je saisis cette opportunité. En plus, c'est vraiment agréable de pouvoir m'expliquer devant le plus grand nombre, pendant que Nicola me regarde avec fierté à l'arrière-plan.

L'interview dure environ cinq minutes, et la journaliste, Chelsea Chain – quel pseudo débile – me dit qu'ils vont sans doute le couper pour avoir un son pour le reportage qu'ils sont en train de faire. Aucune importance, j'ai enfin l'impression que je tiens quelque chose de concret.

– C'était torride, chuchote Nicola lorsque la journaliste s'avance vers quelqu'un d'autre.

Je lui jette un regard en coin pendant qu'elle glisse ses mains gracieuses sous les revers de mon smoking.

– Tant que ça ?

– Oh ouais ! dit-elle d'un air gourmand.

Je sais que je prends un risque en lui demandant ça, que ça pourrait faire ressurgir de mauvais souvenirs, mais je lui demande :

– Que dirais-tu de faire un voyage dans le passé pour terminer ce que nous y avions commencé ?

Elle hésite un instant. Ses lèvres pulpeuses font la moue, puis s'étirent dans un sourire coquin.

– Bien sûr.

Je l'attrape par la main et je la mène à travers la foule, en me rappelant le chemin que nous avions pris pour aller au jardin.

Bien sûr, il n'y a personne par là, et les sons de la soirée nous arrivent assourdis, ils semblent venir de très loin. Gagné, le banc en pierre est toujours là.

– Mets-toi à l'aise, lui dis-je en la faisant asseoir. Va par là, installe-toi au bout et mets-toi à quatre pattes.

– Attends une seconde, c'est ici tu as baisé cette blonde ? demande-t-elle en levant le doigt.

Je savais qu'elle allait me poser cette question.

– Non, dans les buissons, là-bas. Et ce n'était pas terrible, si tu veux le savoir. Personne n'a envie de se planter une épine dans le dos. Du moins, pas moi. (Je m'arrête en lui lançant un grand sourire.) Mais peut-être que tu veux jouer avec un truc plus gros qu'une épine.

J'agite mon pouce devant son nez. Elle roule des yeux, et je sais qu'elle ne voudra sans doute pas autre chose que mon pouce pendant un bon moment. Pourtant elle ne bouge toujours pas, alors je lui répète, elle finit par se mettre à quatre pattes et par reculer jusqu'au bout du banc. Je m'installe derrière elle et je lui soulève sa robe jusqu'à la taille. Son cul est absolument splendide. Je ne peux m'empêcher de poser mes mains sur ses fesses. Mes doigts se mettent à fouiller sa peau si douce. J'éprouve un désir salace, explicite et réel. Je malaxe et tapote ses fesses un moment. Ma queue se met à me faire mal à l'intérieur de mon pantalon, elle supplie qu'on s'occupe d'elle. Alors, j'ouvre ma braguette et je sors une capote de la poche de ma veste.

– Toujours prêt, remarque-t-elle en tortillant du cul devant moi.

– Arrête de me titiller, je l'avertis en la fessant légèrement. J'aimerais mieux ne pas en mettre plein ta robe.

Je m'aperçois qu'elle secoue légèrement la tête.

– Ok en fait, j'adorerais éjaculer et étaler mon sperme sur ce bout d'étoffe luxueuse pour te draper dedans des pieds à la tête, mais je ne vais pas le faire.

– C'est parce que tu es un gentleman.

– Oui, c'est ça. (Je la tape sur l'autre fesse.) De la vieille école.

Donc je la prends sur ce banc de pierre, de la même façon que je l'aurais prise l'année dernière, pendant le mariage. Je la baise violemment, sauvagement, et nous ne nous soucions plus de qui pourrait nous entendre, nous ne pouvons plus nous retenir.

Mais la vérité, c'est que je suis heureux que cela ne se soit pas passé pendant le mariage. Je ne l'aurais jamais connue et je ne me serais jamais connu moi-même, elle n'aurait été pour moi qu'un coup comme un autre. Bien sûr, j'aurais discerné quelque chose qui me défiait en elle, peut-être me serais-je appliqué à libérer cet enfant sauvage. Mais c'est sa résistance, sa dévotion et son dévouement pour sa fille, pour tout sauf elle, qui m'ont obsédé avant tout. Cela aurait pu prendre du temps pour que nos chemins se croisent à nouveau. Je suis content que ce soit arrivé.

– Tout arrive en temps voulu, dis-je après que nous avons joui tous les deux et que nous avons repris notre souffle.

Je referme ma fermeture Éclair et je jette la capote dans la première poubelle venue.

– Quoi ? demande-t-elle d'une voix éthérée en remettant sa robe en place.

Elle est si incroyablement belle après l'amour, je dois me pincer pour y croire. Ou la pincer. Et bien souvent, ce pincement entraîne à nouveau une partie de jambes en l'air, et c'est un éternel recommencement.

Je lui souris.

– Telle est ma devise. Je t'avais dit, la dernière fois que nous sommes venus ici, que je n'en avais pas. Eh bien maintenant, j'en ai une. « Tout arrive en temps voulu. » Et la tienne, c'est « Vivre sans regrets ».

Elle incline la tête en s'avançant vers moi.

– Que veux-tu dire par tout arrive en temps voulu ?

Je crois discerner une lueur d'espoir dans ses yeux, qui n'y était pas auparavant.

– Je veux dire (elle m'entoure de ses bras. Je la dévisage, envoûté par son charme, par son esprit) que si nous avions baisé ce jour-là, nous n'en serions pas là. Que quelque part, nous étions faits l'un pour l'autre. Qu'il était écrit que nous devions nous quitter pour mieux nous retrouver. Peut-être devions-nous évoluer un peu, chacun de notre côté, pour que ça puisse marcher entre nous.

– Bof, j'ai été virée. On ne peut pas dire que j'aie décidé de ce changement.

Elle a un ton badin, mais il y a cette profondeur dans son regard, un air mélancolique qui ne trompe pas.

– En temps voulu, tout finit par s'arranger. C'est vrai, n'est-ce pas ?

Pendant un quart de seconde, j'ai peur qu'elle me dise le contraire. Mon cœur tressaille dans ma poitrine.

Mais elle sourit, si tendrement, et met ses mains autour de mon cou.

– C'est bien mieux que ça, Bram, murmure-t-elle.

Elle déglutit et caresse mon visage de ses doigts délicats. Je ferme les yeux à son contact, pour mieux la sentir.

– Bram, dit-elle d'une voix sourde, je t'aime.

Elle m'aime.

Elle.

M'aime.

Ma poitrine me fait mal. Ce n'est pas à cause de ce qu'elle m'a dit. Ce qu'elle m'a dit fait exulter mon âme, me donne envie de crier. De crier au monde entier que, pour je ne sais quelle raison, Nicola Price est amoureuse de moi.

C'est tellement énorme, tellement dingue, tellement... immérité.

Mais ma poitrine me fait mal, mon ventre aussi, mon cœur pèse soudain des tonnes, parce que je sais que je ne peux pas lui rendre la pareille. Parce que je ne ressens pas la même chose. J'y suis presque, mais je ne veux pas lui mentir. Je ne saurais mentir concernant une chose aussi précieuse et compliquée que l'amour.

Quand le temps sera venu, je veux me répéter à moi-même, je ressentirai la même chose qu'elle.

Mais je ne peux pas lui dire ça non plus. Les choses sont bien plus complexes que ce qu'elle peut penser, et si elle savait ce que je lui cache, ce que je n'ai jamais dit à personne, elle me laisserait sans doute tomber.

– Bram, est-ce que j'ai dit quelque chose qu'il ne fallait pas ? demande-t-elle en me dévisageant.

Je m'éclaircis un peu la voix.

– Tu le penses vraiment ?

Elle paraît sidérée.

– Bien sûr que je le pense. Je... je t'aime.

Je hoche la tête.

– Alors, tu n'as pas dit ce qu'il ne fallait pas. Je suis simplement surpris, c'est tout. Surpris mais reconnaissant. C'est un honneur pour moi que tu me dises ça.

– Un honneur ? répète-t-elle, en lâchant mon cou. Pourquoi parles-tu comme si tu avais besoin d'une épée et d'un cheval ?

Je hausse les épaules en essayant d'être léger, mais je me rends bien compte que je l'ai blessée, qu'elle se sent rejetée.

– Écoute, lui dis-je en tentant de l'enlacer, mais elle se dégage et recule de quelques pas.

Je la suis et je l'attrape par le bras pour l'empêcher de bouger.

– Ne pars pas. Tu n'as aucune raison d'être vexée.

– Je viens de te dire que je t'aime ! hurle-t-elle avec une expression de désespoir sur son visage. Et tu ne me réponds rien.

– Nicola, je t'en prie.

Je repousse ses cheveux et prends son visage entre mes mains.

– Je t'adore. Je veux passer chaque minute avec toi. Je veux vivre le futur à tes côtés. Mais j'ai un passé que je dois encore résoudre, même si j'y travaille. Toi, tu m'entraînes loin du passé, vers le futur, auquel j'appartiens.

J'essaie de l'embrasser, mais elle me repousse.

– C'est cette femme, Taylor, chuchote-t-elle.

J'essaie de ne pas me tétaniser en entendant son nom.

– C'est elle, n'est-ce pas. Celle avec qui tu as tout bousillé.

– Non, absolument pas. C'était il y a très longtemps, je ne suis plus amoureux d'elle, je te le jure.

Et là, je suis tout à fait sincère.

Le poids des non-dits m'étouffe. Je ferais mieux de lui dire la vérité maintenant. Me libérer et tout lui expliquer, et si elle m'aime, si elle m'aime vraiment, elle comprendra. Il n'est rien, absolument rien que nous ne puissions vaincre. Le cas échéant, ça pourrait nous rapprocher encore plus l'un de l'autre. Mais je ne dis rien, parce que je suis plus lâche que je veux bien admettre. Je suis bien trop fier et bien trop trouillard pour faire foirer notre relation, même si j'ai l'impression que c'est déjà fait.

Je lui dis à nouveau d'une voix blanche:

– Nicola, s'il te plaît, crois-moi quand je te dis que je ne suis amoureux de personne et que je te jure que ça sera de toi, et très bientôt. J'ai juste besoin d'un peu de temps pour m'y faire, et quand j'y serai, ça sera magique.

– Magique, répète-t-elle.

– S'il te plaît, tu ne peux m'en vouloir d'être honnête avec toi. Je l'ai toujours été, et je ne vais pas arrêter maintenant. Je suis honoré au-delà de tout ce qui peut exister d'être aimé par toi, moi qui foire toujours tout. Je vais m'accrocher à ton amour comme si c'était de l'or en barre.

Je l'embrasse doucement, tendrement, et à mon extrême soulagement, elle répond à mes baisers.

– Je ne te lâcherai jamais, moi non plus. Tu es coincé avec moi, mon amour. Pour toujours.

Elle baisse la tête, mais j'aperçois encore ce reflet déchirant dans ses yeux. Je l'ai déjà rencontré auparavant, à une beaucoup plus grande échelle.

Nous regagnons la soirée et je ne la lâche pas d'une semelle, même quand elle essaie de s'éloigner. Je continue à m'accrocher parce que je sens que je suis à deux doigts de la perdre et que c'est hors de question.

Je ne peux pas.

Je ne le ferai pas.

Mais je ne peux pas non plus m'empêcher de me demander ce qui va se passer, quand le temps sera venu.

Chapitre 18

Nicola

— Nicola, tu peux venir un instant dans mon bureau ?

Nous sommes jeudi soir, et bien que la foule habituelle ne soit pas encore arrivée, je m'étonne que James me demande de quitter mon poste au bar. Je dois reconnaître que je n'aime pas ça du tout. J'ai les mains toutes moites en le suivant dans les arrière-salles où se trouve son bureau. Là dernière fois qu'on m'a appelée dans ce genre d'endroit, c'était pour me licencier.

Ça ne me surprendrait pas si ça devait m'arriver à nouveau. Cette semaine a été vraiment étrange. D'abord, j'ai dit à Bram que je l'aimais et il n'a pas réagi comme je l'espérais. Bien que j'aie apprécié sa franchise, je dois dire qu'elle m'a complètement démolie. Je ne pense plus qu'à ça, même si depuis il est encore plus attentionné avec moi. Et il l'était déjà énormément auparavant.

En plus, l'interview qu'il a donnée pendant le gala est passée au journal télévisé, et maintenant tout le monde est au courant de son petit projet, du moins toute la Californie. Il semble que le manque de logements abordables soit devenu un sujet pour tout l'État. À la minute même où l'interview a été diffusée, Steph m'a appelée, puis c'est Linden qui a appelé Bram et quelques jours plus tard, ses parents. Ils en avaient entendu parler par des amis.

Et comme Bram l'avait prévu, personne dans sa famille ne le prend au sérieux, du moins c'est ce qu'il raconte. Mais je suis allée déjeuner avec Steph et Kayla l'autre jour et j'ai pu me rendre compte que leur vision de Bram avait changé du tout au tout, pour le meilleur.

Bien sûr, j'ai dû leur parler de mon sentiment de rejet et à la façon dont elles ont réagi, j'ai compris qu'elles me comprenaient. Personne ne souhaite vivre un amour non partagé. Personne ne souhaite non plus être virée la même semaine. Je m'assieds en face de James, les yeux fixés sur le mur derrière son bureau où nous avions punaisé un poster du concert de Faith No More en 1995 au Warfield. Il l'a remplacé par un autre sur lequel un type vante les mérites de la motivation. Vous savez, le genre de truc avec coucher de soleil dégoulinant de sentimentalisme. Il va finir par se métamorphoser en Murray de *Vol au-dessus d'un nid de coucou,* s'il ne fait pas attention.

– Bon, finissons-en, dis-je à James en me prenant la tête dans les mains. Comme un pansement, qu'on arrache d'un seul coup !

– Quoi ? Mais non, Nicola, je ne vais pas te virer.

Je le regarde à travers mes doigts.

– Non ?

Il secoue la tête en me faisant un sourire rassurant.

– Non, au contraire, je t'offre une promotion.

– Quoi ? Pourquoi ?

Maintenant, je suis vraiment intriguée. Je n'ai rien fait de particulier cette semaine, à part renverser quelques verres.

– Parce que tu as prouvé que tu étais fiable, plus fiable que la plupart des autres. Je crois vraiment que je peux te faire confiance et que tu es douée pour ce boulot.

James n'a jamais été aussi sympa avec moi. Jusqu'à présent, il s'est toujours contenté de me donner des ordres.

– Tu es sérieux ? je lui demande.

Je veux être sûre qu'il ne s'agit pas d'une plaisanterie.

– Parfaitement sérieux, soupire-t-il en reculant dans son fauteuil directorial. Nous arrivons à la période estivale. La semaine prochaine, c'est le mois de juin, ça va devenir super-animé, et le personnel va vouloir prendre des vacances. Tu ne m'as jamais demandé le moindre jour de congé, à part pour ce voyage à Disneyland. Et ce n'est même pas toi qui l'as demandé. C'était ton bon Samaritain.

– Ah, je suppose que toi aussi tu as vu les nouvelles à la télé ?

Il acquiesce.

– Je dois reconnaître que je n'aurais jamais pensé que le frère de Linden avait le cœur sur la main, or apparemment, c'est le cas. Mais je ne t'apprends rien.

Je lui lance un petit sourire, tout en me rappelant que je ne paie toujours pas de loyer.

– Et avec cette promotion, tu pourras enfin le payer, poursuit-il comme s'il lisait dans mes pensées. Enfin, si tu l'acceptes. Je ne vais pas te mentir, directrice adjointe, ce n'est pas une balade de santé.

– Directrice adjointe ?

Il hoche la tête.

– Ça veut dire plus d'heures et plus de responsabilités. Tu ne te contenteras plus de servir au bar. Mais je suis sûr que tu prendras très vite le pli.

Je suis sans doute épouvantable, mais je ne suis pas certaine d'avoir envie de ce boulot. J'ai pris l'habitude de passer mes journées avec Ava et de profiter des moments où elle fait la sieste pour coudre. Et merde, d'ailleurs je porte un haut que j'ai fait l'autre jour. Il n'est pas parfait, mais je retrouve peu à peu mon coup de main et, plus important encore, ma passion. Ça me rappelle que dans la vie, il n'y a pas que le salaire qui compte. Si je travaille à plein-temps, je n'aurai plus autant de loisirs pour moi, sans parler d'Ava. Mais je sais que la seule réponse un tant soit peu responsable à lui faire serait d'accepter son offre sans discuter.

Pourtant, je m'entends dire à James :

– Est-ce que je peux avoir une journée pour y réfléchir ?

Il a l'air vraiment étonné.

– Bien sûr, prends même toute la semaine. C'est juste que... Bon, ça ne me regarde pas...

Quoi qu'il ait été sur le point de dire, je sais bien que ça ne le regarde pas. Mais je lui demande pourtant :

– Quoi ?

James hausse les épaules, comme le beau gosse blasé qu'il est.

– Je pense qu'ici tu pourrais avoir une belle carrière. Et je sais que si tout semble rouler en ce moment... ça pourrait bien changer un jour.

Il est en train de sous-entendre que je ne vais pas pouvoir continuer comme ça indéfiniment. Bien que je déteste l'admettre, il a raison. Il a une façon vraiment chiante de donner son opinion quand on ne la lui demande pas, mais il a raison. Je ne le lui dis pas pour autant.

– Bon, je ferais mieux de descendre servir à boire à toutes ces gorges assoiffées, lui dis-je en me levant. Et merci, vraiment. Je te donnerai ma réponse demain.

La soirée est finalement moins animée que prévue.

Steph et Linden arrivent juste avant que James me dise que je peux y aller, mais je suis trop fatiguée pour leur tenir compagnie. J'ai bien des soucis en tête.

J'arrive à la maison juste après minuit. L'appartement est vide. Ava passe deux jours avec ma mère à Livermore, parce que c'est plus simple comme ça pour elle. Je suis un peu étonnée de ne pas trouver Bram qui m'attend comme d'habitude, mais peut-être veut-il que je le rejoigne chez lui, pour changer. En pensant à ça, je me verse un verre de pinot gris et je savoure la première gorgée. Il n'y a rien de plus doux. Puis après avoir un peu soufflé, ce que je fais de moins en moins ces derniers temps, je vais me changer dans ma chambre. Je jette mon haut « fait main » et mon jean skinny et j'enfile une combinaison rouge en dentelle et un petit short très court coordonné. Puisque je vais là-bas pour baiser, à quoi bon m'habiller ? Je retourne dans la cuisine et alors que je termine mon verre de vin, j'entends un son très étrange s'élever de l'appartement de Bram.

Des hurlements.

Puis des sanglots.

Il y a deux voix distinctes. L'une d'elles est celle de Bram, l'autre celle d'une femme.

Mon sang ne fait qu'un tour.

Mais qu'est-ce qui se passe, bordel ?

Je sors dans le couloir. J'entends mieux d'ici.

Une femme hurle :

– Ne me jette pas ça au visage. Tu aurais pu être là !

Et Bram hurle en retour :

– Putain, j'ai essayé d'être présent !

– Sauf que c'était trop tard !

Il y a un moment de silence, puis elle se met, semble-t-il, à pleurer.

– Seigneur, Mathieu n'a pas besoin d'entendre ça !

Mais qui est donc Mathieu ?

J'essaie d'avaler la boule que j'ai dans la gorge. Apparemment, je suis en sécurité ici, dans le couloir. Si je frappe à la porte, tout va changer. Je le sais pourtant... Cette femme, cette voix... Tout ça veut dire quelque chose, tout ça veut dire trop de choses.

Une partie de moi veut faire demi-tour. C'est ce que je devrais faire. Je devrais rentrer chez moi et oublier ces voix, comme j'oubliais la voix de Bram quand je me suis installée ici.

Mais je ne le fais pas. Je frappe à sa porte.

– Eh merde ! gronde Bram.

Je retiens mon souffle.

La porte s'ouvre.

Le visage de Bram se ferme en me voyant.

Je peux tout lire dans ses yeux. Je peux en tout cas y lire un changement.

Je peux lire que tout est fini.

– Que se passe-t-il ? je demande, à peine capable d'articuler un mot.

Derrière lui apparaît une femme aux longs cheveux sombres et bouclés. Elle est grande, un peu ronde, peut-être un peu plus grande que moi, et belle, avec la peau couleur de miel. Ses yeux noirs, noir de jais, sont tout rouges.

Taylor.

En un instant, je comprends que c'est elle.

Et elle sait visiblement qui je suis. Le fait que je sois en lingerie lui a sans doute donné un indice.

– Nicola, ce n'est pas le moment, dit Bram.

Je tourne la tête vers la femme.

– C'est qui ?

J'essaie de toutes mes forces de ne pas paraître jalouse, mais je n'y arrive absolument pas.

Les traits de Bram s'affaissent un peu plus.

– C'est la femme dont je t'ai parlé. Taylor.

Je croise les bras, en tentant de paraître plus forte que je ne suis, en essayant de ne pas montrer que ce nom me brise le cœur.

– Celle qui t'a quitté ?

La femme fronce les sourcils et fait un pas en avant.

– Salut, dit-elle en me détaillant des pieds à la tête. Tu es sa petite amie ?

Je regarde Bram. *Suis-je ta petite amie ?*

L'étais-je ?

– Je vis à côté, dis-je en guise d'explication. Et j'ai entendu des hurlements, alors je me suis dit qu'il valait mieux venir voir si tout allait bien.

– Je suis désolé pour tout ça, dit Bram. On se parle plus tard.

Je le regarde droit dans les yeux et je sens un précipice se creuser entre nous. Le temps s'accélère, ou bien il ralentit, mais je m'aperçois que je me raccroche à l'idée de ce que nous avons été l'un pour l'autre.

Je pense : *Je t'aime. Que fais-tu ? Qu'est-ce que c'est ?* Pourvu qu'il y ait une explication parfaitement rationnelle à tout ça. Pourvu que je puisse y croire.

– Maman, dit une voix d'enfant, et dans la foulée, un petit garçon d'environ six ou sept ans apparaît entre Taylor et Bram.

– Tout va bien, Mathieu, dit-elle en posant sa main sur sa tête.

L'enfant me regarde avec des yeux fatigués et se met à bâiller.

Il y a quelque chose de tellement familier chez cet enfant que je suis rattrapée par la réalité. Bien que sa peau soit plus sombre, ses yeux, ses sourcils, la forme de sa mâchoire, tout correspond parfaitement. Il porte les mêmes chaussettes que Bram. Les jaune et marron. Celles du monstre du Loch Ness. Je regarde Bram et je réalise peu à peu ce qui se passe, comme quand les premières pierres qui tombent vous annoncent l'imminence de l'éboulement.

– Voilà Mathieu, le fils de Bram, me dit Taylor.

Et la terre s'ouvre sous moi. Je tombe, je tombe, je tombe, ensevelie par la vérité.

Et je suis glacée, une véritable morte vivante.

Je n'arrive plus à respirer. L'air gèle à l'intérieur de mes poumons, ça brûle comme de l'azote liquide.

– J'allais te le dire, dit Bram, la voix cassée.

Il se frotte le visage à deux mains.

– Je n'ai pas trouvé le bon moment. C'est tellement difficile.

– Bram, pas devant lui, l'avertit Taylor.

Je n'arrive même plus à prononcer un mot. Ma bouche s'ouvre et se referme, comme celle d'un poisson débile, jusqu'à ce que je finisse par éructer :

– Tu as un fils ?

– Nicola, dit-il en lançant un regard d'excuse à Taylor et Mathieu avant de sortir dans le couloir et de refermer à moitié sa porte, je peux t'expliquer.

Combien de ruptures ont commencé par ces mots : « je peux t'expliquer » ?

– Pourquoi m'as-tu menti ? je balbutie en tremblant.

J'ai l'impression d'avoir été découpée en morceaux.

– Je ne t'ai pas menti, je ne t'ai simplement pas dit... Je n'ai pas mis ça sur le tapis. J'allais le faire, mais...

– Mais quoi ?

Il avale sa salive et baisse la voix,

– C'est parce que j'ai fait à Taylor et Mathieu ce que Phil vous a fait, à toi et Ava. J'ai voulu que tu me fasses confiance avant de te le dire, avant que tu saches la personne que j'étais avant.

Je retiens mon souffle, j'essaie de trouver en moi la force de m'en aller.

– Je t'ai fait confiance, Mais c'est terminé.

Ces mots sortent tout seuls de ma bouche.

Je recule, il avance la main pour me retenir, mais je m'esquive. Je cours jusque chez moi, je claque la porte et je la ferme à clé. Bram frappe comme un fou, il m'appelle, mais je ne veux pas le voir, je ne peux pas le voir.

Et je ne peux pas rester ici.

J'enfile un jean et un tee-shirt, j'attrape mon sac à main et j'ouvre la porte. Bram est toujours là, il a l'air paniqué. Son visage exprime la douleur lorsque je le repousse violemment.

– Ne fais pas ça, Nicola ! hurle-t-il.

Mais je m'enfuis en courant.

Je suis déjà loin.

* * *

Je n'ai nulle part où aller.

Je suis dans la rue, je marche vite, j'essaie d'atteindre l'arrêt de bus le plus proche tout en envoyant un texto à Steph en tremblant.

Il faut que je te parle. Il m'est arrivé quelque chose.

Quoi ? Sa réponse est immédiate. Je suis toujours au Lion.

J'arrive. J'attrape un bus.

J'ai trop bu de bières pour venir te chercher. C'est Bram ?

Je ne réponds pas, mais à la minute précise où je rentre dans le bar, elle le lit sur mon visage. Pourtant je n'ai pas pleuré. Je ne sais même pas exactement quoi ressentir. Je réalise que ma vie, que je commençais à peine à apprécier, ne sera plus jamais la même.

Tout est entièrement balayé.

– Oh ma chérie, tu trembles, qu'est-ce qui est arrivé ? me demande Steph en descendant de son tabouret et en me prenant dans ses bras.

À côté d'elle, Linden me regarde curieusement. Parfois, il ressemble terriblement à son frère.

Tout d'un coup, une vague de colère m'envahit.

– Tu étais au courant ? je demande en le montrant du doigt.

Linden a l'air complètement abasourdi.

– Quoi ? Au courant de quoi ?

Il regarde Steph, il cherche de l'aide, mais elle aussi semble totalement confuse.

– Tu savais pour Bram ?

– Quoi Bram ? Qu'est-ce qu'il a fait ?

– Tu savais qu'il a un putain de môme ? Il est père.

Je crache pratiquement mes mots. Ils sonnent comme du venin dans ma bouche, comme s'ils avaient le pouvoir de m'empoisonner.

Linden écarquille les yeux. Steph semble sur le point de perdre la tête.

– Alors tu savais ? je continue, de plus en plus furieuse. J'étais la seule à l'ignorer ?

– Attends, attends. Enfant, père, tu es à nouveau enceinte ? s'écrie Steph en me mettant sa main devant le nez.

Je la regarde fixement.

– Non ! Ce que je veux dire, c'est que Bram a un môme, un putain de môme, avec quelqu'un d'autre. Il s'appelle Mathieu, il lui ressemble comme deux gouttes d'eau. Je viens de le rencontrer dans son appartement, il lui rendait visite avec sa mère, ou Dieu sait qui.

Linden secoue lentement la tête.

– Non, ce n'est pas possible. Il n'a pas fait ça. Je l'aurais su. (Il regarde Steph.) On l'aurait su.

–Tu crois ? Est-ce que quelqu'un a la moindre idée de ce qu'a fait Bram dans le passé ?

–Son fils et sa mère sont venus chez lui ? Pourquoi ? demande Steph, l'air sidéré.

Je lève les mains au ciel.

–Comment est-ce je peux le savoir ? Je pensais que Linden saurait peut-être.

–Non, affirme Linden catégoriquement. Si Bram avait un enfant depuis tout ce temps, je le saurais. Tu es sûre qu'il était au courant ? Peut-être qu'il venait juste de l'apprendre.

Je veux m'effondrer par terre, mais au lieu de ça, j'arrive seulement à me retenir au tabouret. C'est alors que je remarque que nous sommes les seuls dans le bar, à part James qui parle dans un coin avec Sandra, l'autre barmaid.

–Il savait. Oh, il savait. Il y a déjà fait allusion. Il m'a parlé de cette fille Taylor, il m'a dit que c'était la seule fille qu'il ait jamais aimée et qu'il avait fait une énorme erreur avec elle. Je suppose que l'erreur, c'est Mathieu...

J'ai le cœur brisé.

–Ou peut-être que l'erreur, ça a été de la quitter. (Je ferme les yeux et je respire profondément par le nez.) Et ces chaussettes débiles.

–Tu parles de celles du Loch Ness ? s'écrie Linden.

Je hoche la tête.

–Je ne savais pas du tout pourquoi il les portait. Il les appelait ses chaussettes porte-bonheur.

–C'est ce qu'il m'a dit quand je me suis moquée de lui.

– Il était sur la défensive ?

–Ouais, un peu. Mais, parfois, il réagit comme ça alors qu'on ne s'y attend pas.

Je pousse un énorme soupir et je me hisse sur un tabouret. Mes jambes tremblent comme des feuilles. J'ai l'impression d'entendre mon sang pulser dans mes tempes.

– C'est tout Bram, ça. Il fait le contraire de ce qu'on attend de lui. J'ai vu ces chaussettes sur Mathieu, ça ne peut pas être une coïncidence. Il était au courant de l'existence de Mathieu depuis le début. (Ses mots me reviennent soudain à l'esprit.) Il a dit qu'il leur avait fait la même chose que ce que Phil nous avait fait à Ava et moi.

– Quel salopard, dit Steph en posant sa main sur mon épaule. Je suis tellement désolée pour toi. Qu'est-ce que tu vas faire maintenant ?

Je hausse les épaules.

– Je ne sais pas. Je ne sais pas. Je me suis enfuie. Je ne pouvais pas rester là-bas.

– Je te comprends, dit-elle.

James s'avance vers nous.

– Qu'est-ce qui se passe ? demande-t-il.

– Rien. Mais Nicola a besoin d'un shot de whisky. Et vite, répond Steph.

– Mets-en deux, dit Linden.

Il a l'air un peu abasourdi. Je suppose que ça n'est pas facile de découvrir qu'on a un neveu et qu'on l'ignorait.

– Et James, si ton offre tient toujours, j'accepte ce poste de directrice adjointe.

– Voilà une bonne nouvelle !

Et il me fait un grand sourire en me versant à boire, mais je n'arrive pas à lui sourire en retour.

– Je suppose qu'on devrait te féliciter, dit gentiment Steph. Mais ça n'est pas le bon moment. Je suis tellement désolée, Nicola. (Elle cherche mon regard, je suis de plus en plus triste.) Je sais à quel point tu es amoureuse de lui.

Et c'est ça surtout qui craint. Que je l'aime. Et que lui ne m'aime pas. Et que ce soit arrivé quand même. L'amour d'une seule personne ne suffit pas à faire vivre un couple, je le savais déjà, ça.

James me tend un shot. Linden et moi vidons chacun le nôtre en même temps. Ça me brûle, mais pas assez. Je voudrais que ça consume le brouillard de cette nuit.

– Mets-m'en un autre, je dis à James, et Steph et Linden suivent le mouvement.

Soudain, il y a un fracas à la porte d'entrée, nous nous retournons tous pour voir Bram qui, dehors, nous regarde d'un air pitoyable.

Je siffle à James.

– Ne lui ouvre pas. Dis-lui que nous sommes fermés.

James questionne Linden :

– Qu'est-ce qui se passe ?

– Rien de grave. Laisse-le entrer. Je veux lui parler.

– Merde, j'espère que ce n'est pas une de ces nuits qui n'en finissent pas ? demande James. Parce que quand elles prennent fin, en général, je dois appeler les flics.

Mais Steph, qui s'est déjà levée, traverse le bar. Elle s'arrête à la porte, dévisage Bram et finit par ouvrir.

– Qu'est-ce que tu veux ? demande-t-elle en l'entrebâillant.

– il faut que je parle à Nicola, répond-il. (Il me regarde par-dessus son épaule.) Je t'en prie.

Linden me donne une tape sur le bras :

– Vas-y. Va lui parler. Je lui parlerai après.

C'est la dernière chose que j'ai envie de faire. La situation ne peut pas s'améliorer. Tout ce qu'il peut dire ne peut qu'aggraver les choses. Et quoi qui puisse arriver, ce qui est fait est fait, et je sais que ça va être horrible pendant un bon moment.

– Ça va, Steph.

Je m'approche de la porte d'entrée, elle recule à contrecœur sans quitter Bram des yeux.

– Je suis pourtant sûre qu'on s'était juré quelque chose, bougonne-t-elle avant de rejoindre Linden au bar.

Bram a les yeux rouges, fous d'angoisse, sa bouche est amère. Il a un air détruit, comme ravagé par quelque chose de terrible. Mais je ne ressens rien du tout, ça ne me fait même pas plaisir.

– Nicola, il faut que je t'explique.

Ses yeux papillonnent vers un box.

– Est-ce qu'on ne ferait pas mieux d'entrer ?

– Non, dis-je en me collant à la porte, en prenant bien soin de ne pas l'effleurer.

C'est étrange comme un corps qui agissait comme un aimant, quelque chose que vous ne pouviez pas éviter, peut devenir soudain impossible à toucher.

Je croyais que j'arriverais mieux à respirer dehors, mais cette nuit est étonnamment humide et j'ai l'impression que le brouillard m'étrangle. J'enfonce mes mains dans mon jean, les bras raidis le long du corps, je fixe résolument le sol.

– Puisque tu m'as trouvé, vas-y, explique-toi.

– Je te l'aurais dit...

– Non, dis-je brusquement. Range tout ça parmi tout ce que tu « aurais dû-aurais pu » faire un jour. Tu ne l'as pas fait, ok ? Tu ne l'as pas fait, et maintenant c'est trop tard. Alors, commence par le commencement. Tu as un fils. L'ironie, c'est que dans d'autres circonstances, ça aurait été merveilleux.

Il expire, fort et longtemps.

– Oui. Mathieu est mon fils. J'ai rencontré Taylor il y a sept ans. Je suis très vite tombé très amoureux d'elle.

– Comme c'est formidable, je ne peux m'empêcher d'ironiser.

– S'il te plaît, écoute-moi, murmure-t-il en s'éclaircissant la voix. Je suis tombé amoureux d'elle parce que c'est quelqu'un de bien. C'est une femme bien, je sais que tu ne veux pas entendre ça, mais c'est la vérité. Elle m'a donné l'impression d'être normale et d'avoir un but alors que je n'en avais aucun. Quand je l'ai rencontrée, j'étais une véritable épave. Toute cette drogue, toutes ces fêtes. J'étais très barré. Je sniffais tout ce que je pouvais et je buvais comme un trou. Je jetais l'argent par les fenêtres. Je me suis fait beaucoup d'ennemis, je m'en suis acheté quelques-uns aussi. Tu ne m'aurais même pas regardé. J'étais la pire des ordures qui soit.

Il avale sa salive.

– Mais Taylor a discerné quelque chose en moi que j'ignorais moi-même. Et pendant un certain temps, comme j'étais amoureux d'elle, je me suis comporté correctement, j'ai tout fait pour être avec elle, cette femme qui m'avait fait sentir que je n'étais pas uniquement une merde ambulante, même si c'était sans doute encore le cas. J'ai cru que l'amour triomphait toujours. J'avais tort. Parce que quand elle s'est retrouvée enceinte, ma première réaction a été de fuir. Il fallait que je m'en sorte, que je la laisse seule face à ses responsabilités.

Je sens la rage monter en moi. Taylor et moi avons bien plus de choses en commun que je ne le voudrais.

– Je ne pouvais pas être père. J'étais vraiment une merde sans valeur. J'ai commencé à me dire qu'elle était complètement inconsciente de croire en moi. Je l'aimais, je l'aimais vraiment, mais pas assez pour être capable de rester. Ça ne suffisait pas à m'empêcher de la tromper.

J'éructe :

– Tu as trompé ta petite amie enceinte ?

Il baisse la tête et les épaules.

– Je n'en suis pas fier. Mais je l'ai fait. Voilà comment j'ai merdé. Et j'ai beaucoup merdé.

Je commence à me sentir mal.

– Comment as-tu pu être un porc à ce point ? Mon Dieu, en fait, je ne te connais pas.

Il lève les yeux. Ils sont remplis de honte.

– J'étais différent. Je t'ai raconté comment j'étais.

– Je n'avais pas compris à quel point tu étais monstrueux.

Je sens mes lèvres se tordre de dégoût.

Il hurle :

– Je l'étais, ok ? Maintenant, est-ce que tu comprends pourquoi les gens ne me donnent jamais la moindre chance de devenir autre chose que ce que j'étais ? J'ai été horrible et j'ai fait des choses horribles. Je n'ai pas violé, ni braqué des banques, ni dealé, mais j'ai été horrible autrement. J'ai blessé Taylor d'une façon irréparable, et j'ai abîmé ma relation avec Mathieu depuis le début. Parce qu'au moment où j'ai commencé à réfléchir, à rassembler mes esprits, c'était déjà bien trop tard. Taylor ne voulait plus rien avoir à faire avec moi.

– Une femme intelligente, je murmure.

– Et elle m'a enlevé Mathieu. J'ai essayé, essayé, essayé de les faire rentrer dans ma vie, mais elle n'a pas voulu. Alors, j'ai fait ce que je pouvais, c'est-à-dire envoyer de l'argent tous les mois. J'ai payé la pension alimentaire et plus encore. Je me suis assuré que Taylor et Mathieu avaient la vie la plus agréable possible.

– Mais tu ne leur as jamais offert une figure paternelle.

– J'ai essayé, répète-t-il, avec un accent de plus en plus prononcé. Mais pas assez, et trop tard. Et je n'en veux pas du tout à Taylor. Tout ce que je pouvais faire, c'était payer, envoyer des cadeaux et rendre sa vie un peu plus facile.

J'ai à l'arrière de la gorge ce chat qui me gratte. Mon esprit me pousse à penser des horreurs que je repousse pour l'instant, pendant que Bram s'explique. Il continue en passant sa main dans ses cheveux :

–Environ trois mois avant que je m'installe ici, Taylor et Mathieu ont déménagé. Ils sont partis vivre à Jersey, et soudain ce fut comme un retour à l'expéditeur. Ça a un peu facilité mon déménagement, je suppose. Mais je n'ai jamais cessé de mettre de l'argent de côté en espérant qu'un jour elle allait me donner signe de vie et que nous pourrions essayer de redémarrer à zéro. C'est ce qu'elle a fait aujourd'hui. Elle s'est installée à San Bernardino chez sa tante et elle m'a vu aux nouvelles.

–Alors, elle veut juste de l'argent.

–Je ne sais pas vraiment ce qu'elle veut, pour être honnête. Mais je mentirais si je disais que sa venue ne me fait pas plaisir. Être avec toi et Ava m'a fait comprendre que je pouvais offrir beaucoup plus.

La nausée réapparaît.

–Que veux-tu dire ?

–Je veux dire, t'aider...

Il se tait. Je sens que mon menton se met à trembler.

–Attends, attends. C'est pour ça que tu voulais qu'on vienne, Ava et moi ? C'est pour ça qu'on t'intéressait tellement et que tu cherchais tout le temps à nous aider ? Pour soigner ta fichue culpabilité ?

Il me regarde comme si je venais de le frapper au visage.

–Non, ce n'est pas ça.

Je me sens profondément humiliée.

–Si, ce n'était que par charité alors. Nous étions tes bonnes œuvres. Tu t'en fichais, tu voulais simplement racheter tes péchés, tu voulais te sentir mieux avec toi. Pas étonnant que tu ne m'aies jamais aimée ! Il ne s'agissait pas d'amour !

Et soudain, tout vole en éclats. Je crois que mon cœur va exploser.

–Non !

Il hurle en m'attrapant par le bras pour m'attirer à lui. Ses yeux sont pleins de panique, de sauvagerie.

– Ce n'est pas ça ! Pas du tout. Pas du tout ! Nicola, je... je... t'ai...

Je lui hurle au visage :

– Tu vois, tu n'es même pas capable de le dire ! C'est parce que tu ne ressens rien, tu ne ressentiras jamais rien. Tu veux m'aimer parce que tu penses que ça arrangerait tes affaires.

– Non, je t'en prie, tu es tout pour moi ! supplie-t-il.

Je m'esquive,

– Il semble finalement que ton monde puisse contenir plus de gens que ce que je croyais.

– Ne fais pas ça. Ne me quitte pas, nous sommes heureux ensemble, nous sommes tellement bien !

Je lui rétorque en criant :

– Tout n'était qu'un mensonge ! Il n'y avait rien de vrai ni de bon là-dedans !

Je fais mine de rentrer dans le bar.

– S'il te plaît, ça n'a jamais été un mensonge, c'était la pure vérité. Ce que nous vivons, c'est la vérité. Je ne peux pas vivre sans toi.

Son visage semble se déliter devant mes yeux.

– Je pensais que tu pourrais peut-être comprendre, ajoute-t-il avec une petite voix.

Je m'arrête un instant, je sens l'amertume me monter à la gorge.

– La seule chose que j'ai comprise, c'est ce que ça fait de la remplacer et d'être une de tes bonnes œuvres. Et c'est suffisant pour moi.

J'ouvre alors la porte, et je me rends compte que je suis sur le point de faire la chose la plus difficile, la plus douloureuse qui soit.

Mais la plus juste, également.

– Je suis désolée, Bram.

Je pleure à chaudes larmes, mais j'essaie de garder une voix calme.

– Ça va briser le cœur d'Ava, mais nous déménagerons demain. Nous ne serons plus une de tes œuvres de charité.

J'entre dans le bar et je referme la porte sans me retourner.

Chapitre 19

Nicola

Ava n'arrête pas de pleurer.

J'aurais dû lui mentir. J'aurais dû lui dire qu'on partait juste un temps. J'aurais dû lui dire qu'on allait revoir Bram.

Mais je n'ai pas pu. Lui mentir m'aurait fait du mal, et avec le temps, ça l'aurait détruite.

Mieux valait pour nous deux être brisées tout de suite.

Quand je suis rentrée du Lion, j'avais le cœur qui saignait. La vue de mon appartement, ce cadeau de Bram, a suffi à me rendre malade, j'ai donc décidé de faire immédiatement mes cartons.

J'ai emballé toute la nuit, avec la musique à fond. Je n'ai pas répondu aux appels ni aux coups sur ma porte. Si Bram m'a suppliée, je ne l'ai pas entendu. S'il a retrouvé sa femme et son fils – son fils –, je n'en ai rien su. J'ai poursuivi ma tâche comme une automate jusqu'à ce que l'aube pointe sur la ville et que tout mon appartement se retrouve en boîtes, en valises et en sacs-poubelle.

Il y avait beaucoup de sacs-poubelle.

Ce que je voulais vraiment réussir à faire, c'était trouver un endroit où habiter avant qu'Ava rentre. Je délirais. Je ne sais pas pourquoi je pensais réussir, pourquoi je me disais que ma mère pourrait peut-être la déposer dans un tout nouvel environnement. Il ne fallait à aucun prix qu'elle retombe dans notre ancien appartement. Mais j'avais tout emballé et nulle part où aller et pas de voiture pour m'y emmener.

J'ai appelé ma mère. Je lui ai expliqué ce qui était arrivé. Sans pleurer. Je me suis trouvée courageuse. Et puis ma mère est arrivée et, à l'instant où j'ai vu le visage d'Ava, j'ai réalisé que je ne l'étais pas du tout.

J'étais une loque.

Elle a regardé autour d'elle avec un grand désarroi. Elle ne comprenait pas, et quand bien même j'essayais de lui expliquer, il n'existait aucune réponse valable.

Je ne voulais pas reporter toute la faute sur Bram. Je ne voulais pas qu'elle le déteste, même si moi je commençais à le faire.

Ava ne peut pas détester quelqu'un. Elle n'a pas de haine en elle. Elle s'est juste brisée, comme une poupée de porcelaine.

Pour corser la chose, tous ces sentiments de rejet, de mal-être et le chagrin de perdre toutes ces choses qu'elle aimait l'ont rendue malade.

Vraiment malade.

Elle s'est mise à vomir et son taux de glucose a explosé.

Je ne me suis jamais sentie aussi seule, malgré la présence de ma mère qui essayait de lui faire avaler de l'eau, de l'insuline, les deux. Je savais que Bram était juste à côté. Je l'entendais, mais jamais je ne lui aurais demandé de l'aide.

Heureusement, au moment même où nous allions l'emmener à l'hôpital, elle s'est mise à aller mieux.

C'est alors que ses larmes ont jailli.

Elles ne se sont pas taries depuis.

Je suis chez ma mère, assise en tailleur dans son canapé, je sirote un thé. J'ai l'air parfaitement calme, mais je bous intérieurement. Ava est assise à côté de moi, elle renifle, elle s'essuie le nez sur sa manche, sur moi.

Je peux simplement la prendre dans mes bras. Je peux juste lui dire que tout ira bien, alors que je n'en crois pas un mot. Ça me paraît si futile, si inutile, et pourtant c'est ce que je continue à lui dire.

Kayla nous a offert de nous installer chez elle. Ma mère aussi. Mais j'ai toujours mon boulot, et une promotion, alors je vais rester chez Kayla en ville. Ava et moi allons être serrées comme des sardines dans son réduit, mais c'est temporaire et je crois de Kayla a besoin qu'on l'aide à payer son loyer. Linden et Steph m'ont eux aussi proposé de m'héberger, mais je ne peux pas regarder Linden pour l'instant. Il me rappelle trop son frère. Il a vidé mes affaires et les a déposées dans un garde-meuble jusqu'à ce que nous ayons trouvé un logement. C'est très généreux de sa part, mais ça aussi, ça me rappelle son frère.

Ava se jette dans mes bras et me regarde avec de grands yeux mouillés. Il y a tant d'espoir dans ces yeux que ça me donne envie de pleurer. Parce que j'espère par-dessus tout que cet espoir ne sera pas trompeur.

J'ai perdu Bram qui était devenu sa figure paternelle, que je le veuille ou non.

J'ai perdu mon amour.

J'aimais Bram.

Je l'aimais.

Son sourire, ses blagues, sa générosité. Ses lèvres, ses yeux, son menton. Son allure, son bon caractère, son humour. Sa grâce, sa taille, son corps. Son regard amoureux, son admiration.

Il me regardait comme si j'étais magique.

Je commençais à y croire.

Tous les deux, nous étions magiques.

Et je l'aime toujours.

Après tout ce qui s'est passé, comment ne plus l'aimer ?

Comment puis-je arrêter ?

Mais cet amour est en train de me détruire.

Seconde après seconde.

Pierre à pierre.

Chapitre 20
Six semaines plus tard

Bram

– Tu sais, je ne crois pas t'avoir dit à quel point je suis désolée.

J'entends la voix de Taylor à l'autre bout de la table, mais je ne l'écoute pas vraiment. Il y a un morceau de musique qui passe dans ce café du centre commercial de San Bernardino. Ça m'énerve de ne pas reconnaître les paroles.

– Bram, dit-elle doucement, et je finis par tourner la tête vers elle.

– Hmmm ?

– Je suis désolée pour la façon dont les choses se sont passées avec Nicola, dit-elle. (Ce nom résonne dans ma tête comme un coup de poing.) Je n'aurais pas dû me pointer chez toi comme ça. Je n'avais pas pensé...

– Tu n'avais pas pensé qu'il puisse y avoir quelqu'un d'important dans ma vie, je termine distraitement. (Je fais tourner ma montre autour de mon poignet et je hausse les épaules avec une certaine mélancolie.) Je ne t'accuse pas. Et je t'en prie, tu n'as aucune raison de t'en vouloir. Je sais que ça me pendait au nez. Le karma est une chose impitoyable, voilà tout.

Elle baisse la tête.

– Je sais. Mais c'était il y a si longtemps et... je n'avais aucun droit de réapparaître comme je l'ai fait.

Je soupire. Elle dit ça, mais je sais qu'elle pense le contraire, et elle a raison. Quand quelqu'un a été trompé par quelqu'un qui a tellement merdé qu'il aura toujours une dette envers cette personne, elle ne peut rien faire qui soit déplacé.

Je n'accuse pas Taylor. Elle regardait les nouvelles et soudain j'apparais, le père de son enfant qu'elle a essayé d'oublier de toutes ses forces. Même si elle ne le dit pas, je parie qu'elle a eu envie de lapider son écran de télé, de le jeter au feu peut-être. Elle s'est sûrement mise à hurler et elle m'a maudit, j'en suis certain.

Ensuite, son instinct maternel a repris le dessus, elle a fait grimper Mathieu dans sa voiture et a roulé jusqu'à San Francisco pour aller voir l'homme qu'elle prétendait n'avoir jamais connu.

Je sais qu'elle n'est venue que pour l'argent, bien qu'elle me dise le contraire. Elle m'a dit qu'elle voulait me voir avec un regard neuf. J'avais du succès, j'étais ambitieux et, plus encore, j'avais l'air d'être vertueux. J'étais tout le contraire de l'homme qu'elle avait haï. J'avais prouvé que je pouvais remettre ma vie dans le droit chemin, et surtout faire du bien autour de moi.

Peut-être que c'est vrai. Mais, pour l'instant, ça n'a plus aucune importance. J'ai toujours les mêmes locataires dans mon immeuble, ceux qui ne peuvent pas vivre ailleurs, ceux qui ont besoin de moi. Ils sont toujours là... à l'exception des plus importantes à mes yeux.

Nicola a déménagé dès le lendemain, comme elle l'avait dit. J'ai essayé de l'en empêcher. J'ai tout essayé. Elle ne m'a pas écouté. Je ne l'avais jamais vue si têtue, si dure. Je sais que je l'ai mérité, mais ça m'a fait un mal de chien. Elle voulait protéger Ava bien plus qu'elle et quand j'ai entendu cette petite fille qui pleurait dans le hall, eh bien... ça m'a foutu en l'air.

Et ça ne s'est pas arrangé depuis. Le chagrin ne fait qu'augmenter, je ne ressens aucun soulagement. Chaque matin, je me réveille dans un lit vide, et c'est comme si une brique supplémentaire venait écraser ma poitrine. Nicola ne se rend absolument pas compte de ce qu'elle représentait pour moi, de ce qu'elle représente toujours, et ce qui me fait le plus mal, c'est qu'elle ne verra jamais combien je souffre.

J'ai besoin qu'elle le voie, qu'elle le sente, qu'elle le sache.

J'ai perdu la magie qui était entrée dans ma vie.

– Tu es un type bien, Bram, dit Taylor.

Je réponds en riant tristement :

– Tu es sûre qu'ils ne t'ont pas mis en douce une bonne rasade de whisky dans ton café ?

Elle me fait un petit sourire.

– Maintenant, tu es un type bien. Et peut-être l'étais-tu déjà à l'époque, au fond de toi. Tu sais que je t'aimais follement, Bram. Follement. C'est pour ça que ça fait tellement mal.

Je hoche la tête.

– Comme je le disais, c'est le karma. Je t'aimais aussi, tu sais.

Elle secoue la tête.

– Non, ce n'est pas ça l'amour, Bram. Tu ne fais pas des choses… comme ça à quelqu'un que tu aimes. Je ne doute pas que tu avais l'impression de m'aimer, mais quand on aime quelqu'un, on ne repousse pas cet amour. On ne renonce pas. On ne s'enfuit pas, même si on a peur. Et si on le fait, c'est que ce n'est pas de l'amour.

Je mâchonne ma lèvre un moment.

– Je ne pense pas que ce soit si simple.

– C'est aussi simple que ça. Les êtres humains sont compliqués, l'amour, lui, ne l'est pas.

– Bon.

J'ai du mal à argumenter là-dessus. Je bois à petites gorgées mon thé qui refroidit lentement.

– Quoi que j'aie ressenti pour toi, je pensais vraiment que c'était de l'amour. Et j'ai cru que cet amour durerait très longtemps.

– Jusqu'à ce que tu la rencontres.

Je croise son regard, mais je ne peux m'empêcher de tressaillir.

– Ouais. Jusqu'à ce moment-là.

– Alors, maintenant tu sais que ce que tu ressens pour elle est différent de ce que tu ressentais pour moi.

Je ne peux m'empêcher de remarquer qu'elle utilise le présent.

– Inutile de nier que tu es encore follement amoureux d'elle, Bram, dit-elle avec un sourire entendu.

Elle a raison.

Et depuis le début, je suis amoureux d'elle. C'était trop simple pour que je m'en aperçoive. Je m'attendais à ce que ce soit plus lent, plus compliqué que ça. Alors qu'en fait mon cœur lui appartenait depuis déjà un bon moment.

Quand je réalise ça, je reste cloué à ma chaise. Et dire que quand elle m'a dit qu'elle m'aimait, j'aurais pu lui répondre que moi aussi je l'aimais. J'aurais pu dire n'importe quoi plutôt que ce que je lui ai répondu. Je n'avais pas besoin de lui briser le cœur une première fois.

Taylor poursuit :

– Écoute, quand je t'ai vu aux nouvelles, je n'avais pas du tout l'intention de venir foutre ta vie en l'air. Je ne voulais pas m'entendre dire que tu m'aimais encore, parce que je sais que nous avons tous deux évolué. Et tu as été vraiment très classe de nous aider comme ça le mois dernier. Ça ne pouvait pas mieux tomber, j'étais entre deux jobs et Mathieu avait vraiment besoin d'une figure paternelle. Tout ce que je désirais, c'était que tu le connaisses et qu'il te connaisse, et c'est ce qui s'est passé. Il connaît maintenant l'homme, pas uniquement les chaussettes.

Elle sourit à cette idée en faisant tourner sa tasse entre ses mains.

– La dernière chose que je veux, c'est que tu gâches ta vie. Si tu l'aimes toujours, tu dois aller la voir. Tu dois le lui dire et tu dois te battre pour regagner son amour.

– C'est un peu trop tard pour ça.

Elle me dévisage d'un air étonné.

– Il n'est jamais trop tard, affirme-t-elle. Qu'est-ce que je viens de te dire à propos de l'amour ? Que c'est simple. Ça ne disparaît pas comme ça. Si elle t'aimait, et à en juger par la tristesse sur le visage de cette pauvre fille, c'était vraiment le cas, alors elle t'aime toujours. Crois-moi, je suis passée par là. La colère n'efface pas l'amour. Le chagrin non plus, les pleurs non plus. Seul le temps y parvient. Il faut beaucoup, beaucoup de temps.

Elle me donne un petit coup du bout du doigt.

– Et, crois-moi, le temps n'a pas vraiment bougé pour vous deux. C'était il y a tout juste un mois. Elle va t'aimer bien plus longtemps que ça. Je déteste te l'avouer, mais il y a encore trois ans, si tu t'étais pointé chez moi pour tenter de me convaincre à nouveau, ça aurait marché.

– Et nos vies auraient été totalement différentes, je remarque en me penchant en arrière sur ma chaise.

Le volume de la musique a augmenté, je reconnais « The Trick is to Keep Breathing » de Garbage. Je me dis que Shirley Manson a bien raison.

– Différentes, oui, dit Taylor, mais tu sais, je ne regrette rien.

Je tourne vivement la tête.

– Qu'est-ce que tu as dit ?

– Que je ne regrettais rien. Je ne crois pas aux regrets, de toute façon. Ce n'est pas une voie à suivre dans la vie. Il arrive ce qui doit arriver, et cela nous apprend à vivre le moment présent, à l'endroit précis où nous devons être.

La devise de Nicola. C'en est trop.

Taylor tend la main vers moi.

– On n'aurait jamais dû être ensemble, Bram. Et Mathieu n'était pas supposé connaître son père avant aujourd'hui. Nous avons été bien, lui et moi. Nous formons une équipe. À cause de toi, de tes chèques, il ne veut rien de plus. Et ça m'a rendue plus forte, ça m'a fait réaliser ce que je voulais. Bien sûr, personne ne souhaite être mère célibataire, mais ce n'est pas non plus la fin du monde. C'est la vie. On fait avec et on continue d'avancer.

– Et l'amour ?

Elle me lance un sourire plein de coquetterie.

– J'ai quelqu'un, tu sais. Irving. Il est dans l'armée donc je ne le vois pas souvent, et de toute façon, nous sommes surtout bons amis. Mais il adore Mathieu et Mathieu l'adore. Et je sais que c'est de l'amour. Un petit amour qui est en train de devenir grand. Je n'ai pas encore eu le courage de le lui dire. Mais je vais le faire à son retour.

Je me force à sourire.

– C'est super. Ça fait plaisir d'entendre ça.

Elle se tortille sur son siège et sa façon de rougir me rappelle Nicola.

–Alors tu vois, j'ai de l'espoir. Et il y en a aussi pour toi, Bram.

Je bois ses paroles. Ces derniers temps, l'espoir a plutôt été synonyme de danger pour moi.

Elle repousse sa tasse de café.

–Bon, il va falloir que j'y aille.

Je sais que ça signifie « au revoir ». Après que Mathieu et Taylor se sont présentés chez moi, je me suis arrangé pour qu'ils puissent rester en ville autant qu'ils le souhaitaient. Il y a une semaine, ils sont rentrés à San Bernardino et je les ai accompagnés pour voir où vit Mathieu, pour m'impliquer un peu plus.

Je suis descendu dans l'hôtel du coin, mais maintenant il est temps pour moi de rentrer à San Francisco. Mon cousin arrive d'Édimbourg dans la soirée, ce qui va me changer les idées pendant quelque temps. J'en ai désespérément besoin.

–Tu es sûr que tu veux prendre un taxi pour l'aéroport ? Je peux tout à fait t'y conduire.

Je tapote ma valise.

–Je vais me débrouiller. Cours délivrer Mathieu de sa tante.

Je me lève et bien que ma première réaction soit de lui serrer la main, je finis par la prendre dans mes bras.

–Merci d'être capable de me pardonner.

Elle me serre à son tour dans ses bras, en me tapotant le dos.

–Merci d'être si facile à pardonner, répond-elle. Charmeur un jour, charmeur toujours !

Nous nous séparons brusquement, elle prend mon visage entre ses mains et m'observe fixement, avec attention.

– Je n'ai pas de regrets. N'en aie pas non plus. Va-t'en et fais en sorte de ne pas en avoir.

– Je le ferai. Je te le promets.

Et alors qu'elle se dirige vers la sortie, je lui crie :

– Et préviens le petit gars que la prochaine fois que les Dodgers rencontrent les Giants, je l'appelle, on va bien se marrer !

Elle fait les gros yeux et continue son chemin. En fait, je ne m'intéresse pas beaucoup au base-ball, mais Mathieu est dingue des LA Dodgers, et j'essaie de me rapprocher de lui le plus possible. Ce n'est pas évident de passer de quelqu'un de complètement absent à quelqu'un qui compte dans sa vie. C'est un véritable apprentissage, pour lui comme pour moi. Nous n'avons pas encore une vraie relation, et je doute qu'il arrive un jour au stade où il m'appellera papa, mais on ne sait jamais. En tout cas, je vais faire tout ce que je peux pour ça.

Mais Taylor m'a très clairement fait comprendre qu'ils avaient leur vie et que bien que je puisse en faire partie, je devais avoir la mienne. Si seulement dans ma vie, il y avait Nicola !

Je pousse un soupir. Je n'arrive jamais à enlever ce poids qui pèse si lourd sur ma poitrine. Je finis mon thé, j'attrape ma valise et je rentre chez moi.

* * *

Pour une fois, les jours suivants passent vite, pas comme d'habitude. Rien de tel qu'un chagrin d'amour pour transformer une journée en siècle, pour vous faire croire que chacun de vos souffles sera le dernier. Mais la présence de mon cousin que je n'ai pas vu depuis des lustres m'a aidé à remettre les pendules à l'heure. J'aurais voulu le loger dans l'ancien appartement de Nicola et Ava, mais je ne peux m'y résoudre. Il est vide et je veux qu'il le reste, si jamais, par miracle, elles décidaient de revenir.

Dire que je suis délirant est un doux euphémisme.

Inutile de vous dire que Lachlan McGregor est un drôle de camarade de chambrée. Ce type ne se livre que quand il est saoul, le reste du temps il est hyper-sérieux, il ne sourit jamais. Normalement, ce serait parfait, parce que, soyons réalistes, je ne peux plus être confronté à davantage de drame. Mais je suis aussi du genre à faire des vannes pour séduire les gens, et face à Lach, j'ai l'impression de parler à un mur. Ce à quoi il ressemble pas mal, d'ailleurs.

Chez lui, à Édimbourg, Lach est joueur de rugby, il joue ailier dans l'équipe la plus célèbre de sa ville, mais une blessure récente au talon d'Achille l'a envoyé sur le banc de touche pour un moment. Je savais depuis longtemps que Lach était un type solide, pas seulement en sport, mais également parce qu'il est extrêmement intelligent et qu'il a fait des investissements très rentables au fil des années. Si quelqu'un peut réfuter le stéréotype du joueur de rugby bas du front, c'est bien lui.

Bien que nous chattions sur FaceBook régulièrement en commentant des photos et en lançant ce genre de truc (Oh, tu as encore gagné un match ! Félicitations, espèce de grande brute – même si je sais qu'il est intelligent, je ne veux pas qu'il sache que je le sais), notre relation n'a jamais été plus loin. Vous savez comment ça se passe entre cousins, surtout dans une famille de tarés.

Cependant, malgré le sujet sur moi aux nouvelles et un article élogieux dans le *San Francisco Chronicle* qui aurait pu m'aider à trouver des financements, mon projet d'habitat à loyer modéré est en panne. J'ai dépensé beaucoup d'argent, j'ai payé mon hypothèque avec mon épargne et je n'ai eu aucune rentrée. Si ça continue comme ça, je vais perdre mon projet et mon rêve, et je serai complètement rincé. Après avoir déjà perdu Nicola et Ava, je refuse de me laisser faire.

Alors, j'ai ravalé ma foutue fierté et je l'ai appelé. Ce n'est pas facile de demander de l'aide à son cousin qui a bien mieux réussi dans la vie et qui, en plus, a trois ans de moins que soi. Mais je l'ai fait. Parce que, merde, je ne vais pas me casser la gueule une nouvelle fois.

À ma grande surprise, Lach en avait assez de poireauter sur le banc de touche, et bien qu'il ait prévu de jouer à nouveau la saison prochaine, il m'a répondu qu'il viendrait passer l'été chez moi. Bien que je l'aie déjà bien tanné avec mon idée avant, maintenant qu'il est là, nous réfléchissons ensemble à la meilleure façon de faire avancer les choses. Si tout se passe bien et qu'il arrive à trouver un commanditaire, il me dit qu'il serait d'accord pour se joindre à moi dans le cadre d'une entreprise à but non lucratif, pour faire naître enfin mon projet.

– Justine ! je m'exclame en claquant des doigts.

Lach lève les yeux de sa bière. Il a l'air un peu fatigué par notre journée de brainstorming assez rasoir.

– Quoi ?

Je saisis mon verre de bière sur le comptoir de la cuisine et je vais m'asseoir en face de lui dans le salon.

– Justine est une femme que j'ai emmenée à l'opéra.

– L'opéra.

Il renifle en souriant, ce qui est rare. Mais il sourit d'un air moqueur.

– Oui, l'opéra. Elle est d'une famille très riche. Très, très riche. En fait, c'est mon père qui avait arrangé notre rencontre. Il croit encore qu'il faut sortir avec des filles pleines aux as pour réussir, et d'après ce que j'ai compris, sa famille est non seulement richissime mais aussi très puissante. C'est une fille splendide, et tu n'es pas trop moche, alors peut-être que tu pourrais l'inviter à dîner et voir si tu peux la convaincre d'investir.

Il réfléchit.

– Quel genre de fortune et quel type de pouvoir ?

Je hausse les épaules et j'avale une petite gorgée de bière.

– Je n'en ai pas la moindre idée. Je n'ai pas demandé.

– Ouaip, je vois. Tu étais trop occupé à la sauter.

– Non, en fait. Non, elle ne m'intéressait pas.

Je sens à nouveau ce poids qui m'écrase la poitrine.

– Elle est splendide, elle est riche et tu n'étais pas intéressé ? Qu'est-ce qui te fait croire que moi je le serais ? me demande-t-il alors.

– C'est parce que moi, j'étais avec Nicola à ce moment-là, j'avoue en soupirant.

– Ah.

Il en connaît déjà bien trop à son sujet, car je n'ai pas pu rester muet. Peut-être est-ce pour ça qu'il prend cet air absolument désespéré ?

– En réalité, nous ne sortions pas encore ensemble, mais c'est à ce moment-là que j'ai commencé à vraiment l'avoir dans la peau, tu vois. Tout le temps où j'étais avec Justine, je ne pensais qu'à Nicola. Je me rends compte que j'étais déjà perdu. Simplement, j'étais trop têtu pour l'admettre.

– Et maintenant, c'est quoi ton excuse ?

– Quoi ?

– Tu ne peux pas t'empêcher de parler de cette fille en permanence. Quand tu ne parles pas de ton immeuble, c'est d'elle, et si tu veux mon avis de pro, ou bien tu vas te faire voir ailleurs ou bien tu lèves ton cul et tu vas régler le problème. Arrête de faire ta poule mouillée.

– Ton avis de pro ? je répète.

– Hé, je suis dans le rugby, non ? Et hormis ces cicatrices, je ne suis pas vilain garçon, ce qui signifie que j'emballe sans doute plus que toi, dit-il en montrant ses pommettes.

L'ancien moi l'aurait sans doute pris au mot, mais faire un concours avec mon cousin ne me dit plus rien du tout.

Pas en ce moment, en tout cas.

Nous verrons plus tard.

Il poursuit,

– Et c'est alors qu'arrivent les problèmes. Va te sortir de ta merde ou je te jure que je vais prendre ta tête comme ballon de rugby. Car j'ai sacrément besoin de m'entraîner.

Je le regarde en fronçant les sourcils.

– Ah ouais ?

Mais je n'insiste pas. Nous faisons quasiment la même taille et j'ai presque sa masse musculaire, mais contrairement à moi, ça ne semble pas lui poser de problèmes de se faire bousiller le visage.

La seule chose qui me retient de faire ce qu'il me suggère, et ce que Taylor aussi m'a suggéré, c'est toujours la même vieille histoire. C'est mon fichu orgueil. Ma fichue trouille.

Que faire si je vais voir Nicola et qu'elle me rejette ? Elle peut très bien ne plus vouloir me voir. Elle peut très bien ne plus jamais me faire confiance. Même si à présent je n'ai plus rien, à part cette douleur sourde à l'intérieur comme si une partie vitale m'avait été arrachée. J'ai aussi cette sensation étrange mêlée d'inconnu et d'espoir. Pour l'instant, je continue à me plaindre comme une fillette. Je peux me contenter d'imaginer qu'un jour, en temps voulu, tout ira bien.

Mais je n'ai plus envie de suivre ma devise. Pas cette fois-ci. Je ne vais pas laisser le sort décider, je ne vais pas courir le risque d'attendre que les choses s'arrangent.

Nicola vaut tellement mieux qu'une simple chance.

Je ne dois pas avoir le moindre regret.

Chapitre 21

Nicola

Vous savez, ce moment dans le film où on traîne le héros dans la boue, où on l'exclut de sa bande, où il est capturé par le syndicat du crime et où tout espoir est perdu et où, malgré tout, vous êtes sûrs que tout va s'arranger et qu'il y aura finalement un bon vieux happy end ? Et pendant qu'on le torture, que la ville entière se ligue contre lui et que sa femme le quitte, vous êtes navrés pour lui mais en même temps un peu aiguillonnés parce que vous savez que tout va finir par s'arranger. C'est obligatoire.

J'aimerais vraiment pouvoir dire la même chose de ma vie. Parce que j'ai le sentiment d'être tombée d'une falaise, d'avoir été traînée dans la boue et torturée, et qu'il n'y a aucune trace d'espoir ou de happy end en vue.

Bien sûr, tous ces coups que je reçois me marquent droit au cœur. C'est là qu'ils comptent et qu'ils me blessent le plus. Et c'est vraiment ridicule, mais deux mois plus tard, quand je pense à Bram, j'en suis encore à scruter la plaie béante qu'il a laissée en moi. Le reste du temps, j'ai des hauts et des bas. J'habite avec Kayla et je suis toujours à la recherche d'un appartement abordable. Ce n'est pas si mal, en fait. Je sais que ma participation à son loyer aide vraiment Kayla, mais je sais aussi que ma présence la gêne un peu. Kayla aime bien s'amuser et elle passe de plus en plus de temps à l'extérieur chez les différents types qu'elle fréquente. Je comprends parfaitement que d'avoir chez elle une môme de cinq ans plus sa mère n'est pas vraiment idéal, mais elle sait que je fais tout ce que je peux pour régler ce problème. Mon nouveau job au Lion se passe bien. Bien que je bosse beaucoup et que je fasse des choses qui ne m'intéressent pas vraiment.

En plus, James est parfois un patron très chiant.

Mais ça me rapporte de l'argent et j'arrive à en mettre de côté. Même si j'ai l'impression que ma vie passe son temps à s'effondrer pour ensuite se reconstruire, Ava et moi avons une certaine sécurité.

Je dessine des vêtements, de plus en plus. Je passe des heures devant ma machine à coudre, le matin et tard le soir. C'est très dynamisant d'être créative et ça me change les idées. C'est aussi un moyen idéal pour ne pas penser à Bram.

Et pourtant, j'y pense. Tout le temps. J'ai honte de l'admettre. Pourtant je ne parle de lui ni avec Steph ni avec Kayla, et quand je croise Linden, il n'aborde jamais le sujet. Il y a quand même eu quelques alertes. Un jour, j'ai entendu dire qu'il allait venir au Lion avec Linden, alors je suis allée me cacher dans le bureau de James pendant plus d'une heure en prétextant avoir un boulot urgent à terminer. Ce n'est pas très mature, je sais, mais pour l'heure je me soucie juste de me protéger.

Je voudrais ne plus sentir ce trou profond et glacé en moi lorsque je me réveille et que je suis seule. Je voudrais oublier ce que je ressentais quand j'étais triste et que Bram me prenait dans ses bras, ou quand je ne l'étais pas et que ses mains caressaient mon corps. Je voudrais faire comme si je n'avais jamais été intime avec cet homme qui m'a fait me sentir sauvage, libre et pleine de vie.

Il y a tant de choses que je veux et que je ne peux avoir.

Alors, j'avance en traînant les pieds, comme l'héroïne de cette histoire, bien que je n'aie rien fait de particulièrement héroïque. Je ne suis qu'une personne désespérée de plus sur cette planète, qui attend que le temps passe. Je ne ressens absolument pas ce sentiment confus de « tout finira par s'arranger ». Je ne vois pas comment je pourrais être à heureuse à nouveau. Il faudrait pour ça que les choses redeviennent comme avant, et comment diable pourrais-je oublier ce chagrin qui me suit partout ?

– Encore un effort, bouton d'or, me dit Steph.

Je ne peux m'empêcher de tressaillir en entendant ce mot. Ça me rappelle trop ce foutu canapé jaune. Nous sommes installées dans un box, au Lion. Ava est assise en face de nous, elle fait des coloriages. Lisa est malade, j'ai dû la remplacer et je n'ai pas eu d'autre choix que d'emmener Ava avec moi. Heureusement, James ne fait pas d'histoires, généralement, elle reste dans le bureau avec moi. Steph est venue pendant son heure de déjeuner, elle avait envie de boire un verre. Je me suis beaucoup appuyée sur elle ces derniers temps, je lui dois bien ça.

Je m'excuse :

– Désolée.

– Ne t'en fais pas, dit-elle en arrachant l'étiquette de sa bouteille de bière. Mais je déteste te voir aussi triste. Tu sais, comme maintenant. Et tout le temps.

– Ça va bien.

Je l'observe qui continue à éplucher sa bouteille. Puis elle se met à gratter les petits morceaux qui sont restés collés.

– Tu as des problèmes avec Linden ?

Elle s'arrête et me regarde.

– Hein ?

– Frustration sexuelle. C'est pour ça que tu épluches ton étiquette, dis-je en désignant la bouteille.

Elle repousse sa bière en la regardant avec un air étonné.

– Oh. Non, non, Linden c'est Linden, tu sais ? S'il y a un truc qu'il fait bien, c'est...

Je lève la main.

– S'il te plaît, arrête.

Elle hausse les épaules, attrape son dessous de verre et se met à le faire tourner, encore et encore.

– Est-ce que ça va ? je lui demande, en remarquant qu'elle tape nerveusement du pied sur le sol.

– Hmmm ?

Elle me répond distraitement. Un peu trop distraitement, même.

– Tu as vraiment l'air à cran.

– Maman, dit Ava, je t'ai dessiné un insectosaure.

Et elle me tend fièrement son livre de coloriage. Elle n'a pas rempli les dessins à colorier, elle a juste dessiné des bulles vertes et marron autour. Des bulles avec des pattes. Des insectosaures, je suppose.

– Merci mon cœur, je lui dis.

Elle s'y remet avec application, en tirant la langue.

– Nicola.

– Quoi ?

– Est-ce que tu es toujours amoureuse de Bram ?

Mais pourquoi me demande-t-elle ça ? Je sens que je deviens toute pâle et je me demande si, par hasard, j'étais en train de penser à voix haute.

– Quoi ?

Je lève la tête et Ava me regarde en fronçant les sourcils et en faisant la moue.

– Tu l'aimes ?

Je cherche mes mots, tout en me demandant comment détourner la conversation.

– Oh Steph, ce n'est pas si simple.

– Si, c'est aussi simple que ça.

Et ses yeux plongent dans les miens.

– C'est même la question la plus simple qui soit. Ou bien tu l'aimes encore. Ou pas. En amour, il n'existe pas de peut-être.

Ouah ! Steph qui philosophe, ça m'étonne vraiment. Je n'ai pas envie de philosopher.

– Je...

Elle me regarde fixement. Ava aussi.

Je n'arrive pas à mentir. Je soupire doucement, lentement.

– Oui, je l'aime.

Le simple fait de prononcer ces mots me donne l'impression que mon cœur va exploser.

– Bien, dit Steph avec un petit sourire content d'elle.

– Bien ?

Mes yeux me sortent presque de la tête. Pourquoi est-ce que c'est bien ? C'est mal au contraire. C'est horrible. Je ne veux pas l'aimer. Je veux me libérer de tout ça pour pouvoir aller de l'avant.

Elle remue les sourcils avec, sur les lèvres, ce petit sourire satisfait qui m'exaspère.

– L'amour, c'est une bonne chose ma chérie, c'est une bonne chose.

Je la repousse légèrement.

– Qu'est-ce qui déconne chez toi ? Pourquoi est-ce que tu me demandes ça ?

Elle avale une grande gorgée de bière et demande :

–Tu sais quelle est la pire façon de commencer une phrase?

–J'ai pété! s'écrie Ava avec un grand sourire. C'est la plus vilaine façon.

Steph approuve en regardant Ava et en hochant la tête, puis elle se tourne vers moi.

–Tu connais la deuxième pire des façons?

–Quoi?

–S'il te plaît, ne m'en veux pas, répond-elle, et soudain son sourire s'évanouit et elle tressaille, comme si j'allais lui donner un coup de poing dans la figure. Sérieusement, Nicola, s'il te plaît, ne m'en veux pas.

Elle tourne la tête vers la porte d'entrée, je regarde dans la même direction. Là, dehors, il y a la silhouette familière d'un homme. Il ouvre la porte et entre.

J'ai l'impression de me noyer et de renaître en même temps. J'ai l'impression de réellement détester Steph pour ça. Car c'est Bram qui avance vers nous. Je m'agrippe si fort à la table que je pourrais très bien la casser en deux.

Elle se penche vers moi et murmure:

–Je suis désolée. Il fallait qu'il te voie, et je savais que si je t'en parlais, tu allais refuser.

Puis elle se lève et quitte le box, en échangeant un regard rapide avec Bram quand ils se croisent, et elle sort.

–Nicola, dit Bram.

Son accent guttural me paralyse. Il attend à quelques dizaines de centimètres de la table, les bras le long du corps, vêtu d'un caban de marine. Son beau, son merveilleux visage est sérieux comme jamais auparavant.

–Bram? dit doucement Ava, et je regarde ses yeux tout étonnés. Bram? répète-t-elle plus fort.

– Salut, petite mère, dit-il en lui souriant.

Et immédiatement elle se dresse sur son siège en frappant dans ses mains. C'est tout simplement adorable, en dépit des circonstances. J'ai beau avoir dit que j'aimais toujours Bram, ça ne signifie pas que j'aie envie de le voir. Ça ne veut pas dire que ça changera quoi que ce soit à ce qui s'est passé.

Mais Ava s'en fiche. Elle court vers l'extrémité du box et se jette littéralement à son cou. Il la serre dans ses bras, la soulève de terre. Je suis tiraillée entre la colère et l'envie de me mettre à pleurer. Tant de choses se bousculent dans ma tête.

Bram la repose délicatement par terre, mais Ava continue à sauter en l'air comme une folle. Elle a un sourire tellement immense, elle ouvre si grand les yeux, elle respire si fort et si rapidement.

Elle ne devrait pas respirer comme ça.

Pendant que Bram me regarde, moi je regarde Ava avec attention, avec inquiétude, j'essaie de l'écouter.

– Bram-a-lama... commence-t-elle à chanter avant de s'arrêter pour reprendre sa respiration.

Devant moi, son visage devient tout blanc et elle se met à vaciller d'avant en arrière.

– Oh merde !

Je pousse un cri en jaillissant du box juste à l'instant où elle tombe. Bram est là, il la rattrape à temps et je tombe à genoux à côté d'elle pendant qu'il la relève.

– Qu'est-ce qui ne va pas ? demande-t-il.

Je lui attrape la main. Elle est moite. Ses yeux sont troubles, vitreux et son haleine a une odeur de fruits.

– Oh merde, non, pas maintenant, dis-je alors qu'elle commence à perdre conscience devant mes yeux.

Je hurle « Ava », ses yeux s'entrouvrent brièvement avant de se refermer.

Bram la pose délicatement à terre pendant que je rampe vers elle et que je lui tapote le visage. Il sort son téléphone.

– J'appelle une ambulance.

Je l'entends expliquer où nous nous trouvons.

– Je pense que c'est un coma diabétique.

– La même chose que la dernière fois ? demande-t-il à voix haute.

Je hoche la tête, il retransmet les informations à son interlocuteur. Ava allait si bien ces derniers temps. Son régime, ses résultats, tout marchait à merveille. Mais la dernière fois qu'elle a été dans cet état, c'est quand Bram est parti, et maintenant qu'il est revenu, l'émotion a été trop forte pour elle.

– Je pense que ça peut être déclenché par le stress et des changements émotionnels violents, je lui explique sans le regarder.

J'essaie désespérément de la garder éveillée et de parler calmement. J'ai beaucoup potassé. Je peux réussir. Je peux la tirer d'affaire.

Mais je ne peux pas y arriver toute seule. Je finis par rencontrer le regard de Bram et je m'aperçois qu'il est sur le point de craquer.

– Donne-moi mon sac, le grand violet qui est dans le box.

Il acquiesce et s'exécute à toute vitesse. Les gens se sont regroupés autour de nous. James me demande si j'ai besoin de quelque chose, et je ne sais pas quoi répondre, je sais juste ce qu'il convient de faire.

Je lui injecte de l'insuline directement dans le ventre, mais elle ne réagit pas.

– Ça va marcher, n'est-ce pas ? me demande-t-il.

– J'espère.

Je ne veux pas imaginer ce qui pourrait arriver sans ça. La dernière fois, elle n'avait pas perdu conscience, elle ne sentait pas cette odeur de fruit. La dernière fois, la piqûre l'avait ressuscitée, mais cette fois... cette fois, j'ai tellement peur que ça ne marche pas.

Heureusement, l'ambulance arrive bientôt, toutes sirènes hurlantes, même si j'ai l'impression qu'elle a mis des heures. Ils installent Ava sur un brancard, puis ils la montent dans la voiture. Les ambulanciers me posent les questions habituelles et je leur débite à toute allure tous les détails sur sa maladie et ses traitements.

Quand je me dirige à l'arrière de l'ambulance, ils m'annoncent que je ne peux pas monter avec elle. C'est à cet instant que je craque, que je perds pied. Que je crie et que je sanglote, pendant qu'ils m'expliquent que c'est leur politique de ne prendre personne quand la sirène est en marche.

Bram me retient par les bras, il m'empêche de leur balancer des coups de poing tellement je suis en colère. Je suis affolée, violente, dévastée par l'inquiétude, la panique et l'injustice. Finalement, l'ambulance démarre et j'ai l'impression qu'elle emporte tous mes espoirs.

Je m'appuie contre Bram, j'essaie de retrouver mon souffle, de reprendre le contrôle. J'aimerais que ce ne soit pas lui qui me soutienne et, en même temps je suis heureuse qu'il soit là.

Il est le seul pour qui, toutes les deux, nous semblons compter à ce point.

Tu étais une bonne œuvre, murmure une voix mauvaise dans ma tête, mais je l'ignore parce que ce qui s'est passé entre nous n'a plus d'importance maintenant, pas quand ma petite fille est sur le point de mourir. Plus rien d'autre ne compte, désormais.

Bram me fait monter dans sa voiture. Nous suivons à toute allure l'ambulance jusqu'à l'hôpital, le même que la dernière fois. Avec un peu de chance, nous tomberons sur le même médecin. Cette pensée me calme un peu.

Cette fois, nous n'attendons pas dans la salle d'attente des urgences. Bram et moi sommes conduits à l'étage du bas, jusque dans la pièce où Ava est installée, et quand une infirmière nous demande si nous sommes ses parents, je fais oui de la tête. Bram semblait prêt à sortir, mais la vérité est trop compliquée à expliquer et, pour l'instant, j'ai besoin de quelqu'un comme lui pour me tenir la main pendant que je tiens celle d'Ava.

C'est effectivement le même médecin, mais les nouvelles sont différentes. Il nous explique que ses taux d'insuline sont tellement délirants qu'il devient difficile de les ramener au niveau où ils devraient être. Ses mots résonnent en moi, et j'ai réellement peur que tout cela se termine mal. Il pourrait y avoir une de ces fins ambiguës où, dans un film noir, l'héroïne perd sa fille mais récupère un mari. Mais la perte qu'elle ressent est de celles qu'on ne peut jamais, jamais remplacer.

Le médecin souhaite discuter avec le confrère qu'il a fait entrer avec lui, du coup Bram et moi attendons dans le couloir, assis dans des sièges inconfortables. Je me balance nerveusement sur le mien. Je ne peux m'empêcher d'imaginer ce que je vais ressentir s'ils sortent de là avec de mauvaises nouvelles, c'est comme une chute libre en enfer. C'est tellement brutal et insupportable d'y penser que ça me donne la nausée.

Bram me masse le dos, je me mets en boule et j'essaie de respirer, de me concentrer sur l'instant présent et d'arrêter de paniquer. C'est terriblement difficile. Mais sa présence et son soutien sont inestimables.

Et pendant tout ce temps, il ne prononce pas un mot. Il ne s'excuse pas, il ne tente pas de me récupérer, il ne me dit même pas que tout va s'arranger. Parce qu'il sait, tout comme moi, que ça ne va pas. Elle est là-dedans et ça ne va pas, et dire le contraire ne servirait à rien.

La seule chose que fait Bram, c'est d'être là. C'est simple.

Il est simplement là.

Et c'est tout ce dont j'ai besoin pour tenir le coup.

J'espère seulement qu'Ava peut, elle aussi, sentir sa présence.

* * *

La voix de Bram traverse le brouillard qui m'entoure.

– Nicola, je t'ai pris un café. (J'ouvre les yeux pour le voir qui me tend une tasse en polystyrène, remplie d'un liquide noir d'encre.) Il a un goût de pétrole, mais ça te fera du bien, dit-il en s'excusant.

Je me redresse et je prends la tasse avec précaution en lui lançant un rapide sourire de gratitude. Je lève les yeux sur Ava qui gît dans son lit d'hôpital avec des intraveineuses, les yeux fermés. Elle a l'air encore plus angélique que d'habitude.

– Comment va-t-elle ?

Il s'assied à côté de moi et pousse un soupir de fatigue.

– Elle ne s'est pas réveillée. Je pense qu'elle a fait un rêve drôle parce qu'elle s'est mise à sourire. Les infirmières disent qu'il vaut mieux la laisser dormir. Son petit corps a tellement souffert.

Il était une heure du matin quand les médecins ont enfin réussi à sortir Ava de son quasi-coma. Elle n'était pas complètement consciente, mais elle nous a reconnus, Bram et moi, et Dieu merci, elle était tellement droguée qu'elle n'a pas piqué de crise en le voyant.

Après cela, je suis restée debout à la veiller, à lui raconter des histoires pendant qu'elle dormait. J'étais tellement épuisée que j'ai fini par m'endormir sur la chaise. Pendant tout ce temps, Bram est resté là, comme la première fois, quand je ne le connaissais pas encore.

Il était resté pour nous alors.

Il est resté pour nous aujourd'hui.

Mais malgré tout, il y a tellement de temps, d'espace et de distance entre nous à présent que je ne sais pas vraiment comment recoller les morceaux. Mais je crois que j'en ai envie.

– Bram.

Il se frotte le visage et tourne la tête vers moi. Il a roulé les manches de sa chemise blanche et a fait une tache de café sur le devant. Ses cheveux sont ébouriffés, ses yeux sont grands ouverts mais tout rouges, sa peau est terne et grise. On dirait qu'il n'a pas dormi du tout, et je sais que c'est à cause d'elle. Et peut-être à cause de moi.

– Ouais, dit-il.

Je prends mon courage à deux mains.

– Je sais que ce n'est sans doute pas le meilleur moment pour mettre ça sur le tapis, mais... je suis toujours en colère contre toi.

Un petit sourire triste éclaire son visage.

– Je sais. Et tu as tous les droits de l'être, autant que tu le voudras.

– Mais je ne le veux pas, je lui dis en regardant mes mains parce que c'est plus facile comme ça. Être en colère me fait du mal. C'est dévastateur... je ne veux pas te regretter. Ce n'est pas comme ça que je veux vivre, avec des regrets, même si j'ai de la peine.

– Moi non plus, je ne veux pas que tu me regrettes, dit-il en posant sa main sur mon bras. (Je sens ses yeux sur moi, qui cherchent mon regard, qui cherchent des réponses que je ne connais peut-être pas moi-même.) Mon cœur, je suis désolé. Incroyablement désolé. Je sais que je ne peux rien faire ou dire pour que tu me croies, mais écoute-moi. Sache que c'est vrai. Je n'ai jamais voulu te cacher l'existence de Taylor et Mathieu, je voulais te le dire... J'ai simplement été lâche, j'avais tellement peur que tu me quittes. Personne ne veut admettre qu'il a jadis été quelqu'un d'horrible, qu'il a commis des actes horribles. J'avais peur que si je te révélais cette part de moi, tu sois effrayée et que tu partes pour de bon. Que tu oublies la personne que j'étais devenu, celle que je suis.

Je baisse la tête en me demandant comment j'aurais réagi s'il me l'avait dit. Impossible de le savoir. J'aurais peut-être accepté. Peut-être pas. Nous aurions peut-être été assez forts pour dépasser cela. Ou peut-être pas.

Je me rappelle ce qu'il m'a dit quand je lui ai annoncé que je l'aimais. Que tout arrive en temps voulu. Je pense que maintenant, il est plus que temps.

– S'il te plaît, écoute-moi quand je te dis que jamais, au grand jamais, tu n'as représenté pour moi une œuvre de charité, ok ?

Ouf. C'est encore violent d'entendre ça.

– S'il te plaît ! (Il se répète et j'entends sa force de conviction.) Tout ce que j'ai fait pour toi et Ava, c'était parce que je te désirais. Parce que je vous aimais... beaucoup. Toutes les deux. Je voulais juste être avec vous. Peut-être qu'inconsciemment je voulais me dédouaner pour ce que j'avais fait, ou peut-être était-ce pour aider quelqu'un quand j'avais enfin la possibilité de le faire. J'ai uniquement voulu te faire sourire. Voilà. C'est vraiment tout ce dont il s'agissait. Je voulais te faire sourire, parce que ça semblait si difficile. Et si je pouvais m'occuper de vous deux, deux filles qui le méritaient plus que tous les gens que je connaissais, je voulais le faire aussi.

– En effet, tu as vraiment bien pris soin de nous, lui dis-je en me sentant toute petite.

– Et j'espère que je vous ai fait sourire.

Bien entendu, je me mets à sourire.

– Tu as réussi ça aussi. Toujours.

Un silence confus et chaleureux s'installe entre nous et je ne peux m'empêcher de comparer l'avant et l'après et de réaliser à quel point tout est différent et si semblable en même temps.

– Nicola, murmure-t-il et sa voix pénètre au plus profond de moi. (Je plonge mes yeux dans les siens et j'y discerne tout ce que j'ai toujours voulu y voir, pas parce que je le voulais mais bien parce que ça y est.) Je t'aime, dit-il.

Et à cet instant précis, je sais que c'est vrai.

Parce que je peux le sentir. Parce que mon cœur essaie de s'envoler. Et que je veux le laisser faire. Parce que je sais que ça va lui revenir en boomerang.

– Je suis tout simplement amoureux de toi, poursuit-il en me caressant le menton. Et je ne peux pas ajouter grand-chose à cela. J'espère que ces mots te suffiront, parce qu'ils viennent de là. (Il pose une main sur sa poitrine.) Il fallait que je m'en rende compte d'abord.

Mes yeux se remplissent de larmes alors que je croyais qu'elles s'étaient totalement taries. Mon cœur se gonfle, se gonfle, se gonfle, il menace de déborder, de me noyer, de m'emporter.

Je suis heureuse de ce que je ressens. Parce qu'avoir un cœur tellement rempli de son amour, et de mon amour pour lui, est la plus belle sensation au monde.

Je réussis à lui dire d'une voix cassée :

– Je t'aime toujours. Même en essayant, je n'ai pas pu arrêter de t'aimer. Et j'ai essayé. Je voulais réussir à t'oublier, mais tu étais toujours là, quoi que je fasse.

Il se penche pour m'embrasser pendant que mes larmes continuent de couler.

J'ai tellement rêvé de ces lèvres. Même quand je ne voulais pas, même quand ça me faisait plus de mal que de bien. Je rêvais d'elles.

Maintenant, elles sont là, elles m'embrassent, elles caressent ma peau, elles me rendent sauvage et libre.

Elles font l'amour avec mon esprit.

Tout à coup, des grincements se font entendre du côté du lit. Je m'extirpe des bras de Bram pour voir Ava qui nous examine d'un air confus. Une seconde, j'ai peur qu'elle ne perde à nouveau conscience. Mais elle se contente de sourire, un sourire plus brillant que le soleil qui traverse sa fenêtre.

– Est-ce que vous êtes des amoureux maintenant ? demande-t-elle d'une voix encore un peu groggy, mais joyeuse.

Bram me serre le bras.

– Ça te plairait ? lui demande-t-il.

Elle hoche lentement la tête.

– Oui, parce que comme ça, tu m'emmènerais encore à Disneyland.

Je ris en regardant Bram.

– Eh bien, il me semble que tu vas devoir y emmener cette enfant à nouveau.

– Je lui dois bien ce voyage, à cet enfant-là, répond-il en se montrant du doigt.

Son sourire devient mélancolique, il me regarde droit dans les yeux.

– Nous allons être bien, me dit-il. Je te le promets. Elle, toi et moi. Nous serons vraiment bien.

– Super, dit doucement Ava.

J'embrasse Bram sur le front, puis je me lève pour aller voir Ava.

– Comment te sens-tu ? je lui demande en prenant sa main si incroyablement petite dans la mienne.

– Fatiguée. J'ai sommeil.

– Tu n'as pas mal ? Tu sais où on est ?

Elle hoche à nouveau la tête.

– À l'hôpital. Quelque chose s'est mal passé avec ma maladie spéciale, n'est-ce pas ?

Je lui serre la main.

– Oui. Tu t'es un peu excitée en revoyant Bram. Parfois, quand tu t'excites, c'est trop. Mais les docteurs ont pu t'aider. Dorénavant, je vais devoir te surveiller d'un peu plus près, peut-être te faire de nouvelles ouille-ouilles. Mais tu vas aller bien.

– Je vais aller très bien, dit-elle d'une voix tout endormie. Comme toi et Bram.

Elle ferme les yeux et s'assoupit à nouveau.

Bram s'avance derrière moi, passe son bras si solide autour de ma taille et, tous les deux, nous observons Ava qui dort.

Chapitre 22

Nicola

Je n'ai pas vu passer les jours qui ont suivi. Il y a quelque temps, tout semblait se dérouler au ralenti dans ma vie, alors que, maintenant, j'ai l'impression que tout s'accélère. Il y a eu des hauts et des bas, c'est normal quand votre vie change du tout au tout, même quand c'est pour le mieux.

Le mieux, c'est bien entendu que Bram est de retour. Le pire, c'est qu'Ava a mis un certain temps à remonter la pente. Ça a duré trois jours et elle a passé une journée entière à l'hôpital. Heureusement, James avait tout prévu. Il avait renfloué mon assurance maladie quand il m'a accordé ma promotion, du coup cette fois-ci, je n'ai pas eu de problèmes financiers.

J'habite toujours chez Kayla, ce qui est très bien. Ava et moi nous nous y sommes habituées. Je suis à nouveau avec Bram, mais les choses ont trop changé ces deux derniers mois, et il nous faut un peu de temps pour nous réhabituer l'un à l'autre. En fait, je n'ai pas encore passé une nuit avec lui depuis qu'il m'a dit qu'il m'aimait. Je sais que c'est un peu étrange, mais je n'étais pas prête. Pas encore.

Pour être honnête, je n'ai jamais été seule avec Bram non plus. Quand je ne suis pas à avec Ava, je bosse comme une folle au Lion, je refuse de me poser bien qu'il soit de retour dans ma vie.

Pourtant ce soir, c'est tranquille. Nous sommes samedi, mais la ville subit une rare vague de chaleur sous un soleil de plomb. Je suppose que tout le monde essaie de trouver un peu de fraîcheur dans les patios autour de la baie. Personne n'a envie de traîner dans un pub irlandais étouffant.

– Salut, Beauté !

C'est ce merveilleux accent écossais rocailleux qui me met dans tous mes états.

Je me relève, j'étais en train de ranger les bières dans le réfrigérateur. Bram s'avance. Il porte un costume, bien entendu, mais d'une couleur claire, mastic, et pas de cravate, juste une chemise blanche un peu déboutonnée qui laisse entrevoir sa gorge sexy et son bronzage. Il a un bouquet de roses rouges à la main.

– C'est pour moi ? je demande, charmée par les fleurs et par l'homme qui les porte.

– Bien sûr, répond-il en me tendant le bouquet. J'ai réalisé que depuis tout ce temps, je ne t'ai jamais invitée à dîner. Tu sais, comme devrait le faire un gentleman. Je t'ai fait ma cour en ne pensant qu'en dessous de la ceinture.

Je rougis, puis je souris.

– Je ne peux pas dire que j'ai détesté votre façon de me faire la cour, Bram McGregor.

– Mais tout de même, puisque nous repartons à zéro, j'aimerais t'inviter dans les formes.

– Là, tout de suite ?

Il hoche la tête.

– Ouaip ! J'ai appelé Kayla, elle veut bien garder Ava, du moment que je suis gentil avec toi. En fait, elle a été bien plus, hum... franche que ça.

Kayla, que Dieu la bénisse !

– Alors tu es prête ? Ça m'a l'air plutôt mort par ici.

Il fait le tour de la pièce des yeux en se mordant les lèvres, comme si cette invitation le rendait un peu nerveux. C'est trop mignon.

Je regarde James qui fait semblant de ne pas nous écouter. Je demande :

– James ?

Il me répond avec un signe de main :

– Vas-y.

Alors j'y vais. Bien sûr, le problème, c'est que je n'ai rien de très chic à me mettre.

J'attrape mon sac à main, en espérant qu'au moins mon maquillage et ma coiffure vont tenir le coup, et je donne le bras à Bram.

– J'espère que tu ne m'emmènes pas dans un endroit trop chic, parce que je ne suis pas habillée pour ça.

– Habillée ? dit-il en haussant le sourcil et en jouant parfaitement le Bram McGregor. Là où nous allons, pas besoin de vêtements.

Je me marre :

– D'accord, espèce de maniaque, tu m'emmènes dans un restaurant pour nudistes !

– Tu verras, répond-il d'une voix enrouée, et soudain je n'en ai plus rien à faire de sortir, je n'ai qu'une envie, c'est de baiser comme une folle avec lui. Ça fait bien trop longtemps et c'est tellement bon !

Il m'emmène dans la nuit chaude, étouffante, jusque dans sa Mercedes. Nous roulons à travers la ville et je ne comprends pas ou nous allons. Mais je ne m'en plains pas. Avec les vitres grandes ouvertes, le vent dans mes cheveux et la main de Bram sur ma cuisse, c'est une nuit idéale, remplie de bonnes vibrations.

Je lui demande :

– Comment va Mathieu ?

Je n'avais pas l'intention d'en parler, mais Bram y fait allusion de temps en temps. Je sais que Mathieu et sa mère vivent en Californie du Sud et que tout va bien pour eux. Jusqu'à présent les choses ne paraissent pas compliquées du tout, mais je veux que Bram comprenne qu'il peut m'en parler. Ça m'est égal.

– Il va bien, répond-il, et ses yeux luisent sous la lumière des réverbères pendant que nous dévalons en zigzaguant la célèbre Lombard Street, la rue la plus sinueuse au monde.

Habituellement, quand je descends cette rue, j'ai mal au cœur, mais ce soir, je me sens tout simplement vivante.

Bram continue :

– Je ne lui parle pas très souvent, tu sais. C'est toujours un peu bizarre pour nous deux. D'autant plus que nous connaissions l'existence l'un de l'autre, mais que nous ne nous étions jamais parlé. Je crois qu'il me considère comme un ami de sa mère, même s'il sait que je suis son père. Je suppose que, pour lui, ce mot est purement technique. Mais ça me va bien... que les choses aillent doucement, et je ne ressens pas le besoin de m'immiscer dans leur vie privée, tu vois ?

J'esquisse un léger sourire :

– Je pense que le fait que tu te sois immiscé dans notre vie privée, à Ava et moi, était ce qui pouvait nous arriver de mieux.

Il quitte la route des yeux pour me regarder :

– Tu le penses vraiment ?

– Bien sûr. Tu as transformé nos vies. Eh ouais, même si ça a été un peu rock and roll pendant un certain temps, tout a fini par s'arranger.

Il soupire en serrant le volant.

– Tu sais, chaque jour qui passe, j'ai envie de te demander pardon. Chaque jour que Dieu fait.

– Arrête, tu l'as assez dit comme ça.

– Je sais, mais je pense que ce n'est pas suffisant. Tu es trop bien pour moi, Nicola, répond-il avec une certaine emphase.

– Non, je ne le suis pas. Et tu ne l'es pas non plus pour moi. Je pense que nous sommes bons l'un pour l'autre, et c'est bien suffisant comme ça. C'est plus que suffisant.

Bram ne répond pas. Nous roulons en silence, c'est très agréable. Nous passons le pont du Golden Gate.

Je suis sur le point de lui demander où nous allons quand il tourne. La voiture grimpe une colline escarpée jusqu'à un point de vue qui domine la ville.

Il y a déjà deux ou trois voitures garées là, des touristes ou des gens du coin, ou des romantiques qui admirent la vue sur le pont illuminé. Nous continuons un peu plus bas, à l'intérieur du parc. Au bout d'un moment, nous sommes absolument seuls.

– Ça ne ressemble pas à un dîner.

Il me regarde comme s'il allait me dévorer, et tout à coup je comprends ce qui est vraiment au menu.

Il tourne la tête vers la banquette arrière et je me tords le cou pour regarder. Il allume la lumière intérieure.

Il y a un panier de pique-nique. Je ne l'avais pas remarqué. Il se penche en arrière en se tordant sur son siège, et son parfum frais et merveilleusement viril me fait frissonner. Je n'ose pas lui avouer que je dors avec une de ses chemises pour sentir son odeur, pour faire comme s'il était là.

– Ta-da !

Il soulève le couvercle du panier. Je découvre une bouteille de vin et une foule d'entrées dans des boîtes de couleur, des antipasti, des olives, du pain, du fromage, des fruits, de la salade grecque, du quinoa. Tout a l'air absolument délicieux.

– Je me suis dit que nous pourrions avoir notre premier rendez-vous ici. Il n'existe pas de plus belle vue.

Nous sortons une couverture du coffre et nous nous allongeons dans l'herbe, à côté de la voiture. Il met « Lovage » sur son iPhone et installe quelques bougies électriques autour de nous. Nous partageons la nourriture et le vin, et nous nous offrons un dîner inoubliable. Il n'y a plus que nous deux et la ville à nos pieds. Je ne croyais pas qu'il était possible de tomber amoureuse de Bram McGregor une seconde fois, mais c'est pourtant ce qui m'arrive.

Lorsque nous avons terminé, que nous avons léché nos doigts pleins de chocolat blanc et de framboises, eh bien, nous commençons à nous lécher autre chose. Et je découvre alors que mon amour pour lui est encore plus profond.

Nous faisons l'amour sur la couverture, en vrais exhibitionnistes que nous sommes. Les autres gens qui sont garés sur ce parking ne peuvent pas nous voir de là où ils sont, et de toute façon, ça n'a aucune importance. Au-dessus de nous se déploie un ciel piqueté d'étoiles, sans nuages pour les dissimuler. Nous allons plus profondément l'un dans l'autre que jamais. Lorsqu'il me pénètre, je me sens tellement comblée que mes yeux se remplissent de larmes. Et quand je jouis, doucement, en gémissant dans son cou trempé de sueur, mes larmes se mettent à couler.

– Pourquoi pleures-tu, mon amour ? chuchote-t-il, l'air heureux.

– Parce que je t'aime. Je n'imagine rien de meilleur.

Il essuie mes larmes et reste en moi, après que nous avons joui tous les deux. Il reste en moi, jusqu'à ce qu'il ne puisse plus.

Plus tard, quand nous arrivons chez Kayla, il coupe le contact et se tourne vers moi.

Il a subitement l'air grave :

– Nicola.

– Quoi ?

Il attrape mes mains, les serre dans les siennes. Il se racle la gorge et baisse les yeux sur nos mains.

– Je vais te demander quelque chose. Ensuite, je vais le demander à Ava. Si vous dites oui toutes les deux, je serai le plus heureux des enfoirés qui existent sur cette Terre.

Il s'arrête, plonge ses yeux dans les miens.

– Est-ce que tu veux bien venir vivre avec moi ?

J'ai du mal à refréner ma joie.

– Tu plaisantes ? Bien sûr qu'on va venir vivre avec toi.

– Pas dans l'appartement de mon immeuble. Je veux dire, dans mon propre appartement. Vous le partageriez avec moi.

– Bon, mais tu le partageras avec moi et une enfant de cinq ans.

– C'est un oui, alors ?

J'éclate de joie :

– C'est un oui !

Il m'embrasse, un baiser rapide et profond, merveilleux. Et nous grimpons vers mon futur ex-appartement.

Par chance, et à cause des mauvaises habitudes de notre baby-sitter, Ava est toujours debout. Elle joue à un jeu avec Kayla.

– Bram ! s'écrie-t-elle toute étonnée et elle court vers lui.

Il l'attrape et la serre dans ses bras.

– Qu'est ce que tu fais encore debout, petite mère ? Il est grand temps de dormir. Puis en regardant Kayla : Tu as été sage avec tante Kayla ?

Je souris de le voir agir si naturellement avec elle. Il la repose par terre et elle le regarde timidement.

– Je n'arrivais pas à dormir.

Kayla confirme :

– Elle ne dormait pas.

Bram leur sourit et se baisse pour être au niveau d'Ava.

– Écoute, Ava, j'ai une question très importante de grande fille à te poser. Tu es prête ?

Elle hoche la tête en prenant un air sérieux.

– Je suis prête.

– Est-ce que tu voudrais déménager chez moi ? Avec ta maman ?

Elle ouvre de grands yeux, et un immense sourire illumine tout son visage. Elle se tourne vers moi.

– C'est vrai ?

– Oui mon ange. Si tu es d'accord, nous irons vivre toutes les deux avec Bram.

– Tu en dis quoi ? demande Bram.

On dirait qu'Ava va se mettre à pleurer. Elle se jette au cou de Bram et répond doucement :

– Oui.

Mon cœur, mon esprit, mon sexe s'embrasent.

Cet homme.

Cet homme incroyable.

J'entends quelqu'un renifler derrière moi. C'est Kayla qui pleure, Kayla qui ne pleure jamais !

Je suis saisie d'étonnement.

– Kayla ! Tu as donc un cœur !

Elle me lance un regard noir en écrasant une larme.

– Je suis simplement contente que vous finissiez par débarrasser les lieux.

Mais alors qu'elle se rue vers la cuisine, elle se met à hurler :

– Ça mérite bien une coupe de champagne !

Ça mérite bien des choses.

Mais avant tout, ça mérite que je fasse le compte de tous mes bonheurs. Parce qu'ainsi entourée de tous ces gens que j'aime, je m'aperçois que j'en ai reçu des tonnes.

Ava tire Bram par la manche :

– Bram, quand on déménagera, est-ce que je pourrai avoir un trampoline ?

J'ouvre de grands yeux. Elle me tanne avec ça depuis qu'elle est assez grande pour pouvoir prononcer ce mot correctement.

– On verra, lui répond Bram gentiment.

– Et un poney ? Maman ne veut pas que j'en aie un.

Il me regarde en souriant.

– Nous verrons ça aussi. Je pense que ta maman va devoir tenir les rênes bien serrées.

Elle s'arrête et réfléchit.

– Bram, je pourrai avoir un insectosaure ?

– Je ne sais même pas ce que c'est !

Je ris :

– Ava, si tu veux, tu pourras avoir un insectosaure.

– Youpi !

Elle court jusqu'à la chambre à coucher en criant. Dieu merci, il y a des créatures imaginaires.

Kayla apporte le champagne. Nous levons nos coupes pour porter un toast.

– À votre nouveau départ. Et à la récupération de mon appart ! s'écrie Kayla.

– À l'amour. Il ne faut jamais laisser tomber, je poursuis.

– Au cul de Nicola, et au fait que je vais le voir beaucoup plus souvent, conclut Bram.

Je lui fais les gros yeux, mais je trinque avec lui.

Nous finissons nos verres et il est temps pour Bram de rentrer chez lui. Je le raccompagne dans le couloir, nous échangeons un long et tendre baiser. Il entoure ma taille de ses mains, les miennes fourragent dans ses cheveux doux et épais.

Il me murmure dans le cou :

– Demain, tu viens vivre avec moi.

– Demain, je serai toute à toi.

Et le lendemain.

Et le jour suivant.

Et le jour suivant.

Je serai à toi pour toujours.

Épilogue
Six mois plus tard

Nicola

– Bram-a-lama-ding-dong !

Ava hurle à pleins poumons.

Mathieu ne peut s'empêcher de l'imiter :

– Bram-a-lama-ding-dong !

Tous deux partent devant en courant, tandis que Taylor leur crie :

– Revenez, où croyez-vous que vous êtes, à Disneyland ?

Parce que, oui, bien sûr, nous sommes à Disneyland. Nous essayons d'y aller chaque fois que nous descendons rendre visite à Taylor, Irving et Mathieu.

Alors que nous nous frayons un passage parmi la foule, Bram me chuchote :

– Tu ne trouves pas ça moche que les enfants continuent à utiliser ce mot, dong[14] ?

---

14. Dong signifie « pénis » en argot.

Je rigole bêtement :

– Tu es un vrai pervers.

– Je suis sérieux. Et toi aussi, Mam'zelle, tu fais partie de la bande des pervers.

Ce sont les fêtes de Noël, Disneyland est en plein boum, avec toutes ces décorations et ces festivités, sous le chaud soleil de la Californie du Sud qui nous change agréablement de la grisaille de San Francisco.

Plus nous rendons visite à Mathieu et sa famille, plus j'apprécie cet endroit. Je ne voudrais pas forcément habiter à San Bernardino, mais n'importe où sur la côte serait parfait, et ça ne serait pas plus cher qu'à San Francisco.

Mais Bram progresse bien avec son immeuble, donc nous allons sans doute rester sur place un bon moment. Grâce au soutien de son cousin Lachman, le joueur de rugby et futur magnat, et grâce à sa cour ponctuelle à une héritière locale, ils ont pu lancer une société à but non lucratif et avoir assez d'argent pour régler l'hypothèque, loger des personnes dans le besoin et, même, ouvrir un deuxième lieu.

Lachlan est retourné en Écosse et il a emmené Kayla avec lui. Comment ont-ils fini ensemble, c'est une longue histoire assez dingue, et je ne l'ai pas vue arriver, mais il semble bien que finalement Kayla ait trouvé chaussure à son pied avec ce macho d'Écossais. Je continue pourtant à penser qu'elle va rentrer un jour en larmes, pour nous raconter ses malheurs à Steph et moi, mais pour l'instant, ça n'est pas encore arrivé.

Bien entendu, j'ai quitté l'appartement de Kayla, au moins ce n'est pas à cause de moi qu'elle a quitté le pays ! Ava et moi sommes heureuses avec Bram, et mon ancien appartement est loué pour un loyer modéré à quelqu'un qui en a vraiment besoin.

Et maintenant, eh bien, tout est rentré dans l'ordre.

Tout va bien. Tout s'emboîte parfaitement. Ça vous semblera peut-être un peu cucul, voire présomptueux de ma part, mais oui, on commence à sentir qu'on est une vraie famille. Quand je ne suis pas à la maison, Bram y est en général, et nous gardons Ava chacun à notre tour. Elle n'a pas fait de rechute depuis, elle va vraiment très bien. Je sais que nous devrons faire attention en permanence à cause de sa maladie, du moins jusqu'à ce qu'elle soit assez grande pour le faire elle-même.

À présent, je travaille seulement la nuit au Lion. J'ai assumé le rôle de directrice adjointe pendant assez longtemps, mais plus je travaillais, moins j'avais de temps pour travailler sur mes créations. Bram s'en est rendu compte et m'a dit que si je voulais me concentrer à 100% sur ma ligne de vêtements, je pouvais quitter le bar, qu'il prendrait soin de moi.

Naturellement, ma fierté en a pris un coup, nous avons donc trouvé un compromis.

Je travaille toujours comme barmaid, mais uniquement trois nuits par semaine. Le reste du temps, je le consacre à ma carrière de styliste.

Je pense que l'étape suivante est pour bientôt. Cela implique que je loue un espace dans un entrepôt pendant une semaine, mais Stéphanie m'a garanti que si j'arrivais à lancer une ligne de tee-shirts, elle les vendrait dans sa boutique sur Internet et elle m'aiderait aussi à trouver d'autres diffuseurs. Tout avance à petits pas, mais ça avance.

En temps voulu, comme dirait Bram.

Bram dirait également : C'est Bramastique.

–Vous êtes le couple le plus lent que je connaisse, nous hurle Taylor en nous faisant signe de nous dépêcher.

Nous descendons la fausse rue d'Hollywood dans le California Adventure, et Ava et Mathieu ont repéré Mike et Sully, des monstres de Disney Inc. qui passent par là.

Bien qu'ils aient deux ans d'écart, Mathieu et Ava s'entendent à merveille, ils ont en commun la passion des dinosaures. (Enfin, maintenant ce sont plutôt les monstres, voilà pourquoi ils s'emballent pour de pauvres gens qui crèvent de chaud dans leurs costumes.)

Nous prenons tous des photos, et Irving, le nouveau compagnon de Taylor, en a réussi une super de notre famille recomposée.

Alors que les enfants cajolent toujours les personnages comme s'ils étaient des gens célèbres, des cris de joie attirent mon attention.

Chaque fois que nous venons, nous atterrissons sur les manèges pour enfants. Nous n'avons jamais assez de temps pour essayer ceux pour grands enfants, ceux qui sont vraiment amusants.

Je dis à Bram :

– Tu sais quoi ? Je ne quitterai pas ce parc avant...

–... que nous ayons fait l'amour derrière le décor d'Hollywood, suggère-t-il rapidement, et je sais qu'il est parfaitement sérieux.

Je lui donne un coup de coude :

– Non. Pour la dernière fois, la baise chez IKEA, c'était ma limite. Nous avons traumatisé un couple âgé, je ne veux pas faire la même chose à des enfants.

Il se met à bouder. Je fais les gros yeux.

– Ce que j'allais dire, c'est que je ne quitterai pas les lieux avant d'avoir fait un manège qui me fasse vraiment hurler de peur.

Il incline la tête et me fait son petit sourire suffisant tristement célèbre.

– Je sais exactement quel manège il te faut.

– Bram, si tu me dis que c'est ta queue, je te trucide immédiatement, je siffle entre mes dents, heureuse que nous soyons hors de portée des oreilles des enfants.

Et de celles de Taylor et d'Irving. Je suis certaine qu'ils n'ont aucune envie de subir notre conversation.

Bram continue à sourire, alors j'insiste :

– Je suis sérieuse. Un vrai tour, qu'on fait avec d'autres gens. Comme la Tower of Terror ou California Screaming.

– J'opte pour California Screaming. à cause du mot « screaming » (hurlements).

– Alors, vendu.

Je lui serre la main et je me retourne vers les autres :

– Hé tout le monde, je voulais vous dire que Bram et moi allons faire les montagnes russes et que vous ne pourrez pas nous en empêcher.

Mathieu tape du pied :

– Moi aussi, je veux faire les montagnes russes !

Il est aussi grand que son père devait l'être au même âge, il aurait sans doute une chance d'être accepté. Mais pas cette fois. Cette fois, c'est uniquement pour nous.

– Oh Mathieu, laisse-les s'amuser tranquilles, le gronde Taylor.

Du coup, tous les six, nous traversons Car Land et le San Francisco en carton-pâte, pour arriver au toujours très animé Paradise Pier. Nous restons là un moment, à regarder les wagons passer sur le California Screaming, ce manège qui comme son nom l'indique cherche à vous faire hurler.

– Tu es bien sûre ? me demande Bram avant que nous rejoignions la file d'attente.

Je le taquine :

– Ne me dis pas qu'en fait, tu es une poule mouillée ?

Il m'attire à lui et pose ses lèvres chaudes dans mon cou.

– Que dirais-tu si nous envoyions Ava avec Mathieu et Taylor en rentrant à l'hôtel ?

– Oh, ce serait bien trop gros.

Il hausse les épaules :

– Et alors ? Je crois qu'il est un peu tard pour prétendre que nous ne faisons pas l'amour.

Tous les deux, nous tournons nos regards vers Ava et Mathieu qui se courent après sur le faux trottoir en bois.

Là-dessus, il a raison. Nous rejoignons donc dans la file d'attente, passons le temps en jouant sur nos iPhone et en faisant un concours des blagues les plus débiles. (À ce jeu-là, c'est Bram qui gagne, bien sûr !) C'est bien agréable d'être avec lui, avec lui tout seul. Bien que nous soyons entourés de gens et tous les deux follement jaloux du couple juste devant nous qui a eu la bonne idée d'arriver avec deux margaritas, nous sommes dans notre bulle à nous. Ça me rappelle la raison pour laquelle j'aime tellement cet Écossais sexy.

C'est enfin le moment de monter. Je frissonne et Bram a l'air un peu tendu. Je trouve ça adorable. Les barres s'abaissent automatiquement devant nous pour nous empêcher de tomber.

Une musique joyeuse sort des haut-parleurs et nous démarrons lentement, puis nous prenons un virage jusqu'à ce que nous arrivions à notre place de départ. Là, nous attendons avec un peu d'anxiété d'être projetés en avant jusqu'en haut de la première montagne.

– Maman !

Je lève les yeux, et je vois Ava qui me fait des signes. Tout le monde s'est installé le long de la rampe, au-dessus des rails, pour mieux nous voir décoller.

Mathieu crie :

– Amusez-vous bien !

Les battements de mon cœur s'accélèrent et je me sens tout à coup nerveuse à cause de cette douce et intense attente. C'est un peu comme le sexe. Je m'agrippe à la barre devant moi et le décompte commence :

Trois.

– Toujours sans regrets ? me demande Bram avec un sourire désarmant.

Deux.

Je lui renvoie son sourire.

– Sans regrets. Jamais de la vie.

Un.

Et nous décollons vers le futur.

Remerciements

Comme d'habitude, j'ai un certain nombre de personnes à remercier. J'ai écrit ce livre après une pause longue et nécessaire. Malheureusement, au moment où j'ai retrouvé l'inspiration, mon mari et moi avons dû déménager dans notre nouvelle maison. Propriétaires pour la première fois, yes ! Mais écrire et déménager sont deux choses difficiles à mener de front. En fait, faire n'importe quoi, à côté de l'écriture, est très difficile et on pourrait dire la même chose à propos des déménagements. Mais j'y suis arrivée, on y arrive toujours.

Je crois que ça a été facile pour moi grâce au personnage de Bram, « le mâle » écossais. C'était un tel plaisir de le décrire que je n'ai pratiquement jamais stressé, même quand je n'avais plus Internet. Même quand je n'avais plus de bureau où écrire parce qu'il était envahi par les cartons que je n'arrivais pas à fermer car toute mon énergie passait dans l'écriture de ce livre. Bram m'a aidée en étant tellement Bramtastique ! (Bon d'accord, j'arrête les jeux de mots à la Bram.)

Bien sûr, Bram n'a pas été le seul. Ali « Le Bram assumé » Hymer m'a été d'une grande aide, surtout en vérifiant que les scènes de « maman » fonctionnaient bien. Dyan « l'infirmière sexy » Tufts a supervisé tout le jargon médical et les détails concernant le diabète. Merci à Sandra « #1 perverse » Cortez pour son apport et son enthousiasme concernant les scènes de sexe en voiture. À Laura « Dévorée par les Ours » Helseth pour ses yeux de lynx. À Latoya « Word » Smith (Wordsmith, vous voyez ?) pour avoir été une super-éditrice et pour avoir eu foi en moi à l'époque de la sortie de « Sins and Needles ». C'est son amour pour Ellie Watt et sa bande (et même avant ça, son amour pour Dex et Perry) qui m'ont fait entrer dans la grande famille Hachette, pour mon premier contrat. Je lui suis tellement reconnaissante d'être une vraie fan.

Je remercie également tout le monde chez InstaBram, je veux dire Instagram, pour vos taquineries, vos obscénités et votre profond amour des livres, et des petits amis littéraires. Mon compte Instagram, c'est un peu ma famille. Pas étonnant que j'y passe tout mon temps (@authorhalle). Merci à toutes les filles de @TeamPerv (hashtag bites) et aux dem Whores (qui sont aussi des perverses, simplement plus soumises), et à toutes les blogueuses qui bossent dur pour lire, passer en revue ARCS et qui sont vraiment fabuleuses. Dany Sanchez pour être la meilleure Girl Friday. Et bien entendu Stéphanie, pour tout.

Une spéciale dédicace pour toutes les trentenaires et au-delà qui estiment qu'on attend d'elles qu'elles grandissent – ne grandissez pas. Ne vous inquiétez pas si vous avez l'impression de ne pas être à votre place et de ne pas avoir le contrôle total de votre vie. Être adulte, c'est difficile pour tout le monde, alors autant s'amuser un peu pendant ce temps-là. Laissez parler votre enfant intérieur, saisissez votre chance et vivez sans regrets !

Enfin, last but not least, merci M. MacKenzie et M. Bruce.

Je suis toujours dans votre bande, merci d'être dans la mienne.

Vous souhaitez me contacter ? Je lis tous mes mails (du moins tous ceux qui sont sympas et que mon assistante me fait suivre) et j'y réponds autant que possible :

authorkarinahalle@gmail.com

Je suis aussi sur Facebook

Twitter: @metalblonde

Et je suis accro à Instagram (Sérieux, je poste beaucoup d'images !) :

@authorhalle